邊荒傳說

卷04

黃易

異俠大系

新編完整版

邊荒傳說

卷04

目錄

第一章　大魏遺臣

「啊！」

從井裡打出來冰寒的水劈頭照臉往卓狂生潑去，弄得他打了個寒顫，髮髻散甩，全身濕透。

燕飛喝道：「快醒過來！」隨手拋開盛水的木桶，桶子擦地滾開去，發出聲響，更添混亂的感覺。

卓狂生倏地睜開因被冷水沖撞而閉上的眼睛，精光乍閃。

慕容戰伸手抓著他雙肩，搖晃道：「快醒醒！我們沒有時間哩！」

呼雷方在他另一邊蹲下，焦急道：「老天爺幫忙，你還要主持鐘樓會議。」

卓狂生全身劇震，似乎意識到發生了甚麼事，緩緩閉上眼睛。

燕飛道：「放開他！」

慕容戰曉得卓狂生已清醒過來，鬆手觀變。

卓狂生的面容平復過來，接著髮衣冒出混合著酒氣的水霧，由淡趨濃。

三人交換個眼色，均難掩驚訝的神色。因為以他現在運功把酒逼出的功力，實遠超於他對付花妖時的身手。

轉眼間，卓狂生整個人籠入不斷騰升的霧氣中，衣髮由濕轉乾，彷如神蹟。

卓狂生再度張開眼睛，最後一絲酒氣隨水霧蒸發掉，神色平靜地坐直身體，目光掃過三人，再不是剛才那酩酊大醉的瘋子。

三人期待的看著他，一時不知該從何說起。

卓狂生仰望太陽的位置，然後目光投往地面，頹然嘆了一口氣，道：「你們走吧！一切都完了。」

燕飛在他身前蹲下，平靜的道：「你是誰？」

卓狂生朝他望來，嘴角現出一絲苦澀的笑容，自問自答的道：「我是誰？唉！在今天之前，我是曹魏王朝的忠實遺臣，現在卻甚麼也不是，就像無處容身的孤魂野鬼。」

又淒然道：「帝君已死，曹魏最後的一點血脈香火斷絕，我也再沒有希望。」

呼雷方和慕容戰面面相覷，逐漸明白過來。

燕飛沉聲道：「以任教主的劍術武功，誰有本領殺他呢？」

卓狂生雙目殺機大盛，語調卻像說著與己無關的事，淡淡道：「是孫恩，我剛收到媞后的飛鴿傳書。走吧！遲恐不及。」

慕容戰沉聲道：「可否說清楚一點？」

卓狂生像變成另一個人般，再非他們一向熟識那個揮瀟自如、玩世不恭的「邊荒名士」，神態愈趨冷靜，瞥了慕容戰一眼道：「現在我再沒有隱瞞欺騙你們的任何必要，大魏王朝的風光隨帝君之死已煙消雲散，一去不返！媞后還要我向你們揭露慕容垂和孫恩對付邊荒集的計畫。你們要跟我算賬也好，甚麼都好，一切悉隨尊意。」

呼雷方苦笑道：「眼前豈是說這些話的時候呢？」

卓狂生沉吟片晌，吁出一口氣，似要舒洩心中沉重的負擔，道：「我知道你們在懷疑昨晚暗作手腳的是姬別，事實上你們可怪錯了他，毒是由我下的，原因不用我說出來你們該明白吧！」

燕飛等聽得你看我我看你，說不出話來。不過更感到卓狂生有坦白的誠意，否則怎肯暴露自己才是內奸的秘密。

任遙之死，將卓狂生徹底改變過來。

慕容戰忍不住問道：「除貴教外，還有誰曉得你是逍遙教藏在邊荒集的內應？」

卓狂生雙目射出痛心的神色，搖頭道：「除帝君和媞后等有限幾個人外，沒人曉得我的秘密。大魏於我族有大恩，爲大魏的復興我可以做任何犧牲，包括出賣我欣賞和喜歡的人，不過一切已成過去。至於我眞正的出身來歷，請勿再追問，隨帝君的橫死，所有均成過去。」

燕飛問道：「姬別是否慕容垂方面的人？」

卓狂生目光移向他，嘆道：「是否如此，恐怕他自己也弄不清楚。我不敢答你是或否，他極可能只是轉移視線的替死鬼。」

呼雷方道：「你爲何不斷催我們走，我們難道沒有半點機會嗎？」

卓狂生緩緩起立，面向圍欄，深情地掃視邊荒集的景色，長長舒一口氣道：「你有這個疑問，是因爲你根本不清楚面對的是甚麼？讓我來告訴你吧！今晚南北的兩大巨頭慕容垂和孫恩將會在我們身處的鐘樓締結血盟，一天雙方未能統一南北，將會平分邊荒集的利益，明白嗎？」

包括燕飛在內，三人同時色變。

慕容戰失聲道：「領軍的竟是慕容垂而非慕容寶？」

卓狂生旋風般轉過身來，雙目神光電閃，垂下的長髮無風自動，一字一字地緩緩道：「事實正是如此，你們絕沒有機會。即使謝玄率兵親來，也難重演淝水之戰的偉績。今趟慕容垂和孫恩對邊荒集是志在必得，你們若要抵抗只會變成不自量力的當車螳臂。走吧！趁尙有一線機會快逃命去吧！」

燕飛強壓下聞此壞消息後在心中掀起的驚濤駭浪，道：「你自己又有甚麼打算？」

卓狂生苦澀的道：「我可以有甚麼打算？我已一無所有，失去一切活下去的意義，只能在屈辱求存或光榮地死去間作選擇。我肯全無隱瞞的說出這些事，正表示我已豁了出去，再沒有任何顧忌。我會在這裡耐心等待孫恩，尋找與他決一死戰的機會，以報答大魏對我族的恩德。」

三人聽得頭皮發麻，只是一個慕容垂，已非任何人應付得了，天下間恐怕也沒有人能勝得過他，不論單打獨鬥，又或千軍萬馬的正面交鋒。

卓狂生嘆道：「走吧！這是我唯一的忠告，留在邊荒集，只是死路一條。」

慕容戰斷然搖頭道：「我若不戰而退，把邊荒集拱手讓給慕容垂，仍是死路一條。即使我的族人不治我死罪，可是邊荒集既入慕容垂之手，奪去我們與南方交易的命脈，北方還有我族容身之地嗎？」

卓狂生呆看他一會兒，好像直至此刻才認識他般端詳著，點頭道：「想不到慕容戰能如此視死如歸，不過你下面的人，是否肯陪你一道犧牲呢？」

慕容戰從容道：「我若怕死，不會到邊荒集來。我的手下人人肯爲我賣命，這是毋庸置疑的。何況戰爭最是無常，在淝水之戰前，誰想得到以苻堅的百萬大軍，名將如雲，竟敵不過謝玄區區八萬北府兵？」

卓狂生瞄燕飛一眼，再移往呼雷方，後者不待他探詢，苦笑道：「我已嗅到敗仗的氣味，可惜我也像慕容當家般沒有選擇，敝主曾有嚴令，著我拚死保住在邊荒集的利益，直至最後一兵一卒，與邊荒集共存亡。」

燕飛心中一陣激動，大禍當前，方看出慕容戰和呼雷方是寧死不屈的好漢子。

慕容垂和孫恩這對南北兩大頂尖高手，結成聯盟，夾攻邊荒集，可不是說笑的。而天下間唯一有資格和他們周旋的謝玄，又身負致命的內傷，沒法親身奉陪。

不論慕容戰和呼雷方如何自負，又或在邊荒集如何稱王道霸，對上慕容垂或孫恩這類威震天下的武學及兵法大家，當有自知之明，所以確是志氣可嘉，置生死於度外。

燕飛同時想到慕容垂不但親自領軍，還要隱秘行軍，穿越巫女丘原而來，並不是怕邊荒集群雄早一步得到風聲，因為縱使知道又能如何？根本是無從抵擋。慕容垂要瞞的是北方慕容永兄弟和姚萇的兩大軍事勢力，怕他們一旦獲悉此事，會不顧一切的阻撓，由此亦可看出邊荒集在統一南北上的重要性。

他該怎麼辦呢？

他不走，紀千千也不會走。

忽然感到慕容戰、呼雷方和卓狂生的目光全集中到他身上來。

燕飛暗嘆一口氣，迎上三人的目光，最後凝注卓狂生，沉聲問道：「郝長亨究竟是哪一方的人？」

卓狂生嘆道：「君子可欺之以方，燕飛你太天眞啦！兩湖幫與天師道一向遙相聲援，大做生意。聶天還一天未擊潰桓玄，孫恩一天未攻陷建康，他們仍會互相利用。郝長亨乃大奸大惡之徒，說不定比屠奉三更為可怕。」

燕飛感到整條脊骨涼颼颼的，郝長亨若眞是這麼的一個人，高彥的久久未歸，會否與他有關呢？

慕容戰的聲音在他耳邊響起道：「燕飛你和我們的情況不同，沒必要留在這裡送死，不如立即與千千逃往邊荒避禍吧！」

燕飛一震地從迷惘中清醒過來，迎上慕容戰傷感無奈的眼神，一時百般滋味在心頭。搖頭道：「若讓慕容垂和孫恩瓜分邊荒集，北方諸雄固是要對慕容垂俯首稱臣，南方更會大禍臨頭，眼前是我們唯一能阻止他們作惡的機會，錯過了將永無扳回的日子。」

呼雷方低喝道：「好漢子！」

燕飛心中苦笑，從他們的談話，可看出慕容戰和呼雷方的分別。前者因對紀千千的愛慕，不願她被捲入這纖淝水之戰後另一場大戰的風暴中，故力勸自己帶紀千千逃命。而呼雷方卻只看成敗，多一分力量總比少一分力量好。

卓狂生精神一振道：「想不到有這麼多人與我心意相同，那我們尚有一線生機。」

慕容戰肅容道：「請燕兄三思小弟的提議。」

燕飛朝他瞧去，沉聲道：「我會盡力勸千千走，不過我卻決定留下來，與三位並肩作戰，永不言悔。」

慕容戰欲言又止，終沒有說話。他與燕飛一直是敵非友，其族人又與燕飛有解不開的深仇，若非在邊荒集如斯獨特的情況下，絕沒有可能成為生死相共的戰友。

呼雷方道：「現在我們大概只有半天時間作準備，該怎麼辦好呢？」

卓狂生道：「首先我們要分清邊荒集內的敵我，認定誰是敵人，立即下手鏟除，即使殺錯人也管不了那麼多，因為我們根本沒有時間去分辨或證實。」

慕容戰點頭道：「對！若引起對方警覺，奮起頑抗，即使我們能取勝，也是得不償失。」

燕飛雖明知他們說的乃唯一求生之道，仍是一陣猶豫，因為他並不是這種人，就以郝長亨而言，自己一直跟他稱兄道弟，共商大計，在尚未證實他是心懷不軌下，怎可憑卓狂生的一面之詞狠下毒手？

呼雷方道：「在此事上我們須非常小心，如不慎鏟除了的是朋友，只會削弱我們的力量。」

呼雷方道：「這個當然。此刻邊荒集內，我最不信任的人是郝長亨和赫連勃勃，以他們的狡獪，我們沒可能取得任何足以證明他們是內奸的證據，所以只好想方法把他們除掉。」

慕容戰冷哼道：「擒賊先擒王，不若待會開鐘樓會議時，趁赫連勃勃沒有防備，就在鐘樓內把他殺了，然後再以迅雷不及掩耳的手法，一舉將匈奴幫連根拔起，此為最直截了當的做法，各位有甚麼意見？」

卓狂生點頭道：「當我們尚未和孫恩決裂前，我們早懷疑赫連勃勃是慕容垂一方的人，因為他抵集的時間非常巧，似是配合慕容垂而來的樣子。而縱使他不是慕容垂的走狗，只憑他對付長哈老大的手段，已是死有餘辜。」

燕飛點頭道：「我敢肯定他是假花妖。」

若此話是在誅除花妖一戰之前說出來，包管人人摸不著頭緒，現在則沒有人懷疑他的話。

卓狂生道：「好！赫連勃勃將是我們第一個目標。紅子春和姬別又如何呢？該不該於即將召開的鐘樓議會中一併鏟除？」

呼雷方立即頭痛起來，嘆道：「唉！姬別！真的很難說。」

燕飛心忖，若做慕容垂走狗的不是姬別而是赫連勃勃，那替慕容垂造木筏的便該是後者。再想深一層，要在短時間內完成大批足供慕容垂大軍應用的木筏，恐怕要上千人手才成。姬別雖是邊荒大豪，手下也不過區區二、三百之數，若盡調人手去應付此事，早引起警覺，所以大家極可能一直在錯怪他，呼雷方的顧慮是有道理的。

因何自己一直沒有深思姬別的情況？就爲他曾離開邊荒集而深信他是內鬼？是否源於內心的恐懼，故此要找宣洩的目標？

道：「我尚有一件事沒有告知各位，昨夜高彥夜探巫女丘原，發覺該處有大批樹木剛被砍掉，由於夜黑，高彥還沒找到木筏便回來告訴我。」

三人同時動容。

卓狂生道：「我雖曉得慕容垂今晚會到，卻從沒想過他行軍的路線是穿越巫女丘原，因爲若要經丘原而來，必須徒步走百多里路，更沒法帶戰馬同來。」

慕容戰喜道：「高彥在哪裡？只要我們先一步破壞木筏，至少可延誤慕容垂兩天時間。」

燕飛再次爲高彥擔心，道：「我要他去請郝長亨來說話後，他一直沒有回來，郝長亨說他去找尹清雅說話呢。」

卓狂生等人人色變。

燕飛苦笑道：「郝長亨該沒這麼大膽，即使他是內奸，仍未到打草驚蛇的時候。或許高彥那小子是泡妞泡昏了頭，待會我立即去找他。」

慕容戰道：「時間愈來愈緊迫，我們必須立即下決定，再分頭行事。」

呼雷方道：「待會開會時，我們面對面向姬別提出質詢，看他的答案再隨機應付，必要時可先將他生擒軟禁，便可慢慢拷問，怎到他不說實話？」

慕容戰點頭同意道：「對紅子春也可採同一手法。」

卓狂生道：「假若諸事順遂，鐘樓會議後又如何打算呢？」

慕容戰道：「我們可否把屠奉三也爭取到我們這一方來？這也是屠奉三唯一保命的機會。」

燕飛心中一動，道：「剛才郝長亨告訴我，屠奉三今早曾去私會赫連勃勃，且結成聯盟。」

卓狂生悶哼道：「郝長亨說的話怎可以盡信？此事連我們都一無所知，憑他一個初來甫到的外人怎能掌握得如此精確，還一副像曉得他們談過甚麼計畫的模樣。」

就在此刻，燕飛狠下決心，務要弄清楚郝長亨是怎樣的一個人，道：「屠奉三方面由我處理，因為他曾找我去說話，我卻因懷疑是個陷阱沒有赴會。」

卓狂生淡淡道：「各位仍沒有答我的問題，鐘樓會議後又如何呢？」

三人交換個眼色，均感沒話可說。

卓狂生仰望天色，徐徐道：「唯一的方法，就是把邊荒集二度團結起來，而現在邊荒集只有一個人有這樣的號召力。這個人當然不是我，也不是燕飛。」

慕容戰劇震道：「紀千千！」

燕飛也心中狂震，把紀千千捲入此事已心中不願，何況是將她擺在這麼一個位置上！如若戰敗，以她傾國傾城的絕色，一旦落入敵人手上，不論是慕容垂或孫恩，遭遇之慘，實不堪想像。

但他可以說不嗎？

第二章　誰是內奸

一切平靜，似沒有發生過任何事，小風帆順風順水朝大江駛去。

劉裕坐在船尾把舵，心中的傷痛無奈，絕非任何筆墨能形容其萬一。他甚至有點痛恨自己，恨自己爲何不拒絕江海流的提議，堅持隨隊往邊荒集赴死。自己是否眞如任青媞所認定的那一種人？他從未如此矛盾過，他要鬥爭的是內心另一個逐漸冒起的「劉裕」，他並不熟悉卻肯定是自己某部分的「劉裕」，那個「他」絕不會感情用事。

風帆轉往前方河灣駛過去。憑記憶接著該是筆直達十多里的長河水道，他的風帆即可加速行駛，以一瀉百里的姿態朝淮水前進。

由於該段河道特別寬敞，他可以輕易掉頭回邊荒集去。因有江海流打頭陣和吸引敵人的注意，他可於適當地點棄舟登岸，悄悄潛返邊荒集，與燕飛共抗強敵。

這是最後一個機會。

他的心「霍霍」躍動，呼吸急促起來。

眼前豁然開朗，輕舟轉過河灣。

劉裕忽然全身劇震，呆望前方。

長河盡處，船影幢幢。

劉裕「呵」的一聲起立，頭皮發麻，極目觀察。

在電光石火的高速中，他已明白江海流早洩露行藏，此一銜尾緊追的船隊，並非偶然出現，而是要覆滅曾雄踞大江的大江幫。

他乃北府兵最出色的斥候，憑對方艦形認出是縱橫兩湖的赤龍戰船，此種戰船舟形如龍，船首作龍頭形，龍口大張，活像要將敵船吞噬，渾似赤龍，游於江河。是兩湖幫藉之以鎮懾洞庭、鄱陽兩湖的本錢。

舉目所見達十艘以上，且尚未看見隊尾，以此觀之，兩湖幫是傾全力而來，志在必得。如此聲勢，當是聶天還親自督師。

劉裕的心直沉下去。

今次收服邊荒集的壯舉是徹底的失敗，江海流縱能突破天師軍的封鎖，卻是來時容易去時難。心中湧起明悟。

孫恩和聶天還已結成聯盟，聯手從水陸兩路進犯邊荒集。當邊荒集被攻陷後，接踵而來的是兩大勢力的公然造反。桓玄會被牽制在荊州，而孫恩則攻打建康，正陷於四分五裂的南朝將遭到南遷後最大的災劫。

邊荒集的情況更不堪想像，因爲燕飛對滿口謊言的郝長亨正深信不疑。

此刻比任何一刻更令劉裕有趕返邊荒集的衝動！可惜他曉得已錯過了機會。以他目前的狀況，如走陸路怕不到十里便要傷發吐血，而在河上他絕快不過可藉槳催舟的赤龍戰船。

「鏘！」

劉裕掣出厚背刀，毫不猶豫地一刀刺入船底，運功刮削，河水立即從破洞湧入。

他一個側翻，投入河水裡，心中立下死志，終有一天，他要孫恩和聶天還血債血償。

燕飛馳離鐘樓，心中一片茫然。

他該先去找郝長亨，還是應屠奉三的邀約？又或趕返漢幫見他最想見的紀千千？順道向宋孟齊提出警告，他眞的有點難以取捨。

暗嘆一口氣，往洛陽樓馳去。

現在離鐘樓會議的午時只有半個許時辰，而他要做的事又這麼多，只能按事情的緊迫性而下決定，因爲他忽然直覺高彥已出了事，所以先去找郝長亨攤牌。

照道理，郝長亨是沒有向高彥下毒手的道理，除非是被揭破陰謀，不得不鋌而走險。

想到這裡，心中一動，隱約捕捉到事情模糊的輪廓，偏又沒法具體說出來。

自己究竟爲的是甚麼一回事？

倏地裡，他曉得是因紀千千影響到他靈異的金丹大法。若仍是這般神思恍惚，今晚肯定小命不保，更遑論保護紀千千主婢。

甩鐙下馬，正要登上長階去敲洛陽樓緊閉的大門，一群人推門擁出，帶頭者正是紅子春。

他神色凝重，見到燕飛雙目射出焦慮神色，打手勢要手下們留在原處，自己則搶下長階，一把挽著燕飛的手臂，沉聲道：「情況非常不妙，我們到對面說話。」

放開燕飛手臂，逕自越過車馬道。

燕飛生出非常不祥的感覺，隨在他身後，直抵另一邊的行人道。

整個夜窩子行人絕跡，空蕩寂靜，尤使人心頭重壓，悒鬱難舒。

紅子春立定，回過身來，低聲道：「郝長亨不告而別，我正想去通知你們，想不到你已來到門外。」

燕飛深吸一口氣，收攝心神，問道：「你究竟和他是甚麼關係？」

紅子春咕噥一聲，咒道：「他奶奶的！不過是生意夥伴的關係。這小子很會說話，所以呼雷方雖曾警告過我，我仍沒有放在心上。我操他的十八代祖宗，竟利用我來為他掩飾。」

燕飛皺眉道：「你怎知他不是湊巧外出，而是不告而別呢？」

紅子春往他瞧來，苦笑道：「坦白說，我一直在監視他，倒不是我對他產生懷疑，只是例行的小心謹慎。今早你派高彥來找他，接著他到營地去見你，高彥則和尹清雅出集而去，不知去向。」

又問道：「你曉得高彥到哪裡去嗎？高彥還揹著個裝滿東西的背囊。」

燕飛的心抽搐一下，沉聲問道：「接著呢？」

紅子春定神瞧他片刻，答道：「接著郝長亨回來，個把時辰後是尹清雅獨自回來，卻不見高彥。我接到報告後，覺得事有蹊蹺，來找郝長亨說話，始發覺人去樓空，兩名監視他的手下還被點倒了。唉！都是我太容易相信人了。」

燕飛當然不會怪他，因為自己也被郝長亨騙倒，心中對高彥的擔心化成絕望，更弄不清楚紅子春這番話是否為自己開脫的謊話，一時心中亂成一團。

唯一清楚的，是郝長亨知道自己陰謀敗露，所以立即躲起來。想到這裡，立即醒悟過來。

紅子春道：「此事必與高彥有關，且他肯定凶多吉少，否則郝長亨不會在尹清雅回來後，立即逃遁。」

燕飛呆看他半晌，點頭道：「你說得對，高彥惹禍的原因是他發現慕容垂進軍邊荒集的秘密，他離開邊荒集是要去破壞和拖延慕容垂入侵的大軍，可惜卻沒有知人之明，帶了頭惡雁同行，致遭不測之禍。」

紅子春色變道：「怎麼辦好呢？我的確對郝長亨眞正的意圖全不知情。」

燕飛強壓下心中的無奈和悲苦，在淝水之戰前，他和高彥雖關係密切，仍止於一般朋友間的喜愛和欣賞，可是此後的經歷，卻令他和高彥建立起深厚誠摯的交情，現在驟失好友，心中的淒涼惋惜可想而知。

道：「情勢愈來愈緊急，據我們最新的消息，慕容垂和孫恩今晚將親自督師進犯邊荒集，坦白點告訴我，你有甚麼打算？」

他向他透露情況，是要孤注一擲，弄清楚紅子春是敵是友？若他與郝長亨蛇鼠一窩，自然比燕飛更清楚慕容垂和孫恩的布置，但若他眞的是受騙者，燕飛便可從他的反應作出精確的判斷。

紅子春容色轉白，劇震道：「這不是眞的！」

燕飛苦笑道：「我幹嘛要嚇你呢？誅除花妖的興奮尚未過去，形勢已急轉直下，郝長亨的離開更是最嚴重的警訊，顯示郝長亨不單與黃河幫結盟，且是慕容垂和孫恩一方的人，如非因高彥而陰謀敗露，我們還要給他騙得團團轉呢。」

紅子春吁出一口氣，肅容道：「慕容垂和孫恩任何一方的實力足以把邊荒集碾成碎粉，我要立即逃亡，燕飛你也走吧！君子報仇，十年未晚。」

燕飛大致可肯定紅子春應不是郝長亨一夥，否則當會表示留下來，漂亮的說甚麼大家團結一致、力抗大敵諸如此類的話，好從內部顛覆邊荒集的反抗力量。

不過仍未完全放心，故作不解道：「紅老闆你在這裡只是做生意，不像眾幫會般坐地分肥，即使換成另一批人來主事，也不會影響你的生意，你何必走呢？」

紅子春像忽然衰老了十年般，頹然道：「若任何人抱著這種想法，必然大錯特錯。慕容垂是怎樣的人，我不太清楚，對孫恩卻知之甚詳。因爲我正是因他而逃來邊荒集。他對天師道之外的人手段之殘忍，是你沒法想像得到的。以他的作風，不但會接收我的生意，且絕不會放過我，他絕不容任何人分薄他的利益。若我沒有猜錯，他會設法逼所有漢人轉信他的天師道，想想那是多麼可怕的一回事。」

燕飛拍拍他的肩頭，道：「有興趣隨我到北門驛站走一轉嗎？或許你會發覺逃走是最愚蠢的做法。」

紅子春臉上血色終於褪盡，說不出話來。

漢幫，忠義堂內。

江文清、費正昌和程蒼古正在堂內商量撤退的細節，直破天神色凝重地匆匆而至，沉聲道：「胡沛失蹤了，我們的人遍搜邊荒集仍沒法找著他，這賊子非常機警。」

江文清淡然道：「他不是夠機警，只因祝叔叔比他預估的日期早死了兩、三天，而他尚來不及做好接收漢幫的準備，曉得鬥我們不過，所以藏匿起來，他的同黨呢？」

眾人生出甚麼事都瞞不過她的感覺，而她對每一件事的看法，總能比他們透徹和深入。

直破天答道：「隨他失蹤的只有十多名他的心腹親信。不過我仍不明白，多兩、三天和少兩、三天有甚麼分別？除非他是慕容垂方面的人，否則祝老大身亡的時間，對他有何意義可言？」

程蒼古代答道：「文清指的是祝老大一天沒死，仍不須選出幫主，可是祝老大忽然撐不下去，而胡沛曉得我們不會讓他當幫主，更怕我們先下手爲強，他目前仍欠數天的準備工夫，例如正在等待援兵之類，所以不得不躲起來。」

江文清神色凝重的沉聲道：「希望是我高估了他，倘若確實是他出手害死祝叔叔，我敢肯定他是一等一的高手，因爲我沒法從他害死祝叔叔的手法看出破綻，由此可間接推測出他深藏不露的高明。他並非因怕我們而躲起來，事實上這是在眼前形勢裡最聰明的策略，使我們失去打擊的目標，而他潛伏在漢幫的人卻可以繼續分化漢幫，他更不用作出隨我們撤退的抉擇。胡沛此人並不簡單，在背後撐他腰的更非等閒之輩，且多少和慕容垂又或孫恩有關。」

費正昌眉頭深鎖道：「邊荒集的形勢從未如此複雜曖昧過，我們該如何應付？」

江文清道：「現在我們最重要是在大撤退前持盈保泰，把碼頭和總壇置於絕對的控制下，防範任何突襲。唉！」

程蒼古皺眉道：「文清爲何嘆息？」

江文清目光投往直破天，道：「集外有沒有敵人的影蹤？」

直破天苦笑道：「邊荒集是最令探子頭痛的地方，任何部隊的進入，都像入無人之境，不會傳出半點風聲，只要隨便找一處密林或山野藏起來，要找他們便如大海撈針。我們已人手盡出，搜遍邊荒集方圓二十里內所有地方，仍沒有任何發現。」

程蒼古沉聲道：「若我是孫恩或慕容垂，會把部隊藏於離邊荒集三十里外的地方，入黑後方朝邊荒集以快馬推進，可於兩個時辰內抵達邊荒集，形勢確實非常不妙。」

江文清道：「水道的情況又如何？」

直破天道：「南北水道的交通肯定已被截斷，從今早開始，再沒有船隻從南方或北方駛到邊荒集來，嚇得想今早從潁水離集者人人不敢妄動，靜觀其變。現在邊荒集人心惶惶，不少人已逃入邊荒避難，不過數目仍是有限，希望幫主能突破南方水道的封鎖，否則我們只能從陸路撤退。」

江文清嘆道：「邊荒集在明，邊荒在暗，假若敵人在邊荒集設置探子，可以清楚掌握所有幫會的進退，再通知集外的敵人採取最適當的行動。所以我們唯一退走的安全路線是潁水，在河面上誰攔得住我們大江幫的兩頭船？」

大江幫的兩頭船與兩湖幫的赤龍船齊名，同被譽爲天下最具作戰能力的戰船。首尾均設舵，前後四方轉動自如，較一般戰船遠爲靈活。大江幫更培養出大批精於操控這種戰船的水手，以之衝敵突圍，無往而不利。

費正昌低聲道：「假若從水路撤走之法行不通，我們是否該另訂從陸路退走之計？」

一陣沉默降臨到眾人間，人人感到心情沉重，生出無計可施的頹然感覺。

誠如江文清指出的情況，從陸路撤退等若提供在集外虎視眈眈的敵人從容布置、截擊伏襲的好機會。

敵人對己方的實力瞭如指掌，他們則對敵人一無所知，這樣的仗如何打呢？

江文清苦思片刻，道：「我們現在手上有多少條船？」

程蒼古道：「有兩艘雙頭船，此外普通用以運貨的江船大大小小有七艘，另外尚有十二艘漢幫慣用底平篷高的運兵沙船。」

江文清徐徐道：「從陸路撤走肯定是送死，不論水道形勢如何惡劣，仍是我們唯一生路。不管爹是否能及時趕到，我們須於黃昏前撤退，以兩艘兩頭船作先鋒，七艘江船為後續，沙船布在最後。必要時登陸落荒散逃，總好過一頭栽進敵人在陸上的天羅地網去。」

直破天皺眉道：「形勢是否眞的如此惡劣呢？」

江文清斷然道：「只會比我們想像的更壞更差。燕飛說得對，徐道覆的出現，已敲響邊荒集各大幫會的喪鐘。而偏偏郝長亨卻於此時刻現身邊荒集，我更怕兩湖幫和天師道已結成聯盟，且是傾力而來。如非我們早作準備，恐怕想逃也逃不了。」

程蒼古道：「假若燕飛能團結集內各主要幫會，我們是否有一拚之力呢？倘若謝玄聞得風聲，他肯定不會坐視的。」

江文清苦笑道：「我們能捱那麼久嗎？」

眾人無話可說。

江文清雙目射出痛苦的神色，搖頭道：「在爭奪邊荒集的控制權上，我們是絕對的失敗。現在唯一能做的事，是如何盡力將損失減至最低。」

稍頓又嘆道：「我們最大的失誤，是沒想過孫恩與慕容垂結成聯盟，現在想全身而退，眞是難比登天，一切只好看老天爺的安排。」

手下來報，慕容戰指名要找宋孟齊。

第三章　只許勝利

飛馬會北門驛站氣氛緊張，自今早開始，飛馬會的戰士一直處於戒備狀態中，所有攤檔店鋪大小驛站停止交易。

大驛站更是兵力集中處，守衛森嚴，所有進出口莫不架設人為障礙，高處則布有箭手。

燕飛領著紅子春在驛站主堂見到全副武裝的拓跋儀，後者神色凝重，對燕飛於此時刻帶個外人到飛馬會的核心重地來，表面雖看不出絲毫異樣，但燕、紅兩人均肯定他心生疑惑。

燕飛雖曉得紅子春心知肚明拓跋儀才是飛馬會真正的主事人，仍循例介紹兩人認識。

坐下後，燕飛開門見山的道：「赫連勃勃是否全無異動？」

拓跋儀一震道：「你是猜到的還是收到風聲呢？」

燕飛道：「當然是猜的。我已失去高彥，至少變成半個又聾又盲的人。不過幸好老天爺仍沒有完全離棄我們，我現在已大致弄清楚邊荒集內外的情況。」

拓跋儀瞥紅子春一眼，沉聲道：「高彥怎會出事的？」

燕飛扼要解釋一遍，然後道：「暫時不要問我消息的來源，現在已弄清楚慕容垂和孫恩將會親自督師進犯邊荒集，而天師道與兩湖幫同一鼻孔出氣，赫連勃勃則大有可能是慕容垂的走狗。昨夜對付花妖時的內奸不是姬別而是另有其人，至於姬別究竟是哪方的人，希望待會可於會議時弄個水落石出。」

拓跋儀道：「你可以肯定你的情報絕對正確嗎？」

燕飛苦笑道：「該有八、九成的準繩。現在任何行動，都跟賭博沒有太大分別，更有可能一鋪輸清，分別是在我們已陷身非賭不可的賭局。我可以猜到赫連勃勃沒有動靜，是因他的主力軍應潛伏於邊荒集北面某處，所以不用在集內勞師動眾，以致打草驚蛇。」

紅子春忍不住問道：「拓跋兄不是準備撤退嗎？因何反加強驛站的布置，似防敵人來攻打的樣子？」

拓跋儀瞧他半晌，最後目光移往燕飛。

燕飛點頭道：「紅老闆現在最關心的是能否逃難避禍去也，因為他曾被孫恩迫害，清楚孫恩誅除異己的作風。」

拓跋儀露出懷疑的神色，向紅子春皺眉道：「紅老闆的發跡地不是洛陽嗎？」

紅子春苦澀的道：「若在洛陽混得風生水起，又何用到邊荒集來？北方排斥南人，南方排斥北人，天下間只有邊荒集不會理會你是南人或北人。我對南方早不存任何冀望，以為苻堅統一的北方會有一番新氣象，豈知並好不到哪裡去。為此才來到邊荒集，怎知剛有點成績，忽然大禍臨頭。天下雖大，可是最後一片能容身的樂土，終於也要失去。」

拓跋儀沉吟片晌，忽然道：「我們今天派出五路探子，照約定應於一個時辰前以飛鴿回報情況，可是現在卻如泥牛入海，一去無蹤。紅老闆自己考慮一下吧！」

轉向燕飛問道：「不再懷疑呼雷方了嗎？」

燕飛道：「既然郝長亨確有問題，呼雷方便非妖言惑眾，而毋須懷疑他最有力的理由是，倘若慕容垂入主邊荒集，他的羌族將面臨亡族滅種的厄運。」

拓跋儀沉聲道：「我們該怎麼應付呢？」

以他的才智，仍一臉無奈地說出這句話，可知他已失去方寸。

燕飛正容道：「以慕容垂的雄才偉略，孫恩的深謀遠慮，全力來犯邊荒集，是籌謀已久的行動，絕不止於以佔領邊荒集而滿足那麼簡單。首先他們要把邊荒集所有勢力連根拔起，不容任何一方有東山再起的機會，更重要是長期雄霸邊荒集，牽制北府兵，慕容垂便可以從容統一北方，而孫恩和聶天還則可分別進犯揚荊二州。我們現在是全無退路，唯一生機是先統一團結邊荒集，再全力與敵周旋，作置之死地而後生的打算。」

拓跋儀默然不語，陷入深思之中，暗自咀嚼燕飛的提議。

紅子春臉色慘白的呆望燕飛，眼神空空洞洞的。

燕飛長身而起道：「我還要去見屠奉三，我們再沒有猶豫的時間，待會的鐘樓會議將是敵我的第一次短兵相接。」

「砰！」

拓跋儀一掌拍在桌面上，斷然道：「好！我和大家一起共進退，縱使戰死，也要敵人付出沉重的代價。」

紅子春忽然嘟囔了一串粗話，然後像變成另外一個人般道：「對！死也要死得像個漢子，今趟把我也算上吧！」

燕飛心中一動，向紅子春道：「煩紅老闆立即通知卓名士，告訴他飛馬會已加入我們的抗敵聯盟，鐵定於鐘樓會議召開之際先下手為強，將內奸連根拔起，此事至關緊要，請紅老闆親傳口信。」

紅子春一聲領命，昂然去了，像變成另一個人似的。

燕飛迎上正呆望著他的拓跋儀，沉聲道：「如今要勞煩你老哥親自出馬，我只想知道他去甚麼地方？見甚麼人？」

拓跋儀一言不發的追著去了。

江文清在外堂接見慕容戰，陪她見客的有程蒼古和費正昌，後者表面並非漢幫的人，不過現在情勢危急，慕容戰於此時刻仍匆忙來見，肯定有大事商討。所以他們不再斤斤計較這方面的洩密問題。

慕容戰銳利的目光集中在江文清身上，道：「請容我慕容戰斗膽問一句，聽燕飛說宋兄乃大江幫的人，卻不知與江幫主屬何種關係？」

江文清知對方並非著眼於自己是誰，因為以現在她擺出來會客的陣仗，只要不是瞎的都知她是主事的人。而慕容戰有此一問，只是要試探自己的誠意，遂向程蒼古頷首示意。程蒼古代答道：「慕容當家垂詢，我們怎敢隱瞞，孟齊是江幫主唯一的高徒、大江幫的繼承人。」

慕容戰皺眉道：「原來如此，請恕我孤陋寡聞，只聽過江幫主有位如花似玉的女兒，卻未聽過江幫主有位得意門生。」

費正昌微笑道：「慕容當家沒聽過孟齊之名，方合道理。因為江幫主對孟齊期望殷切，全力栽培，除親自為他紮穩根基，還送他到各地隨名師學藝，為免令孟齊成材前被仇家算計，故一直沒有向外宣揚，到近兩年方召孟齊回來處理幫務。」

慕容戰縱有疑惑，也無暇計較，開門見山的道：「我今次來見諸位，是有關邊荒集各幫會存亡的要事奉稟，更是代燕飛、呼雷老大和卓館主與各位說話。」

江文清雙目精光閃射，沉聲道：「慕容當家該知我們決定撤走，難道尚有更聰明的選擇嗎？」

慕容戰暗叫厲害，宋孟齊這番話表面沒有甚麼，骨子裡卻逼得他沒法不把所有籌碼拿出來，否則如何說服對方？

嘆了一口氣道：「任遙被孫恩殺了。」

江文清、程蒼古和費正昌三人聽得面面相覷，一時說不出話來。

慕容戰解釋道：「我們的『邊荒名士』卓狂生，一直是逍遙教布置在邊荒集的重要棋子，到昨晚仍是對任遙忠心耿耿，所以親自下手對付方總的靈鼻。剛才他收到『妖后』任青媞的傳書，整個人崩潰下來，終於向我們吐露實情，指出今晚慕容垂和孫恩將會親自督師進攻邊荒集。而燕飛肯定現在邊荒集已陷入敵人的天羅地網中，沒有一個幫會的人能逃得出去。我今次來見各位，是希望在鐘樓會議召開前，聽取各位的意見。合則力強，分則力弱，我們若能團結一致，誓死抗敵，說不定尚有一線生機。」

以江文清的智勇兼備，聞得慕容垂親來邊荒集，一時也亂了方寸，呆看著他。

慕容戰道：「據老卓所言，孫恩會截斷南面的水陸交通，假若我們沒有猜錯，兩湖幫和天師道已結成盟友，不用我解釋各位也應清楚他們絕不容貴幫全身而退。任何人要威脅建康，必須控制大江上游，而貴幫正是孫恩和聶天還的眼中釘。」

程蒼古問道：「燕飛到哪裡去了呢？」

慕容戰禁不住心中暗嘆一口氣，程蒼古有此一問，或許是因爲燕飛具較超然的身分，或因他的才情劍法，又或因他與世無爭的性格，但不論是哪一個原因，都顯示燕飛是目前邊荒集最受信任的人，沒有他，邊荒集根本沒法團結起來。卓狂生說得對，燕飛加上紀千千，是號召邊荒集萬眾一心的絕配。

答道：「他要分別去見三個人，就是郝長亨、拓跋儀和屠奉三，三位該明白是怎麼一回事了吧？」

稍頓又道：「邊荒集現在是外弛內張，隨時爆發大戰，一切必須於鐘樓會議內解決。我們要先把邊荒集置於絕對的控制下，方有資格談論其他的事。」

江文清淡淡道：「照你們估計，敵人實力如何？」

慕容戰道：「由於南北正處於大戰一觸即發的紛亂局勢中，所以慕容垂或孫恩均沒有可能傾巢而來。孫恩的情況我並不清楚，但卻敢肯定慕容垂能抽調的兵力當不會逾一萬之數。以此推之，孫恩的兵力亦應與此數相若，否則他們的聯盟將失去均衡。」

費正昌倒抽一口涼氣道：「邊荒集以漢幫最人多勢眾，不過可用之兵仍未過千，像貴聯兵力也只在六、七百人間，但已是北方幫會之冠，即使所有人聯合起來，也只是五、六千人之數，而敵人的實力在我們四倍之上，這場仗如何能打？」

慕容戰從容道：「淝水之戰又如何？謝玄以八萬兵擊垮苻堅的百萬大軍，正顯示戰爭講的是將才和謀略。我們已有全盤計畫，對邊荒集的形勢我們也比敵人熟悉和了解。假若我們團結一致，同心抗敵，打不過才作撤逃打算時，也總比我們一盤散沙各行其是有機會多了。時間無多，敢請三位立即下個決定。」

程蒼古和費正昌目光不由落到江文清身上，後者容色慘白，好半晌點頭道：「好！我們和慕容當家並肩作戰，至死不悔。」

慕容戰精神大振，道：「我立即把大計全盤奉上，然後我想見千千一面，向她請安問好。」

燕飛來到刺客館的大門外，心中百感交集。他們是明知不可爲而爲之，拋開生死地去打一場不可能贏的戰爭。

慕容垂和孫恩分別是南北的首席武學大宗師，兩人更是征戰經驗豐富無比、縱橫沙場的無敵統帥。其手下人人肯爲他們效死命，人數又是邊荒集幫會總兵力的數倍之上。這場仗是不戰已知勝負。

慕容垂和孫恩並不是苻堅，潁水也不是淝水，邊荒集更缺乏一個謝玄，若劉裕未走尚勉強可以頂上。

想到這裡，心中一動，似乎捕捉到點甚麼，偏沒法清楚說得出來。

紀千千又怎麼辦好呢？

她正値花樣年華的黃金歲月，像一朵正盛開的鮮花，他怎忍心讓她陪自己送死？

不！這一場仗他一定要贏，而要贏此仗，他首先須像謝玄般信心十足，從容籌畫。

爲了紀千千，他絕不能輸。

燕飛忽然整個人平靜下來，進入萬般皆空的境界，所有擔憂全拋到腦後，就像一個面對強敵的劍手，心神沒有半絲空隙破綻。

燕飛倏地加速，轉過屏風，置身昨天方成立但已驚動整個邊荒集的刺客館內。

江文清領慕容戰進入漢幫總壇被命名爲「穎園」位於建築物組群中心處的亭園，指著位於園內荷塘上的六角亭道：「千千小姐和小詩姊正在亭內賞花，慕容當家請自便，恕孟齊失陪了。」

說罷轉身便去。

慕容戰暗讚他識相，亭內的紀千千在向他招手，表示歡迎。

慕容戰心中忽然湧起神傷魂斷的感覺。燕飛確比自己更有資格得到紀千千，不是因他在某一方面勝過自己，或佔了早一步認識她的便宜。而是自己的命運已與族人的存亡掛上鈎，欠缺燕飛自由自在的寫意，縱使今晚死不掉，紀千千跟著他慕容戰絕不會有多少好日子過。

想著想著，一雙腿卻把他帶往紀千千所在之處。

兩道淩厲的目光，同時落在燕飛身上。

燕飛從容一笑，往坐在刺客館大堂桌子邊的屠奉三和陰奇舉步走去，道：「屠兄和陰兄不是在等我吧？現在邊荒集內怕沒有多少人尚有閒坐的興致。」

屠奉三和陰奇起立歡迎，沒有顯示任何敵意。前者欣然道：「當然是專誠恭候大駕，事實上當燕兄離開北門驛站，我們已猜到燕兄路過時或會賞面應約。如燕兄過門不入，我們只好冒昧請駕。燕兄請坐！」

三人對桌坐下，陰奇居側，成「品」字形。

燕飛沉聲道：「屠兄的陣營裡肯定有內奸。」

陰奇微一錯愕，屠奉三仍沉著如故，淡淡道：「此話從何說起？」

燕飛微笑道：「屠兄今早往見赫連勃勃一事該極端秘密，與之結成聯盟一事即使貴方也不是人人清楚，而郝長亨今早卻清楚肯定的告訴我，並明言貴方內有他的人，屠兄認爲這是怎麼一回事呢？」

陰奇臉上現出震駭的神色，往屠奉三瞧去，神色有點古怪，似是想到某事。

屠奉三則目射奇光，盯著燕飛。

燕飛望望屠奉三，又瞧瞧陰奇，皺眉道：「怎麼回事？是否我說錯了？又或是郝長亨故意誣陷你們？」

屠奉三嘆道：「此事千眞萬確，亦因我見過赫連勃勃，回來後愈想愈不妥當，所以想和燕兄見面。」

陰奇插口道：「會否是赫連勃勃把此事洩露予郝長亨呢？」

屠奉三苦笑道：「可能性很低，即使赫連勃勃與郝長亨蛇鼠一窩，但北人怎會信任南人？何況是立即知會郝長亨。若我是赫連勃勃，無論如何都會對郝長亨留一手，甚至以我們牽制或損耗郝長亨的實力。哼！赫連勃勃是怎樣的一個人，我比很多人要更清楚。」

只聽他的話，便知屠奉三一直在嚴密監視燕飛，而屠奉三肯直接承認與赫連勃勃結成聯盟，正表示他再不視燕飛爲敵人。

屠奉三爲何有此轉變？

燕飛目光在兩人臉上掃視兩遍，終發覺異常之處，訝道：「陰兄的臉色爲何忽然變得這般難看？」

陰奇現出一絲苦澀的表情，雙目閃過恐懼的神色，艱難的道：「因爲我方曉得老大今早去見赫連勃勃，並與他結盟一事者只有三個人，就是老大、我和老博。唉！而我陰奇卻是處於最不利的位置。因爲老博臉上的舊疤痕正是郝長亨的得意之作，燕兄你說我的臉色可以不難看嗎？」

燕飛明白過來，往屠奉三瞧去，只見他雙目精光閃動，充盈殺機，心叫不妙。

第四章　真情對話

慕容戰在石桌面對佳人坐下，縱使在此兵凶戰危的時刻，仍禁不住心神皆醉。外面的世界，與眼前的人間仙境應沒有任何關係，只可惜他要和她說的，正是外面殘酷的現實世界，可謂大煞風景。

小詩避到小亭之外，慕容戰心忖若把亭子接連兩岸的兩條木橋同時拆場，他便可以「獨佔」紀千千了。

想得入神時，紀千千溫柔悅耳的聲音在他耳內響起道：「若是來勸我獨自逃生，慕容當家最好省點時間，免此一舉如何？」

慕容戰心中像燃著了一爐火炭，生出擁抱她的強烈衝動，卻又不得不把心願強壓下來，免致破壞首次單獨與她說話的機會，訝道：「千千爲何會想到這方面來呢？」

他要得到的女人，從來沒試過得不到的，只恨他卻清楚，紀千千的芳心已繫在燕飛身上。她不肯離開，是爲了燕飛而非他慕容戰，這是個無情的事實。

紀千千欣然道：「或許是千千誤會了！怕你是受了燕飛那小子的蠱惑，傻乎乎的試圖來說服我離開邊荒集。因他知道無法說服我，只好請人代勞。」

慕容戰失笑道：「千千竟掌握了荒人說話的用詞和語調，且是傳神至極。唉！實不相瞞，起初我確有此意，旋即打消，還想借助千千的力量。」

紀千千喜孜孜的道：「我正愁自己投閒置散，有甚麼用得著千千的地方，儘管吩咐下來。」

慕容戰暗叫慚愧，紀千千才是眞正的置生死於度外。因爲以她的慧根，不可能不清楚此仗勝算極微。

道：「這方面容後稟上，不過當務之急，是設法先把小詩姊送往安全處所，免得她受驚。」

紀千千沉吟片刻，輕輕道：「我和小詩名雖主婢，事實上親如姊妹，一直相依爲命，從來沒有分離，千千恐怕很難說服她心甘情願的離開。」

慕容戰道：「小詩必須立即離開邊荒集，若在鐘樓會議召開後，連我也沒有十足把握可讓她遠離險地。我和燕飛想出妥善的辦法，就是讓她混在離集的荒民中避往邊荒東南的山區，龐義和他的兄弟會一道走，所以千千不用擔心她乏人照顧。我會另外派出一些人馬扮作荒民，直送他們到二十里之外。」

紀千千臉色微變，道：「聽慕容當家這番話，邊荒集似已陷進包圍裡，情況眞的如此惡劣嗎？」

慕容戰點頭道：「情況確實比想像中的更惡劣，現在證實慕容垂和孫恩會親自督師攻打邊荒集，誓要把邊荒集所有幫會豪強一網打盡。由於邊荒集形勢特殊，敵人的探子可輕易掌握各幫會的情況，任何幫會要撤退的話，肯定瞞不過敵人耳目，而敵人在集外的部隊，會對離集的幫會隊伍攔路伏擊和突襲，但對一般荒民該不會理會。」

紀千千聽得花容慘淡，道：「豈非大家想走也走不成。」

慕容戰登時被激起奮戰到底的英雄氣概，冷哼道：「千千放心，我們也不是窩囊貨，更不會被慕容垂和孫恩嚇怕，且已有應敵之計。燕飛將和我們並肩作戰，誓要保衛邊荒集的自由和繁榮。慕容垂和孫恩均不可以一般到邊荒集來混的幫會視之，前者會令邊荒集變成他燕國的城集，而孫恩更會以他的妖教荼毒邊荒集，倘若我們能好好利用他們這方面的威脅利害，加上千千的影響力，說不定我們能再次召集夜窩族和有志的荒民一同相抗，不是沒有一拚之力。」

紀千千猶豫道：「千千可以有甚麼影響力呢？」

慕容戰精神大振的道：「千千的影響力是難以估計的，讓我舉個例子好嗎？我慕容戰是自小見慣美女的人，族內美女更是予取予攜，可是以我這樣的一個人，見到千千傾國傾城的絕色，仍禁不住神魂顛倒。千千早把整個邊荒集迷倒，只是千千自己沒有覺察罷了！」

紀千千兩邊臉頰分別升起一朵紅雲，令她更是嬌艷不可方物，秀眉輕蹙起來，微嗔道：「千千雖然不是從未被人當面稱讚過，卻從沒有人像慕容當家般如此直接。你是乘機使奸，千千卻是心中慚愧。女兒家的醜妍只是鏡花水月，轉瞬成過眼雲煙，有甚麼了不起的，表面的美麗，並不可靠呢。」

慕容戰說出心中仰慕，大感痛快，欣然道：「表面的美麗當然難以持久，亦難以保持永久吸引力，但千千卻非徒具美麗軀殼的絕色，而是內外俱美的嬌娘。我慕容戰歷閱美女無數，卻從未試過像這刻面對千千般的動心，千千請恕我的唐突冒瀆，我們慕容鮮卑族的男子一向是這般作風，在野火晚會裡見到心儀的女子，會把心中的愛慕化作情歌直接向對方高唱出來。在見到千千之前，我已風聞千千色藝雙絕，能顛倒天下眾生。」

紀千千沒好氣的道：「你還未聽過人家的雕蟲之技哩！或許聽後會非常失望，感覺不外如是。」

慕容戰笑道：「正因尚未得聞仙音妙韻，所以怎甘心戰死沙場。在我來說，以前的邊荒集是有迷人的軀殼而欠缺靈魂，總使人感到不足，千千芳駕抵邊荒集後，已彌補此一缺陷。確是人同此心，卓狂生更比任何人明白此點，所以只要肅清內奸，那時千千敲響邊荒集的聖鐘，號召邊荒集有志者共同捍衛大家的自由和利益，必是一呼千諾，精誠團結。」

紀千千輕嘆道：「千千只好盡力而爲，小詩方面又如何解決呢？」

慕容戰思忖道：「直說肯定不行，唯有哄她大家是分批離開，又或如果你們走在一起，將會很顯眼諸如此類。更或騙她由於燕飛必須是最後走的那批人，負起殿後的重任，千千要陪燕飛，故著不懂武功的她先走一步。兩個說法都行，任千千選擇。」

紀千千苦惱道：「我不想騙她，我若沒死當然一切沒問題，可是若千千過不了此關，小詩會怨我一世呢。」

慕容戰微笑道：「那就索性不騙她，不過卻須千千全力配合。」

紀千千終現出懷疑神色，盯著慕容戰戒備的道：「說來聽聽。」

慕容戰頹然道：「燕飛說得沒錯，以我們淺薄的道行，的確沒法說服你。」

紀千千欣然道：「不過我眞的很感激慕容當家對千千和小詩的關懷，小詩的事包在我身上吧！」

慕容戰正容道：「請向小詩轉告我的一個決定，就是在我戰死之前，沒有人能傷害紀千千。」

紀千千垂下螓首，輕柔的道：「燕飛不是你的敵人嗎？」

慕容戰生出肝腸欲斷的痛苦，曉得紀千千在暗示燕飛才是她的眞命天子。嘆道：「至少在明天日出前，他將是我生死與共的戰友，不如此這一仗更是必敗無疑。實不相瞞，我一向的立場與我那群堂兄弟是有差異之處，因爲我認爲在民族生死存亡的大前提下，個人私怨是該擱到一旁。燕飛是不會來和我們爭天下的，可是若讓慕容垂佔領邊荒集，等若揑著我們的咽喉，早晚窒息而亡。」

紀千千欲言又止，終沒有說話。

慕容戰猜到紀千千是想問爲何燕飛不親來見她，竟由他代勞，不過可能怕傷害他，故沒有吐出心中疑問。

暗嘆一口氣道：「漢幫的人會與千千一起赴鐘樓會議。千千說服小詩後，請通知宋兄，他自會作出妥善安排。」

出乎燕飛意料之外，屠奉三並沒有向陰奇出手。他並非憑空揣測，而是清楚感到屠奉三凝聚功力，蓄勢待發，陰奇則像認命了似的，根本不作任何防禦，或許是因爲知道沒法從屠奉三手底下逃生。

屠奉三朝陰奇瞧去，訝道：「你不怕我向你下手嗎？」

陰奇頹然道：「我追隨了你十多年，老大若要懷疑我，陰奇有甚麼辦法？若我奮起反抗，不但徒勞無功，反使老大更肯定我是內奸。所以我忽然失去一切鬥志，不想反抗。」

屠奉三點頭道：「不愧是我的好兄弟，剛才我只是試探你，而事實上嫌疑最大的並不是你，你與兩湖幫一向沒有任何關係，而博驚雷至少是兩湖幫的死敵，仇人也是一種關係，更可以是精心安排的苦肉計，剛才也是他自動請求去統領我們的支援部隊而非是你。」

陰奇呼出一口氣，輕鬆起來，欣然道：「多謝老大的信任。」

屠奉三向燕飛道：「燕兄怎樣看？」

燕飛也爲陰奇暗鬆一口氣，點頭道：「我完全同意屠兄的看法，若博驚雷確是郝長亨的人，你們的支援部隊已陷入險境。」

屠奉三沉聲道：「幸好發覺得早，說不定可反危爲安，燕兄以爲然否？」

陰奇的腦筋回復靈活，插口道：「我軍的藏身處怕已在敵人掌握中，必須立即想辦法補救。」

屠奉三沒有答他，只看著燕飛。

燕飛沒有直接回答屠奉三的話，問道：「赫連勃勃究竟有甚麼不妥當的地方，致令屠兄要找我說話？」

屠奉三坦然道：「我對他的懷疑不是沒有理由的，因為他絲毫不把外敵的威脅放在心上，一意要毀掉飛馬會和你燕飛，更與我約定於鐘樓會議召開時一舉將與會者制伏，然後鏟除異己，把邊荒集置於絕對的控制下。因此我敢肯定他必是慕容垂派來邊荒集的走狗。」

燕飛點頭道：「我們也有此疑惑，他甫到邊荒集便冒花妖之名興風作浪，此事該在屠兄算計中，為何仍要找他說話呢？」

屠奉三攤手苦笑道：「除他之外，誰肯與我合作呢？」

接著道：「之前燕兄過門不入，為何忽然改變主意，賜訪屠某人？」

燕飛道：「屠兄這般坦白，我也只好實告，因為再沒有說廢話的時間。首先是據得來的最新消息，慕容垂和孫恩將親自督師來攻邊荒集，其次是郝長亨因身分暴露躲了起來。由於他特別向我提及屠兄與赫連勃勃結盟，使我感到或許屠兄並不明白自己的處境，被人利用。」

陰奇道：「赫連勃勃最顧忌的該不是飛馬會而是我們，最理想是我們與你們鬥個兩敗俱傷，他赫連勃勃不單可以保存實力，且可於慕容垂和孫恩抵達前控制邊荒集，大增以後瓜分邊荒集利益的籌碼。」

屠奉三道：「如果從這角度去看，該是赫連勃勃故意把消息洩露給郝長亨，再由郝長亨告訴燕兄。但我看情況卻非如此，郝長亨確實是從我們內奸處得到消息，然後知會燕兄，希望燕兄聯結其他幫會，與我們和赫連勃勃來個大火併，到各方傷亡慘重，他便可以出來收拾殘局。」

稍頓續道：「至於赫連勃勃，他是要借助我們的力量擊垮飛馬會。他今早放出謠言，指飛馬會是慕容垂的走狗，所以並非師出無名。而與飛馬會一向勢不兩立的北騎聯理該樂觀其變。當慕容垂和孫恩的大軍兵臨城下，他再來個開集迎敵，那時人人只餘待宰的分兒。」

燕飛心中絲毫沒有不耐煩的情緒，因此刻屠奉三每一句話都具有決定性，若弄不清楚形勢，將沒法定下對策。

點頭道：「我同意屠兄的看法，不過陰兄的話也有道理，以赫連勃勃的桀驁不馴，絕不肯甘於當別人的走狗，所以他會設法先一步控制邊荒集，佔取最大的利益。慕容垂和孫恩均難以久留，他或可變成邊荒集無名卻有實的支配者。」

陰奇見燕飛肯局部支持他的看法，大爲感激。

屠奉三默然片刻，目光投往燕飛，正容道：「假設我屠奉三以後肯依邊荒集的規矩辦事，燕兄可否視我爲友？」

燕飛心中暗讚，從而看出屠奉三不但才智過人，更是高瞻遠矚。

大家聯手抗敵，是勢在必行，否則燕飛不會到刺客館來，屠奉三也不會開心見誠，言無不盡。但問題在彼此之間始終沒法消除戒心，怕被對方抽後腿，可是若屠奉三以後真肯依從邊荒集的規則行事，不把他屠奉三逆我者亡的一套搬到這裡來，擊退強敵後仍可和平共處，只講做生意而不管外面的風風雨雨，消除戒心，合作起來將可以如魚得水。

沉聲道：「若桓玄有令，著屠兄取漢幫而代之，屠兄怎麼辦好呢？」

屠奉三從容笑道：「將在外，軍令有所不受，除非是南郡公親率大軍來邊荒集，又或已攻陷建康，否則我會告訴他邊荒集必須保持勢力的平衡，一旦平衡被破壞，其後果將沒有人能預估。就像邊荒集若眞的被慕容垂和孫恩瓜分，邊荒集將變成戰事連綿的凶地，結果是最後沒有人能在邊荒集分得半點利益。」

說罷向燕飛伸出雙手，言詞懇切的道：「我屠奉三雖然一向心狠手辣，可是說過的話從沒有不算數的。我對燕兄非常欣賞，清楚燕兄不會向任何人出賣邊荒集。現今我們均處生死存亡之際，只有完全的信任和合作，方能令我們有一線生機，燕兄肯接受我嗎？」

燕飛生出在賭桌盡賭一把的感覺，假如他像錯信郝長亨般錯信屠奉三，那他和邊荒集的盟友不待慕容垂和孫恩駕到，便要陷於萬劫不復之地。

可是他有別的選擇嗎？

倏地伸出雙手與屠奉三緊握在一起。

四手緊握一下，接著放開。

兩人欣然對視，頗有識英雄重英雄的味道。

陰奇精神大振，道：「現在離鐘樓會議只有小半個時辰，我們該如何部署？」

屠奉三問道：「敵人今夜來攻的消息，有多大準確性呢？」

燕飛扼要說出卓狂生的事，又提及高彥於巫女河發覺大批樹木被砍伐，而高彥或許已被殺害的情況。

屠奉三明白過來，苦笑道：「孫恩殺任遙一事，燕兄該猜到與我有關係，實情是由我通知孫恩，想他代我們出手收拾劉裕……」

燕飛截斷他道：「你害我，我害你，戰爭從來是不擇手段，任青媞在給卓狂生的飛鴿傳書裡並沒有提及劉裕的生死，我自然希望他吉人天相。現在我們再無暇胡思亂想，屠兄首要之務是重新部署集外的部隊，邊荒集則交由我們處理。」

屠奉三雙目精光閃閃，道：「既知慕容垂的行軍路線，燕兄若有方法令慕容垂沒法如期夾攻邊荒集，我們或可想出一個擊垮孫恩大軍的妙計。」

第五章　戰雲密布

紀千千策馬馳出漢幫總壇，伴在左右的是程蒼古和費正昌，後面是三十多個漢幫的精銳戰士，屬程蒼古的班底。

甫出門外，即見燕飛牽馬卓立道旁，微笑等候。

紀千千喜出望外，報以最動人的甜蜜笑容。燕飛以優美至沒有瑕疵的姿態躍登馬背，趕上來與她並騎而行，朝廣場進發。

程蒼古和費正昌放緩馬速，落在兩人身後。

燕飛向程蒼古笑道：「怎麼樣都要找個晚上，再到賭場向賭仙請教。」

程蒼古呵呵笑道：「本人樂意奉陪。人生如賭博，我現在的感覺，與身處賭場全無分別。」

費二撇也欣然道：「賭博的勝負，由賭本和賭術決定，我們今趟賭本並不雄厚，只好憑賭術補其不足，對嗎？」

燕飛笑道：「所以我努力籌措賭本，幸好對手大力幫忙，令本該流失的賭本回到囊內，希望我今次的運氣比上回好一點。」

紀千千見到燕飛，那顆本似懸在半空的心立即落實，他的輕鬆自如，令她感到沒有事情是燕飛應付不來的。

燕飛三人間言笑對答，顯示出身經百戰的武士視死如歸、談笑用兵的從容大度，並不因敵人勢大有絲毫畏怯。

蹄聲在後方驟響，大隊人馬從漢幫馳出，與他們反方向朝東門馳去，她不用回頭看已知是宋孟齊親率主力大軍，依計畫出東門沿穎水直去碼頭。

邊荒集是天下必爭之地，而碼頭則是邊荒集的必爭之所。誰能控制碼頭，誰便可以控制水運。

紀千千可以想像邊荒集所有幫會傾巢而出，以實力作較量，這一盤戰棋已成形成局，就看敵我雙方如何把握時機形勢，調兵遣將，出奇制勝，以決勝負。

燕飛往她瞧來，訝道：「千千是否哭過了呢？」

紀千千撒嬌地橫他一眼，嘆道：「詩詩是哭著走的，教人家也忍不住落淚呢。」

燕飛問道：「龐義他們是否一道走了？」

紀千千點頭道：「他們要負起照顧詩詩之責，當然陪她離開。唉！說服他們並不容易呢。」

東大街行人稀疏，不知是因荒人大批離集避禍，還是因他們看到形勢驟趨緊張，故躲在居所內免遭池魚之殃。

不過當見到紀千千，人人均駐足賞看，至少在那一刻，忘掉了邊荒集的天大危機。

燕飛道：「你是怎樣說服小詩姊的？」

紀千千平靜答道：「千千從未求她做不情願的事，今回是首次破例，她一直在哭，幸好她很懂事，唉！」

蹄聲再響，一隊戰士從橫街飛騎馳出，帶頭的是拓跋儀。

他全副武裝，一派赴戰場與敵決生死的壯烈氣勢，尤使人感到邊荒集諸雄奮戰到底的不屈意志。

他先向眾人打個招呼，對紀千千深深看了一眼後，來到燕飛另一邊，追隨他的十多名拓跋族戰士融入漢幫的戰士隊伍裡。

此刻再沒有胡漢之別，為保衛自由，他們統一在邊荒集的大旗下。

燕飛道：「情勢如何？」

拓跋儀沉聲道：「集內的主要幫會各自在勢力範圍內集結兵力，羯幫則因長哈老大的離開已不成氣候，大家都知會無好會。」

接著湊近少許道：「果然如你所料，紅子春並沒有立即去為你傳話，而是先到姬別的『兵工廠』逗留了半刻鐘，方趕到鐘樓，對此你有甚麼聯想？」

紀千千、程蒼古和費正昌豎起耳朵，留意兩人關係重大的對答。

燕飛沉吟道：「這表示他兩人是同流合污，希望做人家的走狗而得以保住在邊荒集的利益，不過卻沒有想到情況會發展到如此地步。赫連勃勃的出現和慕容垂、孫恩兩人親來督師，使他們感到被利用和出賣，他們現在是進退兩難。」

紀千千不解道：「他們若是敵人的內應，怎會忽然憂慮被人出賣呢？」

費正昌代為解釋道：「他們肯定不清楚全盤的局勢。紅子春和姬別分別與兩湖幫和黃河幫有關係，黃河幫後面的靠山是慕容垂，乃天下人皆曉得的事。紅、姬二人因黃河幫與兩湖幫結盟，又知慕容垂決定對邊荒集用兵，認為邊荒集大勢已去，為了求存只好歸順敵人。不過卻沒想過有赫連勃勃此一變數，更可能不知道有孫恩的參與，令他們生出被瞞騙利用的失落感覺。我認為燕飛的猜測雖不中亦不遠矣。」

程蒼古接口道：「孫恩殺死任遙敲響他們的喪鐘，顯示孫恩不願任何人分薄他的利益，縱使盟友亦不例外。紅子春和姬別的實力遠比不上兩湖幫和黃河幫，與孫恩和赫連勃勃根本沒有議價討價的能力，一個不好還要賠上性命，所以他們現在當然非常苦惱。」

拓跋儀道：「我們現在該如何處置他們？」

燕飛目光投往古鐘場的方向，淡淡道：「有沒有郝長亨的消息？」

拓跋儀知他因高彥而對郝長亨切齒痛恨，道：「把紅子春吊起來拷問或許可以多知道些東西。」

紀千千嘆道：「原來郝長亨是滿口謊言的卑鄙之徒。」

程蒼古問道：「赫連勃勃有多少人馬？」

拓跋儀冷哼道：「他現在在小建康的戰士不到五百人，根本難成氣候，我們提防的是他混入集內的人，又或布於北面的部隊，其實力可能大大出乎我們意料之外，否則他怎敢有恃無恐的召開鐘樓會議？」

費正昌道：「或許他並不知道我們確認他是慕容垂的走狗，也沒想過卓狂生是逍遙教在邊荒集的臥底，由他洩出慕容垂和孫恩的大計，令我們全體團結起來。」

燕飛低聲道：「他更沒有想到屠奉三把他看通看透。」

接著向拓跋儀道：「決定邊荒集誰屬的第一次交鋒將在集外而非集內，也是我們拓跋鮮卑族與鐵弗部匈奴的一場惡鬥，如若輸掉一切休提。你不但要應付從外面攻入的敵人，還要應付混在集內的敵人。」

拓跋儀哈哈笑道：「放心吧！我對鐵弗部的戰術手段瞭若指掌，絕不會令你們失望。」

接著大喝道：「兒郎們隨我來。」

一夾馬腹，領著手下旋風般轉入橫街，意氣昂揚的疾馳而去。

紀千千心頭一陣激動，此時剛進入夜窩子的範圍，忽然記起一事，問道：「爲何不見高彥呢？」

燕飛神色一黯，頹然道：「他可能遇上不測，不過現在絕非哀傷的時候，他的血不會白流。」

紀千千嬌軀劇顫，再說不出話來。

戰爭尙未開始，她已見識到戰爭的殘酷！當明天太陽升起前，她在邊荒集認識的好友，包括她自己在內，誰仍好好地活著呢？

卓狂生立於鐘樓頂上，凝望邊荒集南面的荒林野原，潁水在左方淌流，不見任何船隻的往來。

就是在這片原野裡，斷送了大魏最後的一點希望。

他最難接受的是多年來付出的努力，在剛到收成的當兒，忽然一把輸個精光，更清楚沒有翻本的可能。

打擊是如此突如其來，如此不能接受！在收到任青媞通知的一刻，他徹底地崩潰。

現在他甦醒過來，彷如重生般從過去的迷夢中甦醒過來，心情平靜得連自己都難以相信。原因在於邊荒集。

對邊荒集，他的感情是非常複雜的。

邊荒集像他的親生兒，看著它在自己的悉心培育下茁壯成長，變成天下最奇特和興旺的場所。而他卻心知肚明，親生兒會由他自己一手毀掉，從最自由的市集變成逍遙教爭霸天下的踏腳石。

不過一切均隨任遙的橫死成爲過去。而他除邊荒集外，已一無所有。

若失去邊荒集，生命再沒有意義。

爲了邊荒集，他將會奮戰至最後一口氣，與邊荒集共存亡。有了這決定後，他感到無比的輕鬆，他再不用因出賣和欺騙邊荒集感到內疚，他將以自己的鮮血，向邊荒集作出補贖。

呼雷方的聲音在他身後響起道：「紅子春和姬別來哩！」

卓狂生皺眉道：「赫連勃勃和車廷呢？」

呼雷方道：「若你是他們，不看清楚形勢，肯貿然來赴會嗎？」

卓狂生轉過身來，淡然道：「他們來與不來，是沒有任何分別的。赫連勃勃將會發覺召開鐘樓會議是他嚴重的失著，孫恩亦將體會到鏟除盟友的惡果。邊荒集從未像此刻般團結，沒有人比我更清楚邊荒集是怎樣的一個地方。它是天下英雄集結的場所，由街頭賣藝者到統領一方的幫會領袖，無不是菁英裡的菁英，任何不明白實況或低估邊荒集的人，都會因算錯邊荒集的實力而付出沉重的代價！即使對方是慕容垂或孫恩也不例外。赫連勃勃算甚麼呢？」

兩艘雙頭戰船，從邊荒集碼頭啓碇開航，逆水北上。

江文清立於先行那一艘的船頭處，冷冷觀察兩岸的情況，道：「若我沒有猜錯，上游已被封鎖。」

站在她後方的直破天悶哼道：「和我們大江幫在水上玩手段，只是自討苦吃。北人不善水戰，諒他們不敢在水上與我們較量，頂多利用兩岸弄些手腳，否則若大家來一場江上交鋒，將是非常痛快。」

江文清莞爾道：「直老師永遠是那麼信心十足。」

直破天苦笑道：「事實上此刻我半點信心也沒有，我敢賭文清小姐你也像我般沒有信心，對嗎？」

江文清有點軟弱的道：「直老師是否在怪我不選擇撤退呢？」

直破天搖頭道：「我絕沒有怪責小姐之意。換作我是小姐，肯定會作出同樣的選擇，因爲此乃唯一生路。孫恩和慕容垂是輸不起這場仗的，所以不來則已，來則肯定是雷霆萬鈞之勢。而邊荒集卻是無險可守之地，最糟糕是尙未知集內誰爲敵誰爲友，這場仗不用打也知道必輸無疑。」

江文清大訝道：「既然如此，直老師剛才爲何又說留下抗敵是唯一生路呢？」

直破天瞥她一眼，得意的道：「原來也有文清小姐看不透的東西。」

江文清最清楚他的好勝心，微笑道：「文清並不是活神仙，請直老師賜教。」

直破天欣然道：「對我來說，死亡的方式只有光榮和不光榮兩種。死定要死得痛快，偏是老天爺最愛作弄人，你愈想求死，他愈不會讓你稱心遂意。我們現在的情況亦是如此，只有但求力戰而死，在最困難的局面中奮鬥，不把生死放在心上，或許尙有機會殺出一條生路來。何況明知是死，當然更要死得光采。」

江文清肅然起敬道：「直老師這番話含有很深刻的道理。」

直破天坦然道：「文清小姐可當這是由經驗而來的智慧，我直破天活了數十個年頭，不知曾多少次出生入死，而每一次均有這是最後一次的驚懼。之所以能活到現在，正因我每一次必定死戰到底，永不言敗。文清覺得我常常信心十足，正因我有此心態。」

江文清動容道：「多謝直老師指點。對！死有甚麼大不了的，最要緊是死得痛快。」

她的心忽然不舒服起來，她並非首次和直破天面對勁敵，直破天卻從未如此語重心長的向她說過這般心底話，可見直破天感覺到前所未有的凶險危機。

又道：「敵人並非是全無破綻的。」

直破天精神一振道：「請小姐指點！」

江文清思索道：「我的靈機是由胡沛的失蹤啓發的。」

直破天知她聰慧過人，不敢打斷她的思路。自江文清出道以來，直破天和顏闖兩人奉江海流之命一直在扶持她，銳意將她栽培爲大江幫的繼承人。

表面看直破天事事講求勇力，頗似有勇無謀之輩，事實上當然非是如此。直破天能高居大江幫三大天王之首，豈是只憑勇力卻沒有腦袋的人。只不過他的武功別走蹊徑，以死爲榮，以硬碰硬，以悍不畏死爲至高心法，實際上他卻是膽大心細，所以江海流才會委他以扶持江文清的重任。

江文清目光投往前方，悠然道：「胡沛後面肯定有人撐他的腰，不管他出身如何，支持他的必是今次來犯邊荒集的其中一股勢力。」

直破天道：「這麼說，支持他的該不出慕容垂、孫恩又或聶天還三個人。」

江文清道：「孫恩和聶天還的可能性是微乎其微，因爲在淝水之戰前，他們分別被謝安壓制得無法動彈，求存不易，哪來閒情理會邊荒集。他們做甚麼都是白費工夫。只我們已可輕易截斷他們的貨運。」

直破天愕然道：「難道竟是慕容垂？」

江文清道：「只看慕容垂一直暗裡支持拓跋珪的人在邊荒集大賣戰馬，便曉得慕容垂在垂涎邊荒集的驚人利益。北方漢人一直清楚邊荒集的重要性，否則任遙不會差遣卓狂生到邊荒集來打穩根基。

漢人在北方有四大勢力，就是黃河幫、彌勒教、逍遙教和太乙教。如今逍遙教可以撇除，而胡沛將不出餘下三大勢力其中一系的人。」

直破天道：「小姐的推斷大有道理，不過即使胡沛是這三大勢力混進漢幫的奸細，卻怎會成爲敵人的破綻？」

江文清分析道：「此正顯示敵人間有利益衝突的矛盾，而孫恩正是看破此點，所以下手殺任遙，造成既定的事實，逼慕容垂不得不和他瓜分邊荒集的利益。可是若胡沛有慕容垂的支持，建立新漢幫，慕容垂便不用倚借孫恩或聶天還，這便是敵人的破綻。」

直破天嘆道：「確實是破綻，可惜這個破綻只會出現在他們攻克邊荒集之後，而我們早成邊荒的冤魂，怎還有機會計較誰取得最大的利益？」

江文清道：「假若我們令敵人久攻不下又如何呢？」

直破天點頭道：「若敵人不是精誠團結，當然對我們有利。」

江文清道：「知己知彼，百戰不殆。鬼使神差下，我們對敵人的情況掌握得愈來愈清楚，只要清除內患，我們並非全無勝算。」

「噹！噹！」

在桅桿頂望台放哨的戰士，敲響銅鑼。

兩人轉身往上瞧去，望台處的手下打出手勢，表示在上游五里處出現敵人。

江文清發令道：「靠岸！」

今次行動，是她主動向慕容戰提出，能否擊潰赫連勃勃的部隊，就看他們這支張揚其事的奇兵。

第六章　統一邊荒

慕容戰策馬來到紀千千另一邊，手下則加入漢幫戰士的隊伍去，近百人浩浩蕩蕩的馳進邊荒集的聖地古鐘場去。

在正午的燦爛陽光下，古鐘樓巍峨矗立在大廣場的正中心，若古鐘場是夜窩子的聖土，古鐘便該是聖土內的神物。不論經歷過多少場戰爭，總沒人有膽子去動古鐘樓半根毫毛。

今趟會否是例外呢？

廣場的正西處聚集著近千名戰士，布成陣勢，進入隨時可以開戰的狀態，看得從未經歷過戰爭的紀千千一顆芳心不由忐忑不安地卜卜跳動起來。

慕容戰神態輕鬆的逐一向眾人請安問好，對紀千千微笑道：「這是邊荒集不成文的規矩，任何幫會開始集結動員，其他幫會立即動員戒備，當此情況發生時，各幫之主須到鐘樓看看能否透過談判解決，談不攏立即動手武鬥，場地是古鐘場，免得誤傷無辜和破壞集內的店鋪房舍。」

紀千千點頭道：「這樣的規矩很不錯呢！可他們是屬哪方的戰士呢？」

慕容戰目光投往佔去好一片地方的戰士群，淡淡道：「他們是羌幫和我們北騎聯能拿出來見人的精銳聯軍，人人皆可以一當十，沒有一個是怕死的。時間無多，今次我們到鐘樓來不是爲商量甚麼事，而是要一舉解決內奸的問題，決定誰主邊荒集。」

又向另一邊的燕飛問道：「情況如何？」

燕飛輕鬆的道：「一切依計而行。慕容當家放心，敵我各區均進入一觸即發的戰爭狀態。」

慕容戰嘆道：「我唯一放不下心的是北區的防守，可惜卻不能代勞。」

燕飛聳肩道：「慕容當家似乎忘記了守北門的是曾縱橫北疆的馬賊，最擅長以少勝多，而拓跋儀更是拓跋族拓跋珪麾下最出色的軍事戰略大家，打仗像吃飯睡覺般習以爲常。赫連勃勃以前奈何不了拓跋族，今天的情況仍然沒有改變。」

紀千千聽著他們閒話家常般的對答，再感覺不到兩人間的任何敵意，這個變化豈是初抵邊荒集時想像得到的！她此時芳心中塡滿奇異的情緒，糅集著對大戰即臨的惶恐和眾人面對劣境團結奮鬥的不屈精神，心忖臨敵從容，談笑用兵，不外如此。

後面的程蒼古道：「我仍信不過屠奉三。」

燕飛道：「事實會證明一切，屠奉三是有智慧的人，曉得眼前唯一生路，是與我們並肩作戰。我們更不得不賭他娘的一把，大家都是沒有選擇。」

「啊！」

廣場西面的戰士齊聲叱喝，舉起兵器致意，士氣昂揚至極點。

眾人此時馳至古鐘樓旁，紛紛甩鐙下馬。

就在此時，大批匈奴幫的戰士從東北角注入廣場。

赫連勃勃終於駕到。

慕容戰來到剛下馬的燕飛身旁，低聲道：「待會不論情況如何變化，我和你負責招呼赫連老兄，只要能把他的頭掛在集北門外示眾，他的部隊必不戰而潰。」

降。

燕飛微笑道：「這麼便宜的事，小弟怎敢不從。」

兩人對視而笑。

既決定拚死抗敵，他們早拋開所有擔心和憂慮，竭盡全力與敵周旋，即使剩下一兵一卒，絕不投降。

拓跋儀與手下馳至北門，五百拓跋鮮卑族戰士集結候令，夏侯亭迎上來，與他並騎馳出北門，入目的是廣闊達半里的禿樹林，數以千計只剩下兩、三尺許的樹幹，形成怪異無比的景象，像忠心守衛邊荒集外圍的矮人。

夏侯亭以馬鞭遙指矮樹幹區外的樹林，神色凝重的道：「赫連勃勃的部隊已推進至樹林的邊緣，一旦接到命令，可於半刻鐘內攻入邊荒集。照探子的回報，他們的兵力在五千人間，力足以一舉粉碎我們的抵抗力。即使我們能勉強擋著他們，他們亦可繞攻西門，守西門的北騎聯因調走大批人手到古鐘場，恐怕比我們更加不濟。」

拓跋儀平靜的道：「我們的石車預備好了嗎？」

夏侯亭道：「徵集的石車共七百多輛，全賴羌幫和北騎聯大力幫忙。」

拓跋儀道：「立即以其中二百輛在禿幹區中間布下第一重防禦線。」

夏侯亭忙吩咐後面的手下，手下領命而去。

夏侯亭皺眉道：「第一重防線離集足有數百步之遙，不怕呼應上有問題嗎？」

拓跋儀胸有成竹的道：「第一重防線只是用來遮擋敵人的視線，使他們不曉得我們在這邊弄甚麼手腳。赫連勃勃早錯失憑優勢兵力迅速攻破邊荒集的機會，他失著的原因是不知道卓狂生已洩露敵人攻集的大計，激起全集團結一致的鬥志和決心。他更錯的是存有私心，務要殲滅我們飛馬會，故以大軍封鎖北面退路，使我們除拚死力戰外，沒有第二條路可走。」

車聲馬嘶，在後方響起。

兩人回頭望去，一輛接一輛裝載石頭的馬車，正從北門魚貫駛出來。

拓跋儀微笑道：「恐怕沒有一個荒人曾想過，天下最荒誕墮落的邊荒集，竟會成為決定天下誰屬的爭戰之地。到明天太陽再升起來之時，我們應大概可以弄清楚，天下究竟是慕容垂的天下，還是我們拓跋鮮卑的天下。」

卓狂生透過議堂的大窗凝望匈奴幫戰士在廣場東南角調動的情況，可想像小建康正處於最高度的戒備狀態下。事實上邊荒集的五大幫漢幫、羌幫、北騎聯、飛馬會和匈奴幫，分別控制著東、南、西、北四門和東北的小建康，掌握著離開邊荒集五條主要出路。

所以即使赫連勃勃完全被孤立，他仍是進可攻退則可守、可撤。

紅子春、姬別和呼雷方坐在他們特定的座位裡，靜候會議召開。紅、姬神情麻木，失去往昔的光采。

卓狂生暗嘆一口氣，回到主持的位子坐下，沉聲道：「紅爺和姬公子究竟是認命還是以為匈奴幫力足以保護你們呢？」

姬別色變道：「老卓你這番話是甚麼意思？」

呼雷方冷哼道：「老卓這番話沒有甚麼特別的意思，只是想試探你們是否已從妄想可以苟且偷安的美夢裡驚醒過來。看你們是選擇光榮奮戰還是引頸待宰。你們也不是第一天出來混的，該明白黃河幫與兩湖幫的聯軍已被慕容垂和孫恩的聯軍取代，而整個進攻邊荒集的大計已因赫連勃勃的野心而失控。若你們仍像隨風擺動的垂柳般沒有立場，不論形勢如何發展，都肯定你們不會有好結果。」

紅子春慌忙道：「呼雷老大你誤會了，我們並沒有投靠兩湖幫又或黃河幫，只是因與他們多年來建立起生意往來的關係，確曾答應過他們嚴守中立而已！」

卓狂生哂道：「若敵人成功攻克邊荒集，還有甚麼中立可言呢？鐘樓會議舉行在即，一場血戰無可避免。邊荒集並不是爲想苟且偷安的傻瓜而設的，你們現在若不肯作出決定，待會再沒人有興趣聽你們說話。」

足音響起，紀千千在慕容戰、燕飛、費正昌和程蒼古的簇擁下，儀態萬千的登上議堂，她的出現，立即把劍拔弩張的火爆氣氛大大沖淡。

紀千千含笑與眾人打過招呼，在燕飛的陪同下，坐入一旁的椅子去。

慕容戰、費正昌和程蒼古紛紛入席，程蒼古坐的是原屬祝老大的席位。

卓狂生目光投往燕飛，輕描淡寫的道：「假若沒有議席反對，燕飛你可坐入夏侯老大的席位，代他舉手發言。」

燕飛微笑道：「我還是坐在這裡舒服些兒。」

紅子春忽然起立，肅容道：「趁赫連勃勃尚未到場，我要向各位公開明確地表達我的立場，我紅子春於此立誓，決定與議會共進退，若有異心，教我橫屍邊荒。」

費正昌豎起拇指讚好道：「我不敢肯定紅爺是否作出最明智的抉擇，卻敢肯定這是男子漢的抉擇。若想壽終正寢，不但不要到江湖來混，更不要到邊荒集來混。現在我們不是不想走，而是根本無路可走，只有決一死戰，一旦立下決心，便不回頭。就是如此簡單。姬公子尊意又如何呢？」

紀千千瞧著紅子春坐下，心頭一陣激盪。邊荒集能出人頭地者，都有他們一套的生存方法，提得起放得下。而在外敵的龐大威脅下，鐘樓會議成為向心的巨大引力，把平時因各種利益衝突和私心作祟的諸般勢力團結起來。他們雖各有目標，但是至少在這一刻，他們是為邊荒集而戰，為自由和公義而拚盡最後一口氣。

姬別成為眾人目光的焦點，臉色變得更蒼白，再沒有一向的瀟灑自如，露出一絲苦澀的表情，嘆道：「若我說不，你們是否立即下手處決在下呢？」

卓狂生淡淡道：「一切由鐘樓會議決定，你該清楚舉手的結果。」

姬別搖頭道：「我們是沒有機會的。南面的情況我不清楚，可是北面的情況我卻略知一二。我明白各位因我缺席歡迎千千小姐的早宴而懷疑我，事實上我是到了集外北面五十里的竹秀山去見黃河幫的幫主『黃龍』鐵士心，向他彙報邊荒集最新的情況。只是隨鐵老大來的戰士便達三千之眾，我們根本不會有任何機會。」

眾人聽得倒抽一口涼氣，慕容垂果然是思慮周詳，有這麼一支軍隊在陸路配合，他們想中途設伏截擊立即難度大增。

慕容戰沉聲道：「在巫女河伐木為筏的把戲是不是你弄出來的？」

姬別愕然道：「我對此一無所知。」

程蒼古仍是賭桌上那副胸有成竹、勝券在握的從容神態，柔聲道：「姬少既然是黃河幫老大的心腹，爲何不硬撐下去？卻要向我們透露如此重要的情報？」

姬別苦笑道：「我並不是第一天出來混，鐵老大對孫恩有份參與的事一字不提，我還不醒悟自己是被人蒙騙利用便是眞正的混蛋和傻瓜。赫連勃勃的出現更令我心寒，他殘暴不仁的作風天下皆知，若讓他得勢，我想偷生都辦不到。孫恩更可怕，在他心中不信奉他者皆是可殺，邊荒集眞不知會給他弄成甚麼樣子。」

紀千千喜道：「若邊荒集人人都有姬公子般的想法，我們不是可以把所有人團結起來嗎？」

呼雷方冷哼道：「赫連勃勃和郝長亨正是爲破壞邊荒集的團結而來。赫連勃勃先扮作花妖作惡，只可惜給眞花妖和方總誤打誤撞下打亂了陣腳，他一計不成又生另一計，散播飛馬會是慕容垂走狗的謠言，弄得人心惶惶。兼之潁水上下游確被封鎖，從今早開始，荒人不住往西逃亡，現在邊荒集十室九空，留下來的不知誰是敵人奸細，所以我們只好依靠自己的力量。」

卓狂生道：「情況尚未至如此惡劣，剛才便有夜窩族的頭領來要求我作出指示，我已向他們解釋清楚，要他們回去留意鐘聲，他們都是可靠的，亦不容別有居心者混雜其內。」

眾人精神一振，深切體會到卓狂生作爲夜窩族精神領袖的作用。

卓狂生笑道：「夜窩族是由瘋子組成的，大部分均爲生活在邊荒集又熱愛夜窩子的荒民，幫會人物因幫規限制只佔少數。他們更甘於爲保護千千小姐而賣命，照我估計，若加上夜窩族，我們的兵力至少增加二千之眾。」

紀千千不好意思的道：「卓館主過譽了！千千哪有這麼大的號召力？」

姬別道：「千千小姐不要低估自己，像我姬別沒聽過小姐的仙音是絕不會甘心就戮的。實不相瞞，我在小姐未到場前心中仍是猶豫不決，見到小姐後忽然心生羞慚，覺得自己枉作小人。」

燕飛道：「尚有一事未告訴各位，屠奉三決定站在我們一方拚死保衛邊荒集，還親口承諾若過得此劫，以後依從邊荒集的規矩辦事。他在集內、集外的兵力加起來有二千三百多眾。」

呼雷方等尚未知曉此事者無不動容，士氣大振。

姬別立即雙目放光，道：「那我們大有機會哩！」

紅子春訝道：「甚麼機會？」

各人心中生出同樣的疑問，撇掉匈奴幫和羯幫不論，本地各幫會勢力加起來的總兵力約在三千人間，再添上屠奉三和夜窩族總數也不過八千許人，及不上慕容垂或孫恩任何一方的實力，且還未把赫連勃勃、黃河幫或兩湖幫計算在內。

屠奉三的二千兵不論如何精銳，仍難扭轉劣勢。

姬別道：「打雖打不贏，突圍逃走卻是綽有餘裕，只要我們能擊垮赫連勃勃的人，逃走的機會便出現哩！」

慕容戰轉頭和燕飛交換個眼色，心呼不妙。

姬別說得對，若能擊敗赫連勃勃，敵人對邊荒集的封鎖將出現空檔，頂多只餘下郝長亨隱在某處的部隊，其兵力實不足阻止他們逃進西邊荒的深山野嶺，邊荒集當然要失陷。不過對紅子春和姬別來說，活命自然比保住邊荒集重要，賺夠便走，一向是荒人的信條。

紀千千皺眉道：「邊荒集不是也完了嗎？這怎麼行？」

姬別欲言又止，忽然臉現羞慚之色，沒有繼續說下去。

卓狂生望向燕飛，道：「燕飛有話要說嗎？」

紀千千隱隱感到燕飛已成爲眾人的領袖，而這是他憑實力爭取來的，燕飛在誅除花妖一事上顯示出他超凡的本領，予人深不可測的感覺，兼之他在邊荒集一向地位超然，亦造就他領導群雄的資格。

燕飛從容道：「現在當務之急，是同心合力應付赫連勃勃，若沒法鏟除他，一切休提。假若我們初戰得利，我們尙有幾個時辰部署，到時若任何人要離開，我們絕不阻止。對我來說，邊荒集是天地間給我僅餘的安身立命之所，任何人想把邊荒集奪去，首先要問過我的蝶戀花，我已決定留下來與邊荒集共存亡，也可以代屠奉三和拓跋儀說同一句話。」

「鏘！」

慕容戰拔出佩刀，高嚷道：「我公開宣布拋開本族的一切私怨包袱，與燕飛並肩作戰到底。」

卓狂生、費正昌、程蒼古和呼雷方同時舉手表示贊同眞誠團結。

紅子春向姬別嘆道：「集外處處危機，在這裡至少還曉得自己在幹甚麼，死也死得光采，所以我紅子春決定留下。他不仁我不義，郝長亨已出賣我，我現在只想操他的娘。」

姬別發呆半晌，點頭道：「對！若我還存有僥倖之心，怎還配稱邊荒集的兵器大王。」

紀千千心中翻起千重巨浪，清楚知道燕飛終於在揭開戰幔的前一刻，成功將邊荒集各大勢力團結起來。

足音在石階響起，赫連勃勃終於駕到。

第七章 各展奇謀

江文清和直破天展開身法，借疏林亂石的掩護，避過多處敵哨，潛上一座可遙觀潁水的山坡，伏在矮樹叢中，以免驚動坡丘上的敵人。

此處離邊荒集足有十里水程，這段潁水上游的兩岸建起數座臨時的碼頭，泊著近五十艘式樣如一的尖頭船，每艘長七丈五尺，豎二桅，八槳一櫓。

岸旁布有數組營帳，約略估計，敵人的兵力當在三千人間，其實力確足以封鎖河段，不容任何船隻通過。

直破天沉聲道：「是黃河幫的破浪戰舟。」

江文清點頭應是。

黃河幫雖在天下三大水幫中居首，可是並不以水戰著名，究其原因，一方面因北方造船業遠及不上南方發達，造船技術與江南有一段很大的距離，更因北方各胡族以騎射爲主，不屑習舟船和水戰之技，兼之船匠南逃，所以黃河幫能拿出來見人的貨色，只有這批機動性不強，每艘可容三、五十人的小型戰船。不過若負責封河鎖道，以他們眼前所見的實力，仍是綽綽有餘。

直破天道：「我們算漏了黃河幫，想不到他們會爲慕容垂作開路先鋒，他們應是昨夜才開始在這裡紮營布陣的，足證卓狂生沒有說謊，慕容垂確實會在今晚進攻邊荒集，現在我們該如何是好？」

如照原定計畫，他們要對付的是赫連勃勃的部隊，由於此部隊的主力從北面陸路進犯邊荒集，那樣其封河的軍力將不會太強大，所以江文清可憑精湛超群的水戰之術破敵封鎖，再從陸路由後抄擊敵人的陸路部隊，趁敵人注意力集中於邊荒集之時，前後夾擊一舉破敵，但以現在所見情況，當然此計不成。

邊荒集的形勢立即轉趨惡劣，赫連勃勃的匈奴戰士不但可以全力攻打邊荒集，黃河幫的部隊更成為另一嚴重威脅。假若赫連勃勃發動攻擊之際，黃河幫同時由水路推進，一旦奪得邊荒集碼頭的控制權，黃河幫的戰士不單可以與小建康的敵人會師，更可直接從小建康或東門攻入邊荒集的腹地，那時聯軍將被瓦解，變成肉搏的巷戰，不待慕容垂和孫恩大軍殺到，邊荒集已失去抗敵的能力。

江文清現在必須作出判斷，究竟黃河幫會否配合赫連勃勃的作戰計畫？

直破天目光離開敵營，朝西岸搜索觀察，兩耳聳豎，可知他不但用眼去看，還功聚雙耳，仔細聆聽。

江文清知他作戰經驗豐富，此刻的舉動肯定有原因，耐心靜候。

直破天忽然舒了一口氣，道：「果然不出我所料，鐵士心於營地西邊的樹林暗藏大批戰馬，該是供慕容垂之用。」

江文清神色更趨凝重，點頭道：「這麼看赫連勃勃先一步攻陷邊荒集的行動，鐵士心該是不知情的。」

直破天同意道：「理該如此。慕容垂的命令應是待他大軍到達時，沿潁水分水陸兩路直逼邊荒集，而赫連勃勃則是開門揖敵的內應。若我們沒有識破赫連勃勃，此計確是萬無一失。」

江文清道：「赫連勃勃的膽大妄為，大有可能是被屠奉三引發，以為可利用屠奉三的愚蠢，一舉摧毀邊荒集的所有反對力量，豈知正因如此露出馬腳。」

直破天問道：「我們該怎麼辦？」

面對如此強大的敵人，這位身經百戰的悍將生出一籌莫展的頹喪感覺。

江文清道：「現在我們只有一個選擇，就是設法以快打慢，摧毀黃河幫封河的船隊，再迎擊慕容垂順流而來的木筏。在時間拿捏上必須精準方有效用，且必須在日落後才有成功的機會。」

直破天皺眉道：「我們豈非要放棄夾擊赫連勃勃的行動？」

江文清嘆道：「所以我說沒有選擇的餘地，現在我們立即派人坐快艇回去通知燕飛，他會明白我們要幹甚麼的。」

拓跋儀立馬北門，環視四方。

伴在他左右的是夏侯亭和漢人心腹丁宣，石頭車陣布置妥當，形成長長一列障礙，卻沒有人布陣於障礙後，形成古怪特異的景象。

拓跋儀道：「小建康情況如何？」

丁宣答道：「我們正密切注視赫連勃勃的一舉一動，小建康目前戒備森嚴，主力部隊約三百人，聚集在夜窩子東北角和小建康間，看情況該是支援到鐘樓開會的赫連勃勃。」

拓跋儀向另一邊的夏侯亭問道：「清場一事進行得如何？」

夏侯亭道：「一切順利，我們區內的人均移往西區，由北騎聯負起保護之責。」

丁宣道：「屠奉三的人在刺客館後院集結，人數超過五百，無一不是荊州的精銳戰士，若他們背盟與赫連勃勃聯手，我們將一刻鐘也守不住。」

拓跋儀苦笑道：「我們必須信任屠奉三，相信他不會如斯愚蠢，在現今的情況下，屠奉三的人已成決定勝負的關鍵。」

夏侯亭道：「石頭車陣布成哩！這麼長達千步的石頭車陣，在敵人集外部隊的優勢兵力下，我們根本沒法守得穩。」

拓跋儀現出胸有成竹的笑容，徐徐道：「那根本是沒法死守的防線，敵人只要繞路攻來，便守無可守，何況還有小建康的敵人裡應外合。不過若敵人誤以為我們藉此車陣防禦，就正中我下懷了。」

接著低聲說出其禦敵之策，聽得兩人不住點頭。

蹄聲響起。

三人回頭望去，陰奇在十多名荊州精銳簇擁下，正朝他們馳來。

拓跋儀打出要手下放行的手勢，心中大定，勒轉馬頭，往陰奇迎去。

邊荒集潁水西岸碼頭區。

費正昌旗下的三百好手以東門爲據點，在曾化名任九傑與博驚雷交手的顏闖率領下，以渾名「鎮地公」，裝上石頭的大鐵箱鋪疊架障，切斷邊荒集潁水西岸碼頭區小建康和東門間的陸路交通，只餘兩個可容雙騎進出的關口，足可應付敵人大規模的衝擊戰。

像其他區域般，所有制高點均由箭手拱衛，邊荒集已進入一觸即發的戰爭狀態中。

潁水更是冷冷清清，民船、商船雖不能從潁水離開，卻可以駛進附近的支流避禍。現在剩下的只有屬於各幫會的十多艘戰船，其中七艘是漢幫的船，泊在河中心處，隨時可以支援岸上己方人馬的戰鬥。

攔河鐵索令形勢涇渭分明。

鐵索以南是漢幫戰船的天下，以北的船隊由飛馬會、羌幫和北騎聯組成，整個碼頭區已落入聯軍一方的絕對控制下。

碼頭處不見人蹤，再沒有人敢在此區盤桓逗留，在隨時會發生大火併的情況下，一般荒民誰不怕變成遭殃及的魚兒。

顏闖立在高及胸口的「鎮地公」後，凝望小建康的方向。

他本為巴蜀的獨行大盜，一生見盡凶險場面，從不知道畏懼是何事，不過此刻卻有很不穩當的感覺。

驀地蹄聲激響，從小建康有一隊人馬馳出，沿潁水西岸的官道，朝北馳去。

顏闖心叫不妙，知道中計，當機立斷，大叫道：「兄弟！隨我來！」

領著蓄勢待發的三百名戰士，飛身上馬，從兩處出口馳出，朝小建康殺去。

議堂內。

人人目光均落在入門處，豈知出現眼前的卻非赫連勃勃或車廷，而是高彥的得力手下小軻。

他是被兩名戰士押上來的，只見他神色倉皇的道：「不要中計，我看到赫連勃勃於兩刻鐘前潛離邊荒集，現在小建康內由車廷主持，舉行鐘樓會議只是個幌子，目的是把你們牽制在這裡。」

人人聞之色變。

燕飛和慕容戰同時彈起來，搶到議堂東北角的大窗，朝匈奴幫的陣地瞧去。

呼雷方急問道：「你見到他從哪個方向離開？」

小軻答道：「他從西面離集，由於高老大吩咐我留意他，所以我一直看緊他。」

卓狂生拍道：「中計！」

燕飛作出決定，道：「赫連勃勃仍算錯一著，就是沒想過屠奉三背叛他而不配合發動，所以我們仍有平反敗局的機會，只要能迅速攻下小建康，清除內患，赫連勃勃即使能攻進來，也要被逐出去。」

說罷一拍慕容戰肩膊，道：「這裡交給我們，你去找陰奇。」

就那麼穿窗而去，單人孤劍掠往匈奴幫布於廣場東北角的陣地。

大戰終於爆發。

屠奉三和十多名手下飛騎疾馳半個時辰，抵達己方人馬駐紮的小谷。

谷外放哨的戰士向他致敬示意，顯示仍未受到敵人的攻擊。

早在到邊荒集前，桓玄已多次派探子來踩場偵察，並與屠奉三議定以此谷作為藏兵的秘密基地。

此谷有三個出口，四周群山環繞，易守難攻，只要作好防禦措施，數千人可抵數萬人的強攻。

經過兩天的準備工夫，他們已建立堅強的壘寨，不懼敵人的強攻，即使要用兵邊荒集，屠奉三仍不會放棄這優越的基地，倘能保住基地，他們進可攻退可守。

當然若有內奸，是另一回事，他不得不親走一趟，正是要奪回控制權，由於博驚雷是他最得力的手下之一，故此事必須由他親自處理，不能假他人之手，以免招致不必要的變數。

對燕飛的提示，讓他識破內奸，他是非常感激。他爲人雖心狠手辣，卻是恩怨分明，不屑做卑鄙之事，否則不會成爲桓玄最信任和敬重的人。他向燕飛表示一切依邊荒集規矩辦事，正是他對燕飛的回報。

博驚雷聞訊到谷口迎接他，一臉訝異的神色，劈頭問道：「是否計畫有變？何事令老大你親自趕來？」

屠奉三冷哼一聲，沒有答他，逕自策騎進入谷地。

谷內營帳集中在西南角，該處地勢較高，又有水源，設置木寨後本身便是堅強的軍事陣地，足以應付成功攻入谷內的敵軍。

博驚雷心中打個突兀，無奈下策馬追在他馬後，往營寨馳去。

把守木寨的戰士齊聲高呼，歡迎主子駕到。

谷內二千精兵，多年來隨屠奉三出生入死，征北討南，視屠奉三如天神，而屠奉三從沒有薄待他們。

際此戰爭的年代，能追隨有爲的統帥，方可成爲人上之人，而屠奉三正是這麼一個有實權和威懾力的無敵大帥。

屠奉三直抵主帳，甩鐙下馬，喝道：「驚雷你隨我來。」

揭帳而入。

博驚雷驚疑不定，卻沒有別的選擇，尾隨他進主帳內去。

外面的戰士把守主帳四方，曉得事不尋常。

屠奉三在帥位坐下，平靜的道：「坐！」

博驚雷往一側坐下，深吸一口氣，有點不敢接觸屠奉三灼人的銳利眼神。他像陰奇般，比任何人更清楚屠奉三的手段和武功。

屠奉三忽然現出笑容，徐徐道：「驚雷可知郝長亨已把你出賣？」

博驚雷的呼吸不受控制地急促起來，沒法平復地一顫道：「我不明白老大你的話。」

屠奉三輕鬆的道：「你不用明白，從你的神態我便看出你的眞正身分。」

博驚雷色變道：「老大你萬勿中敵人的離間計，我與郝長亨仇深似海，怎會爲他辦事。」

屠奉三啞然失笑道：「驚雷又露底哩！我只說郝長亨出賣你，並沒有說你爲他辦事。」

博驚雷有點手足無措的道：「冤枉！我是誤會了老大的意思。」

忽然彈起，跪伏屠奉三身前，立誓道：「老大請勿相信讒言，我博驚雷對老大忠心耿耿，天地可以爲證。」

屠奉三訝道：「驚雷沒興趣曉得郝長亨如何誣衊你嗎？」

博驚雷此刻再沒有半絲縱橫江湖的高手氣度，像透一條可憐蟲，抬頭苦笑道：「請老大賜示。」

屠奉三道：「郝長亨親口向燕飛指出你是他精心安置在我們軍裡的內鬼，從你那裡曉得我們和赫連勃勃結盟的事。這算不算出賣你呢？又或只是老郝得意忘形下的無心之失？」

他此番話有眞有假，卻大半是事實，合乎情理。因爲照道理燕飛怎都不該將此事洩露予屠奉三，誰曉得因高彥一事，令郝長亨奸謀敗露，燕飛竟與屠奉三結成聯盟。

博驚雷全身一陣抖顫，對於屠奉三對付叛徒的殘酷手法，他比任何人清楚，因爲他本人便曾親自執行多起處置背叛者的酷刑。

屠奉三笑道：「博驚雷！你現在沒有話好說吧？」

博驚雷的頭下垂觸地，似欲辯說，忽然從地上彈起，往屠奉三撲來，兩手執拳伸出中指，分插屠奉三雙目。

屠奉三雙目精芒閃射，往後仰身，雙腳閃電撐出，既快疾無倫、勁道十足，又是角度刁鑽、蓄勢而爲。

「砰！砰！」

兩腳分別命中博驚雷胸口，博驚雷往後拋飛，撞破帳幕，倒跌出主帳外去。

帳外戰士驚呼，不知所措。

屠奉三從容起立，神態輕鬆的從帳門走出去，來到博驚雷的身旁，低頭細審仍在咯血的博驚雷，嘆道：「很奇怪仍沒有死去嗎？」

博驚雷雙目射出恐懼的神色，沒法回應。

屠奉三微笑道：「幸好叛徒是你而不是小奇，否則休想詐出你這個叛徒來。念在你追隨我多年，只要你肯坦白說出郝長亨的陰謀，我一時高興起來，說不定會給你一條生路，否則我可以保證讓你活生生的熬足三日三夜。」

博驚雷咯出一口鮮血，頹然道：「是我對不起老大，我是有難言之隱的。」

屠奉三點頭道：「原來你並不像我想像般的愚蠢。來人！給我把他抬進帳內去。」

手下依令而行。

屠奉三觀察四方，自言自語的道：「老郝你這一招很絕，不過卻變成作繭自縛，我會將計就計，反令你自食苦果，但請勿怪責任何人，老天爺一向愛這麼捉弄人的哩！」

第八章　邊荒之戰

燕飛穿窗而出的一刻，對整個形勢了然於胸，敵我均有勝算及失著，直到此刻雙方仍未可以定得勝負誰屬。

關鍵處在於車延和他的匈奴戰士能否守穩小建康。

赫連勃勃的計畫可說是無懈可擊，其目標是要在慕容垂和孫恩大軍抵達前先一步攻佔邊荒集，表面上是爲慕容垂立下大功，事後更可推說因形勢緊張，不得不先下手爲強，實際上卻是藉此戰名揚天下，建立匈奴鐵弗部的聲威，並以此作籌碼，多爭取點在邊荒集的利益。

慕容垂正在利用赫連勃勃箝制拓跋珪的當兒，自不會因此與赫連勃勃反目，甚至會作個順水人情，削減孫恩方面的利益以滿足赫連勃勃，來個一舉兩得。對孫恩，慕容垂不可能沒有戒心。

赫連勃勃首先散播謠言，指飛馬會是慕容垂的走狗，既可轉移視線，又可以製造邊荒集的分裂，更導致人心惶惶，大批荒人亡命邊荒。等到屠奉三找他結盟，更堅定他先一步奪取邊荒集的決心，遂召開鐘樓會議，與屠奉三約定於會議召開之際，由屠奉三殲滅飛馬會。

他與屠奉三結盟是不安好心，利用屠奉三令邊荒集陷入混亂，不論其他幫會如何反應，他的部下只須保著小建康，等若以一把利刃刺入邊荒集的心臟，癱瘓了邊荒集的反抗力量。

赫連勃勃又故意封鎖邊荒集北面的水陸交通，造成他的部隊會從北面進攻邊荒集的錯覺，把飛馬會的主力牽制在北門大街，既方便屠奉三的突襲，又可令飛馬會沒法從北門大街的入口攻打小建康。

而事實上赫連勃勃眞正進攻邊荒集的主力大軍，已轉移到邊荒集的西面，當屠奉三發動襲擊時，他們將以雷霆萬鈞之勢一舉突破北騎聯的防禦，攻入邊荒集，除去所有反對他的勢力，包括屠奉三這「盟友」在內。

若一切依他的意願而行，赫連勃勃確有很大機會一戰功成。

邊荒集不像其他大城鎮，集內並沒有關防內城，四周更沒有堅固的城牆，處於平野，唯一可以憑藉的只是潁水之險。這麼一處無險可守之地，若赫連勃勃詭計得逞，趁屠奉三和飛馬會展開巷戰之際，揮軍從西面突襲，其他幫會的戰士又被牽制在古鐘場，在小建康的裡應外合下，邊荒集的反抗能力肯定徹底瓦解，而他赫連勃勃將成爲主宰邊荒集的人，整個邊荒集任他魚肉。

幸好老天爺並沒有盡如他的所願，而他更低估了對手。

第一個發現他有問題的是屠奉三，令他開始懷疑他的眞正身分，最後達致屠奉三反叛盟約，投向燕飛的一方。

第二個是郝長亨，曉得情況不妥後，藉機向燕飛洩露屠奉三密會赫連勃勃的事，原意是借刀殺人，卻因高彥之事心知紙包不住火，立即躲藏起來，不單令紅子春看清楚他在利用自己，還被燕飛猜到屠奉三的手下裡有他安插的奸細，可說是偷雞不著蝕把米。

更出乎赫連勃勃意料之外的是卓狂生的「棄暗投明」，催生出整個邊荒集的團結。現在只要能鏟除小建康的心腹之患，邊荒集的聯軍，便可以集中全力，應付赫連勃勃的侵襲。

所有這些念頭電光石火般閃過燕飛的腦海，他已足尖點地，疾如離弦勁射的利箭般往布陣於廣場東北角的匈奴戰士投去。

漫天箭矢迎頭照面的朝他射來。

燕飛蝶戀花出鞘，心神提升至前所未有空靈剔透的境界，金丹大法全力施爲。

若不能使匈奴幫陣勢大亂，北騎聯和羌幫的聯軍將無法發揮全力，攻入防守森嚴的小建康。

燕飛穿窗而出的一刻，議堂內所有人全站起來。

紀千千更是心頭一陣激盪，燕飛的決斷與不顧己身安危英雄了得的行爲，深深地打動她。

慕容戰的聲音傳入她耳中道：「呼雷老大，小建康交給你，我要立即去找陰奇。」

紀千千朝他瞧去時，剛好看到他的背影消失在窗外。

紅子春、費正昌、姬別、程蒼古等紛紛穿窗而去，人人都是老江湖，際此生死決於一線的緊張時刻，各人不待吩咐便去做自己最應該做的事。

最後議堂內剩下卓狂生、紀千千和小軻，後者定過神來，也一聲請罪從石階急奔離開。

卓狂生出奇地冷靜，向紀千千微笑道：「觀遠台是觀戰的最佳點，請千千小姐移步！」

紀千千欣然點頭。

卓狂生滿足地嘆道：「我一輩子從未如此刻般輕鬆過，即使過不了今晚，已感此生無憾。邊荒集早應該像目前這樣子，超然於各方私利之上，一切以邊荒集的自由爲最神聖的目標，大家團結在一起，爲邊荒集的共同利益奮鬥，使邊荒集成爲天下獨一無二的樂土。千千小姐請。」

紀千千舉步朝石階走去，鐘樓外的世界早被喊殺的聲音填滿。

蹄聲從穎水一方驚天動地的傳過來，戰號同時響起。

拓跋儀大喝道：「絆馬索。」

準備就緒的飛馬會戰士，立即應令而行。由二人一組各負責十條絆馬索，就以只剩下連根的小截禿樹幹爲綁索的基柱，百多組人迅速結起廣被邊荒集外西北面平野的絆馬索陣。

事實上拓跋儀並沒有想過赫連勃勃的主力軍會從西面攻來，只因怕北面的敵人繞過石車陣改從西面進擊，而絆馬索陣又是最便宜方便兼可速成的阻截敵騎進攻之法，故一不做二不休，將邊荒集的西北外圍化爲絆馬索陣，倘若敵人是從這幾個方向攻來，均會被馬索阻截及重創。

在樓房頂高處的箭手固是彎弓搭箭，在地面蓄勢以待的大批箭手則從北門擁出，恭候敵人大駕，不論敵人兵力如何雄厚，若妄圖以快騎強攻，在遠射和絆馬索的配合下，肯定損傷慘重。拓跋儀的高明處，正是待至最後一刻，當敵人發動全面進攻有進無退的關鍵時刻，方展開陣勢迎敵，免得敵人及早發覺，先以刀盾步兵破陣。

同一時間，北面叢林戰號大作，衝出兩隊敵軍，各約三百人，一隊欲與從小建康開出，沿穎水而來的匈奴幫戰士會合，另一隊則在繞過石車陣後從西北角來攻。

拓跋儀心神大定，曉得敵人已落入算中，他並不擔心敵人從小建康攻入北門大街，因爲夏侯亭早用石車把小建康和北門大街間的通路封閉。以匈奴幫的實力，能保住小建康已非常不錯，根本沒法突破他們的防線。

更何況陰奇的五百荊州軍，正集結於北門大街另一端，隨時可作支援。

敵騎在東北角出現，似仍未察覺絆馬索的存在，全速殺至。

拓跋儀一聲令下，箭矢如驟雨般往敵騎射去。

古鐘場處殺聲震天，似潮水般起落，殘酷的戰爭，波翻浪湧的席捲邊荒集，再沒有幫會可以置身事外。

慕容戰策騎全速從夜窩子馳出來，高呼道：「陰奇何在？」

陰奇和五百手下正在北門大街和夜窩子交界處布陣集結，聞言知事不尋常，掠過來拉著他的馬頭，道：「發生甚麼事？原來是慕容當家。」

慕容戰尚是第一次和他碰頭，幸好早知他特異的長相，道：「赫連勃勃的主力大軍不是從北面而是從西面攻來，我們必須調軍迎敵，遲恐不及。」

陰奇當機立斷，道：「慕容當家先行一步，我們隨後趕至。」

慕容戰心急如焚，見他全是步兵，點頭叫了聲「好」，策馬去了。

陰奇一聲令下，五百精銳全體動員，追在慕容戰馬後而去。

「叮！叮！叮！」

箭矢碰上燕飛，立被燕飛繞身疾捲的劍芒激撞得倒射而回，反射入敵陣裡，登時人仰馬翻，匈奴戰士一片混亂。

如此厲害的劍術，匈奴戰士雖然從未見過，卻是早已聽過，至此方知燕飛鎮懾漢幫的雄風沒有被誇大。

「颼」的一聲，燕飛在掠到匈奴幫陣前兩丈許處，騰空而起，斜掠而上，只眨眼的工夫便來到前排敵人的上方。

長矛長刀，齊往燕飛砍刺。

不過燕飛已知敵人陣腳大亂，他雖是鋌而走險，卻是在這樣情況下的最佳戰術，因爲敵人的注意力一直集中在廣場西面的聯合部隊處，絕沒想過燕飛會從鐘樓飛躍而下，當他們忙著彎弓搭箭之時，燕飛已逼至他們五丈之內，只須擋過第一輪勁箭，便可與敵人短兵相接，再多撐片刻光景，聯軍便可以趕來支援，以優勢的兵力，逼得敵人退返小建康，再躡著敵人尾巴殺過去。

兵敗如山倒，這樣的情況下敵人將守不住小建康。

每一個人都明白此點，問題是燕飛能否在如狼似虎的匈奴戰士群中，捱至那一刻的來臨。

「喝！」

廣場西面殺聲震天，千蹄齊發，聯軍全速殺至。

眼前一亮。

敵陣中躍起一人，左盾右刀，凌空迎上燕飛，欺燕飛要應付下方敵人，故採取以硬碰硬的招數，縱使未能當場擊殺燕飛，也務要將他逼回陣外，那時縱騎衝刺，便可像潮水般將燕飛淹沒。

燕飛伸腳疾點，腳尖正中往他斜刺而來的一支長矛，立生新力，改變方向，與對方凌空擦身而過。

「砰！」

來人刀劈空處，左手持著的盾牌卻給燕飛的蝶戀花狠狠劈中。

那人慘哼一聲，全身如遭雷殛，就那麼直落下去，撞得下方騎士與他同時變作滾地葫蘆，令已呈亂象的敵陣更添混亂，戰馬奔竄。

燕飛沒入一團劍光中，衝入敵陣內，尚未觸地，又有兩敵中劍墮馬。

燕飛滾落地上，避過刺來的兩支長矛，同時劍勢開展，刺馬不刺人，五、六匹馬中招後吃痛跳躍、左竄右突，登時影響到其他馬匹，不少敵人被掀下馬背，原本固若金湯的騎陣，終告陣腳大亂。

「噹！」

燕飛從地上彈起來，挑開兩把攻來的馬刀，覷準其中一匹失去主人的戰馬，兩個閃身後翻上馬背，蝶戀花全力施展，首先左右開弓，以重手法硬把兩敵劈下馬背，就那麼深入敵陣，擋者披靡。

「喝！」

蹄聲轟鳴，援兵殺至。

領頭的呼雷方狂喝道：「擋我者死！」

羌幫和北騎聯的一千戰士暴潮般湧至，匈奴幫的戰士哪吃得消，登時往小建康方向敗退。

顏闖高呼道：「停！」

三百戰士齊勒馬韁，分成三排，橫布潁水西岸，離小建康的出口只有千步之遙。

當其手下戰士人人大惑不解，目送先前從小建康馳出數約百人的匈奴幫戰士消沒在邊荒集東北角的破敗城牆後時，另一隊盾箭手從小建康衝出，布陣迎敵，隊形整齊，顯然早有預備。

顏闖暗呼好險，如非及時想到是敵人連消帶打的誘敵之計，盲目衝上去，能有一半人生還已非常有運道。

穎水上的戰船全體進入備戰狀態，朝西岸靠近，艦上的箭手和投石機，蓄勢待發。

敵方號角聲再起，匈奴幫的盾箭手退返小建康內去，令顏闖錯失銜尾追擊敵人的機會。

顏闖暗嘆一口氣，唯一希望是把守北門的飛馬會能擋得住敵人的內外夾擊。

大喝道：「兄弟們！棄馬！」

現在剩下的唯一選擇，是以步行的方式強攻小建康，那將是非常艱苦慘烈的一戰。

慕容戰飛馳而入西大街，高呼道：「隨我來！」

立於各制高點的鮮卑族戰士紛紛躍下，與把守街道的同夥全追在慕容戰馬後，往北門狂奔。

留守西大街的戰士不到二百人，其主要作用不是要支援其他各區的戰鬥，而是要保護從其他各區跑到這裡來的婦女老弱。

西北面殺聲震天，果如慕容戰所料，赫連勃勃以部分軍力配合小建康的匈奴幫，待牽制了邊荒集的聯軍後，乘虛而入，一舉攻破西門，便可以強大集中的軍力，攻陷邊荒集。只沒想過屠奉三會背棄盟約站到與他敵對的一方，更沒想過他們從小軻那得到情報，掌握到他主攻的路線。

西門外的五十多名戰士正人人頭皮發麻地瞧著出現在禿木幹區的敵人，敵勢的強大，軍容的完整，均使人大吃一驚。

慕容戰勒馬一看，禁不住倒抽一口涼氣。

他是在戰爭中長大的人，見慣戰場上的風浪，一眼瞧去，判斷出對方人數不少於六千之眾，分作六隊，清一色的騎兵，旗幟飄揚，是一支配得起赫連勃勃身分地位、受過嚴格訓練的精銳部隊。

慕容戰再朝邊荒集西北角望去，心下稍安，因爲剛好看到拓跋儀的人粉碎了北面攻來敵人的第一輪攻勢，遺下大批被絆倒的馬兒和死傷的戰士，往北面撤走。

不過仍未足以使他有穩操勝券的感覺，即使加上陰奇的五百戰士，在其他人未能及時來援下，以七百人對抗赫連勃勃的六千精兵，也只是螳臂當車的行爲。

蹄聲轟鳴。離西門只有三千多步的敵人不容他有喘息部署的機會，開始發動攻勢。

首先是左右兩翼的先鋒騎兵，分別朝南門和北門方向馳去，擺明是以優勢兵力，把戰線拉開，令他們本已分散的兵力更趨薄弱。

前鋒中軍則不徐不疾地朝沒有任何障礙防線的西門正面逼至。

後方三軍，緩緩推進。

陰奇此時領著手下，來至慕容戰旁，大吃一驚，瞠目以對。

縱可守穩西門，把守南門的數百羌幫戰士如何攔得住敵軍的衝擊？

何況敵人可以化整爲零，從破牆攻入邊荒集，那時西門的攻防戰，將變得沒有絲毫意義。

慕容戰的目光從遠方的敵人處收回，終發覺廣布西門外禿木幹區數以百計的絆馬索，倏地生出希望。

向陰奇道：「這裡交給你。」

又大喝道：「北騎聯的勇士們，隨我來！」

一馬當先，沿破牆往南馳去，二百戰士，飛馬緊隨。

第九章　萬眾一心

紀千千隨卓狂生登上鐘樓之巔。

在她路過第三層的一刻，匈奴幫的戰士早敗象畢露，當她抵達觀遠台時，匈奴幫的戰士開始崩潰。燕飛、呼雷方和己方戰士勢如破竹的衝殺得敵方支離破碎，直殺進小建康去。

紀千千生出心驚肉跳的感覺，至乎湧起不忍目睹的情緒。

戰爭從未如此接近過，鮮血正在淌流，每一瞬間都有人在殺人或被殺。

一切清晰起來，這是沒法形容的感覺，那是一種血淋恐怖的清晰，是一種在戰爭才會出現的感覺，而最要命的是自己被深深地捲進去，指的不單是戰爭，而是一切與邊荒集有關的人和事，因為當她第一眼看到邊荒集，已是一見鍾情。且她更與這天下最奇特的地方的第一劍手墜入愛河，從沒有一刻，可以比此刻更令她對燕飛生出刻骨銘心的愛意。她也感激每一個為邊荒集而戰的人。

卓狂生迎風倚著圍欄，環目四視，嘆道：「這一天終於來臨。在我首次踏足邊荒集的時候，我曉得邊荒集總有一天會成為天下群雄爭奪的寶地，只是沒想過秦淮河的首席才女親身參與。」

紀千千由此高起十五丈的立足處俯瞰遠近，邊荒集的大小戰爭盡收眼底，嬌軀不時輕輕抖顫。

燕飛和呼雷方的一千戰士氣勢如虹的在小建康與潰不成軍的匈奴幫進行逐屋逐巷的激戰，小建康通往碼頭處則被顏闖的部隊完全堵截，逼得匈奴幫戰士們無心戀戰地棄馬朝東北角的破牆逃亡，小建康的戰局勝負已定。

北面的戰事接近尾聲，拓跋儀的飛馬會戰士守得穩如泰山，粉碎了敵人的連番衝鋒，令敵人難越雷池半步。

可是西面的情況卻看得她怵目驚心，敵人的主力大軍明顯有壓倒性的優勢，邊荒集聯軍則因兵力分散，能拿出來對抗敵人的兵力更少得可憐。雖憑著絆馬索擊退了敵人第一波的攻勢，但對方立即重整陣容，中鋒軍棄馬步行，擺明是要先破己方的絆馬索陣，再以騎兵作鋪天蓋地式的進擊，只要能突破防線任何一個缺口，邊荒集的聯軍將告冰消瓦解。

現在情況分明，勝負之分將決定於西面的攻防戰，小建康和北面的戰場再無關痛癢。

紀千千移到高台西面的圍欄，心中的焦急憂慮難以言表。

卓狂生來到她身旁，沒有作聲。

紀千千道：「我們應不應立即召集夜窩族的好漢赴援呢？遲恐不及了！」

卓狂生冷靜地道：「現在召集夜窩族好漢尙嫌時機未成熟，要看的是紅子春和姬別是否眞如他們所說般站在我們這一方，若有他們加入，守穩西線，我們將有機會殺退赫連勃勃的匈奴軍。」

又道：「看！費正昌和程蒼古開始調動他們守衛東線的漢幫戰士哩！」

紀千千朝東大街方向瞧去，大隊漢幫人馬馳出東門，沿潁水南下，看情況是要繞過南門，往西線馳援。

羌幫的戰士在南門外集結，該是在等待漢幫，與之會合後齊赴西線作戰。

兩股人馬合起來雖有過千之眾，可是即使加上正在西線誓死抗敵的戰士，仍不到兩千人，比起敵人的六千大軍，兵力仍嫌薄弱。

紀千千忍不住憂心忡忡的嘆道：「戰線太長哩！若一旦被衝開缺口，防軍肯定全軍覆沒，不如索性退入集內，憑藉著熟悉集內形勢的優勢，與敵人打巷戰尚有勝算。」

卓狂生訝道：「想不到千千小姐竟是知兵的智者，實情確是如此，所謂兵敗如山倒，說的正是這般情況。只恨我們是另有苦衷，皆因婦孺老弱均聚集於西門大街，而赫連勃勃的匈奴兵一向以暴虐凶殘臭名遠播，如讓他們攻入西門，後果不堪想像，所以不得不死守抗敵。」

紀千千道：「既是如此，我們更不得不孤注一擲，立即召喚夜窩族的好漢，他們曉得要對付的是凶殘的匈奴軍，必肯為邊荒集奮戰。」

卓狂生像看著另一個人般重新打量她，點頭道：「千千小姐說得對，我一時疏忽，倒沒想到再不容緩，讓我們立即召集夜窩族。」

陰奇面對敵人不住逼近的刀盾手，心中首次湧起臨陣退縮、不顧而逃的念頭。

對方兩翼的騎兵，與慕容戰和拓跋儀的部隊成了對峙之局，互相牽制，動彈不得，把守西門的重任全落到他的肩上去。

對方以步軍來破絆馬索陣，是可輕易辦到的聰明行動，一旦清除障礙，讓後方的三千敵騎正面硬撼西門防線，他們肯定捱不到一刻鐘便要崩潰。

陰奇暗嘆一口氣，再次在心裡肯定不要退縮，喝道：「放箭！」

布防於西門外的箭手早彎弓搭箭，聞令下數百枝勁箭破空而去，雖造成敵人少許混亂，大部分卻被對方以盾牌擋格。

敵人齊聲發喊，前方列成三行的盾牌手加速推進，跨過絆馬索，逼至離西門五百步許的距離，後排的持刀戰士手起刀落，斬斷阻路的絆馬索。

赫連勃勃狀如天神的領著後方三軍，隨步軍緩緩推進至千步遠處，更添壓力。

「颼颼」聲響，敵方步軍發箭還擊，己方登時有十多人中箭倒地。

陰奇當機立斷，在敵方步軍闖過最後數條絆馬索前，下令全體退入西門內。

屠奉三領著一千荊州軍，穿林過野的來到一處山丘上，從這裡可遙望邊荒集和其西面平野，還隱隱聽到戰鼓和廝殺的聲音。

他的心冷硬如磐石，不是他不關心邊荒集的安危，而是眼前有更重要的事等待他處理。

他從博驚雷口中盡悉敵人的情況，倘若他領軍依原定路線趕往邊荒集支援，將落入郝長亨的陷阱，遭他的部隊伏擊圍剿。

現在他另一支千人部隊，正從小谷開出，依博驚雷和郝長亨約定的路線推進。

若郝長亨是捕蟬的螳螂，他便是在後伺機而動的黃雀。

他對兩湖幫一貫的戰術瞭如指掌，失去水利的郝長亨，在他眼中根本不值一哂。

他絕不會輕敵，這並不是他的習性。

前方半里許處塵煙大作，顯示他誘敵的手下正不住接近敵人的伏擊點，當他的人到達兩處小丘間的狹道，郝長亨的人會從兩邊丘坡殺下，先衝散己方部隊，再逐一屠宰。

屠奉三一聲令下，率隊往伏擊點潛去。

殺聲震天。

刀盾手分作兩組，從兩邊疾奔而至，卻讓出中間通路，好讓後方騎軍直攻西門。

兩翼先鋒軍同時發動，分攻西線兩端慕容戰和拓跋儀的守軍。

北面的匈奴軍配合作戰，夾擊拓跋儀的部隊。

西線的攻防戰，全面展開。

陰奇別無選擇，高呼道：「退後一步，即無死所，我們上！」

荊州軍蜂擁而出，人人奮不顧身的迎擊敵人。

「噹！噹！噹！」

召集夜窩族的鐘聲震盪著整個邊荒集，聯軍一方登時士氣大振，拚死抗敵。

此時燕飛和呼雷方的戰士剛與顏闖的人會師，千多人從小建康馳往前線，小建康則交由潁水船上的戰士登岸收拾殘局，肅清餘下頑抗的敵人。

燕飛騎著搶來的戰馬，向呼雷方和顏闖打個招呼，不往最需要增援的西門馳去，反轉右直奔北門。

呼雷方和顏闖是久經戰陣的人，頓時明白他的戰略。

此乃圍魏救趙的高明策略，要知赫連勃勃從西面進攻，必須以翼軍牽制南北兩端的聯軍，然後再集中力量突破西門的防線。

假若他們到西門助守，便是以硬碰硬，只會陷於苦戰。在敵人的優勢兵力下，一波接一波的衝鋒陷陣，他們把僅餘的兵力投進去支援是於事無補。可是若能助飛馬會的戰士撼垮對方翼軍，西門之圍可不戰而解，因為匈奴軍必須前往接應，以應付聯軍從北面而來截斷他們攻打西門的部隊。

頃刻間大隊人馬馳出北門，穎水方面的戰事已完全在飛馬會的控制下，配合登陸的部隊，令敵人難作寸進。

邊荒集西北角的戰場已到短兵交戰的緊張關頭，拓跋儀親率三百戰士抵擋著對方近千人馬，仍未露敗相。

燕飛、呼雷方等齊聲叫好，豈敢有絲毫猶豫，快馬加鞭，飛馳赴援。

陰奇剛挑殺兩敵，左右戰士頹然倒下，另一波的敵騎又衝殺而至，逼得他不得不稍往後退，赫然發覺己方戰士竟第二度被逼得退入西門，心叫天亡我也。驀地後方喊殺聲起，大隊人馬馳來，領頭者正是紅子春和姬別。

陰奇慌忙喝令，教手下往兩旁退開。

守在樓房高處的己方箭手士氣大振，奮起餘力，箭如雨下的射向衝入西門來的敵騎，射得對方人仰馬翻，亂成一片。

紅子春和姬別領著近六百名生力軍，以騎兵對騎兵，直殺出西門去，立即將城門外的敵人衝得四散奔走，各自為戰，重奪主動之權。

荊州軍此時只剩下三百餘人，在地面作戰者不到二百，可是仍人人奮不顧身，配合紅子春的騎隊衝出西門肉搏血戰，情況慘烈至極點。

慕容戰領著二百戰士與敵方纏戰不休，漸感不支，程蒼古和費正昌的千人部隊殺至，登時把匈奴兵逼得退回去。

敵方戰鼓聲起，敵人慌忙撤退。

慕容戰奮不顧身的追殺數十丈，怕對方派兵支援，未敢窮追，退返西線南端。

攻打西門的步騎兵同時後撤，遺下滿野死傷，盡顯戰爭的無情和殘酷。

西線北端的匈奴部隊更吃了大虧，被堪稱邊荒集最精銳的飛馬會、北騎聯、羌幫和費正昌系的聯軍打得落花流水，死傷過半，差點全軍覆沒，也粉碎了匈奴軍北面部隊威脅北門的力量。

邊荒集的大戰，終以赫連勃勃的初戰失利作結束。

紀千千有點不敢相信自己眼睛地瞧著不斷湧進古鐘場的人，不但因他們來得迅快，更因很多是不屬夜窩族的人，其中還有女兒家。

旁邊的卓狂生也看呆了眼，喃喃道：「我是不是眼花看錯了，邊荒集竟然有這樣的一天。」

二千多名夜窩族勇士訓練有素，加上馬快，早陣容整齊地布陣於古鐘場北面空地，面向鐘樓上的紀千千和卓狂生。

其他壯男、壯女，擠在夜窩族勇士兩旁，全體合起來足有五千多人，齊翹首上望，等待兩人說話。

卓狂生表現出邊荒名士的風範，仰天一陣長笑道：「好！原來我邊荒集竟有這麼多明白事理的人，讓千千小姐來告訴你們，我們爲何召你們來此。」

紀千千芳心一陣激動，此刻在她的眼中，每一張上仰向著她的臉都散發著爲保護邊荒集而戰的神聖光輝，更感到他們會在沒有任何條件下對她說的每一句話深信不疑。

這種信任對她是一種沉重的負擔，因爲會使她感到對他們每一個人，要負上一定的責任。在此刻，她深切地體會到當統帥的痛苦。

戰爭是殘酷的，他們中有多少人當明天太陽升起之際仍能好好地活著呢？她現在推他們上戰場，可能只是教他們去送死。

不過紀千千再沒有其他選擇，他們也沒有選擇，失去了邊荒集，他們將失去最寶貴的家園，以後天下再沒有樂土。

紀千千靠向圍欄，雙目射出如海深情，以她堪稱天下最動聽的嗓子道：「我現在說的每一句都是實話，因爲我不想欺騙你們，至乎影響你們作出錯誤的決定。」

有人在人叢裡高嚷道：「有甚麼事？千千小姐儘管吩咐下來，我們肯到這裡來，早把生死置於度外。」

紀千千往說話的夜窩族戰士望去，竟然是七公子之首左丘亮。

眾人紛紛喝采附和，群情激昂。

紀千千與卓狂生交換個眼神，續道：「現今正在攻城的是以赫連勃勃爲首的匈奴鐵弗部大軍，可是他只是我們其中一個敵人，我們得到確切的情報，南方的天師道和兩湖幫，將於今夜與北方的燕國和黃河幫聯手夾攻邊荒集，而孫恩和慕容垂將親自領兵。所以若你們此刻退出，誰也不敢怪責你們。」

卓狂生聽得目瞪口呆，這位才女確實另有自己獨特的一套，同時心中湧起敬佩之意，因爲她眞的不忍騙他們，縱使關係到自己的生死。

廣場一片沉寂，似乎連呼吸都停止了。

下面恐怕沒有一個人曾想過邊荒集面對的是如此嚴峻的情況。

紀千千甜美的聲音，其餘音似還縈繞著廣場的每一個角落。

卓狂生忽然感到無比的輕鬆。

打從懂事開始，他便被家族灌輸忠於大魏的思想，沒有一刻是爲自己打算，一切爲了復國，任何人都可以被利用和犧牲。可是在這一刻，在邊荒集的戰場深處，他似從一個噩夢中甦醒過來般，找回失去已久的自己，而啓發他的正是紀千千這番話表現出來的高尙情操。卓狂生從心底湧出喜悅，再沒有任何心理負擔，整個邊荒集和他血肉相連起來，他自己更堅定與邊荒集共存亡之心，其他人可以自由作出選擇，此正是邊荒集最與眾不同的地方。

紀千千續道：「今趟天下最強大的多方勢力進犯邊荒集，並不是像過往一般幫會爭地盤的鬥爭，而是要把邊荒集變成他們屬下的一個城集，甚或把住民變成他們的忠心信徒，邊荒集落入他們手上，將永遠不能回復到以前的樣子，更沒有人能預料他們入集後會怎樣對待我們。所以現在各大幫會拋開成見，爲維護邊荒集而戰，但我卻懇請各位三思關乎生死的抉擇。選擇與我們聯軍共生死的，請移往廣場的西面去，原地留下來的我希望你們立即離開邊荒集，也請告訴其他人離開是最明智的做法，以後看情況發展再決定該不該回來。」

卓狂生振臂高呼道：「你們應該清楚紀千千是怎樣的一個人，明白她是如何爲你們著想。現在或許是唯一離開邊荒集的機會，只要越過潁水往東面走，該可離開險境。」

驀地有人大喝道：「我們願意爲紀千千死戰！」

接著其他人一起起鬨，齊聲呼喊，聲音震徹古鐘場。

第十章　旗開得勝

邊荒集大軍會師西門外，總兵力達四千多人，士氣昂揚。經過一番血戰，他們間再沒有甚麼幫會派系之分，而是爲保衛邊荒集並肩奮戰，置生死於度外的戰友夥伴。

赫連勃勃重整軍容，六千兵只餘下四千餘人，與邊荒集聯軍實力相若。

夜窩族向紀千千效忠的吶喊聲從邊荒集的核心遙遙傳來，比甚麼都更有效地激勵了聯軍的戰志和士氣。

燕飛、慕容戰、呼雷方和程蒼古策馬立在西門外的前線，後方戰士分成八組，代表著邊荒集的飛馬會、北騎聯、羌幫、荊州軍、漢幫、費正昌、紅子春和姬別八股勢力。

慕容戰眺望敵陣，沉聲道：「對方士氣已洩，我方則氣勢如虹，應否乘勝追擊，與赫連勃勃正面硬撼，去此大患？」

燕飛道：「打當然要打，不過急的是對方而非我們，赫連勃勃像我們般清楚老屠的二千精兵會隨時從他們的背後殺至，只要我們守穩陣腳，可使我們的匈奴朋友陷於萬劫不復之地。」

呼雷方點頭同意道：「燕飛說得對，大家都是疲軍，以逸待勞的一方當然較上算。」

程蒼古道：「在平野之地正面交鋒，比較吃虧的肯定是我們，因爲匈奴人久經戰陣，又是只效忠一人，不像我們般是初次合作，在配合上出現的小問題或會成爲致敗的因素。」

慕容戰欣然道：「我是給勝利沖昏了腦袋，對！最高明的戰略，莫如背集堅守，城牆雖殘破不堪，以之作箭手的掩護卻是綽有餘裕。」

燕飛道：「我們還要拉長戰線，避入破牆內，務要令對方陷入進退不得的苦戰中，當夜窩族來援之時，全面反擊，必可在我方沒有重大傷亡下擊垮敵人。」

「咚！咚！咚！」

敵陣戰鼓聲響，前方三軍開始推進。

四人忽然你看我我看你，神情古怪。

慕容戰苦笑道：「我們根本沒有一套指揮部隊的方法，不能像對方以鼓聲和號角指揮全軍的攻守進退。」

程蒼古接口道：「我們更缺乏一位人人沒有異議的統帥。」

呼雷方道：「只好用最原始的傳訊方法，分頭去通知各人。」

說罷掉轉馬頭去了。

慕容戰道：「幸好沒有衝出去交鋒，否則眞不知結果如何？」

也策馬去了。

燕飛和程蒼古分頭行事。

飛馬會、北騎聯一組，漢幫和紅子春、費正昌、姬別的人一組，往西線北、南兩端拉開，成爲隨時可支援西門，又可以突擊敵陣兩翼的形勢。

陰奇的荊州軍和呼雷方的羌幫戰士，退到西門的破牆後，擺出犄角固守的戰局。

敵方號角聲起，後陣三軍開始推進，兩翼的先鋒軍則往兩旁拉開，以制衡聯軍強大的翼軍。

大戰一觸即發。

燕飛退到西門處，呼雷方和陰奇策馬來到他左右，遙觀不斷逼近的敵人。

呼雷方向陰奇道：「貴上的部隊如能在此刻趕至，我們將勝算大增。」

陰奇正觀察敵況，見到由赫連勃勃親自率領的後中軍逼至離集千五步處勒馬停下，其餘兩支後翼軍則繼續推進。聞言信心十足的道：「呼雷老大放心，屠老大精通兵法，不但可及時趕來，且會在最適當的時刻出擊，助我們殺敵人一個措手不及、片甲不留。」

燕飛卻暗嘆一口氣，各人表面雖看似輕鬆鎮定，事實上無不心情沉重。只是赫連勃勃一方的軍力，便足以威脅到邊荒集的存亡，即使能將他擊退，也是非常吃力，且在精神、體力各方面損耗嚴重，還如何應付比赫連勃勃更爲強橫難纏的敵人？

即使邊荒集城高牆厚，恐仍沒法抵擋敵人進攻，何況邊荒集乏險可恃，而慕容垂則爲天下極具威望的無敵統帥。

邊荒集聯軍缺乏一個完整的作戰系統，沒有指揮的統帥，沒有支援的兵種，說得難聽點便是烏合之眾。幸好人人武功高強，身經百戰，靠江湖戰鬥經驗以補戰場經驗的不足。

幫會的首領並不等於軍隊的統帥，現時邊荒集最迫切需要的是一個像拓跋珪或謝玄般能統攬全局的人，劉裕仍嫌統軍經驗不足。

赫連勃勃於初戰失利，又失去小建康的裡應外合和北面部隊的呼應下，仍不懼屠奉三的威脅恃強來攻，正因看穿邊荒集聯軍的弱點。

屠奉三或許是適合作總指揮的人，不過他來邊荒集時日尚短，人人又曉得他用心不良，故威望聲譽難以服眾。

他們現在是在捱時間，看看可撐至哪一刻。

想到這裡，忽然心中一動，道：「我們和他們打巷戰。」

呼雷方和陰奇愕然以對，同時失聲道：「打巷戰？」

燕飛道：「應是打街戰，我們開放西門，誘敵深入，再聚而殲之，怎麼樣都勝過死守西門和西面殘破城牆的防線。因爲假若敵人集中兵力作浪潮式的衝擊，我們將完全陷於捱打的處境。反之若讓敵人進入西大街，我們將可以盡情發揮武技，且由於對方受我們兩邊翼軍牽制，將不敢集中全力攻入西門，我們勢可來一個斬一個，來一雙斬一雙。」

陰奇點頭道：「好計！我們的實力確不足硬頂敵人攻勢，如此反可使對方進退失據。」

呼雷方向左右吩咐道：「立即知會兩翼的兄弟。」

手下應命去了。

此時忽然集外殺聲震天，移到八百步許處的數百敵騎奮力衝來，敵方戰士更表現出馬背上的功力，前兩排戰士以高盾護著人和馬，後三排騎士彎弓搭箭，正以雷霆萬鈞之勢集中力量朝西門殺至。

敵方兩翼先鋒軍，亦朝南北兩線的聯軍進犯，務令他們沒法支援西門的防線。

赫連勃勃的後中軍再次推進，兩支後翼部隊同時出發，威勢十足，絕沒有絲毫初戰失利的後遺症。

燕飛暗忖赫連勃勃是不得不孤注一擲，趁屠奉三的部隊未及來援，夜窩族戰士尚沒有投入戰爭的當兒，一舉粉碎聯軍的防線，而他的巷戰之計，正是針對赫連勃勃戰略既大膽又可行的一著。

「放箭！」

把守西門防線的聯軍戰士，千箭齊發，射往敵人。

呼雷方掣出背上大弓，從掛在馬側的箭囊中手法純熟的拔箭連珠發射。

鼓聲轟隆，喊殺聲震撼著邊荒集西門內外，雖有敵人敵騎中箭落馬仆跌，但大部分均能以長盾擋格箭矢。

「啊！」

一名己方戰士中箭由城牆翻跌下來，「蓬」的一聲伏屍三人馬腳旁。

呼雷方開始覺得燕飛的計議有道理，敵方精善騎戰，以此陣勢衝擊防線，肯定己方會給衝得支離破碎，縱使抵得住這輪衝擊，下一輪又如何呢？

呼雷方和陰奇分別傳令，高叫出手下戰士聽得明白的戰略術語。

把守西門的戰士倏地往兩側退開，靠往兩邊的樓房店舖，更有人翻上屋頂，又或退入屋內。

敵騎見狀忙長驅直入。

燕飛三人和二十多名戰士勒馬退到西門旁，待對方近三百人衝入長街，燕飛大喝道：「兄弟們，我們殺他一個片甲不留。」

策馬馳前，蝶戀花全力施展，竟沒有碰上一合之將，就那麼憑一人之力，斬瓜切菜般殺入敵隊中。

呼雷方等怎敢怠慢，跟在他馬後衝殺，硬生生把敵人衝得隊形散亂。

守在破牆後的戰士同時發難，衝到城外與敵交戰。

西線的戰爭全面展開，只餘赫連勃勃一軍仍未投入戰事。

赫連勃勃本心中大喜，以爲西門的人因固守不住而被己方人馬突破，到發覺己軍被衝斷成兩截，入城的部隊變成孤軍作戰，始知不妙，慌忙率軍朝西門殺去。

這時西門內的戰鬥已告勝負分明。

由於被拒於西門外的匈奴兵實力薄弱，不到三百之眾，被從破牆湧出來的聯軍壓著來打，讓高手如燕飛、呼雷方和陰奇等得以分身掉頭殺回集內，入集的敵軍變成被圍殲的格局，單是樓房高處的箭手已令他們傷亡慘重。

戰線南北兩端的聯軍因曉得燕飛的戰略，只守不攻，既可減少傷亡，又可以隨時支援西門的防守。勝敗的關鍵，繫於能否擋住赫連勃勃親率的部隊。

驀地西大街東端蹄聲大作，數以千計的夜窩族戰士水銀瀉地般從大街與橫巷殺出來，其勢銳不可當，登時把早已潰不成軍的匈奴戰士殺得人仰馬翻，全無對抗之力。

燕飛大喝道：「我們殺出西門去。」

夜窩族二千多戰士從另一端直殺到他們身旁來，聞言更添其勇不可擋之勢，齊聲發喊，跟在燕飛等馬後殺出集外，正面迎擊赫連勃勃疾衝而至的千人部隊。

同一時間號角聲在集外北面山林響起，屠奉三的荊州軍從疏林區鋪天蓋地而來，截斷了敵人的後路。

赫連勃勃見勢不妙，竟一抽馬頭，朝北落荒逃去，可憐他那些走之不及的手下，被聯軍像潮水般淹沒和宰殺。

邊荒集的第一場硬仗，以赫連勃勃差點全軍覆沒作結，這是事先沒有人預料得到的輝煌戰果，不過邊荒集的危機才剛開始。

劉裕打了兩個寒顫，跪倒地上，不住喘息。

這裡離潁水有三十多里，急趕個把時辰路後，他再支持不住。

自家知自家事，他不單內傷未癒，之前又在潁水潛游近半里，加上心情低落鬱結，這般趕路，令他內傷加重，且受風寒感染。

聰明之計，是找個可躲避風雨的地方好好療傷，可是他的心情又不容許他這麼做。他的心沒法子安靜下來，甚至能傷害自己反令他有減輕痛苦和解脫的感覺。

死掉便一了百了。

唉！

燕飛固是必死無疑，紀千千和小詩又會遭到如何可怕的命運呢？

劉裕勉力爬起來，繼續奔往廣陵的行程。

大江幫的船隊沿潁水北上，若依現時航速，可於黃昏前抵達邊荒集。

江海流負手立於望台上，只有得力手下胡叫天陪在身旁，其他頭領級手下分散到各船去，以應付任何突然出現的危機。

胡叫天道：「現在只餘兩個時辰的航程，孫恩若要設伏，應在此河段。」

江海流嘆道：「我是否走錯了一步棋？」

胡叫天一頭霧水的問道：「老大指的是哪一步棋？」

江海流搖頭嘆息，似不願繼續說下去，忽然又道：「我從不後悔自己的決定，可是不知如何，總感到有負安公。」

胡叫天從未見過江海流如此滿懷感觸，大感不安，沉聲道：「當時誰猜得到謝玄會在淝水之戰大獲全勝，若建康被破，南郡公將成南方唯一的希望，換作是我，也會棄安公而選南郡公。」

江海流皺眉道：「可是我既向南郡公表示效忠，他又為何捨我而取屠奉三呢？」

胡叫天沉吟道：「或許他只信任屠奉三吧。」

江海流搖頭道：「這並不成理由，我們大江幫的勢力在長江根深柢固，不論屠奉三如何了得，始終不能取代我，他以屠奉三來排斥我，於理不合。」

胡叫天想了想，一震道：「我明白哩！南郡公是怕老大你與謝家有交情，一旦有起事來會扯他的後腿。」

江海流搖頭道：「若論交情，我和謝家怎及桓家淵源深遠？我是由南郡公的爹桓溫一手提拔出來的，與桓沖又是親如兄弟。」

胡叫天糊塗起來，搖頭道：「確實不合情理。」

江海流嘆道：「本來我是想不通的，不知如何，剛才忽然清楚明白。唉！我江海流真是後知後覺。」

胡叫天訝道：「老大想通甚麼呢？」

江海流臉色陰沉下去，一字一字狠狠道：「桓玄是心虛。」

胡叫天愕然道：「心虛？」

河風迎面吹來，兩人衣衫拂揚。長河寧靜安詳，不過只看潁水交通斷絕，便知前方不會有好的路數。

江海流道：「我本對大司馬的猝死沒有懷疑，皆因桓玄一向對乃兄敬若神明，所以我還在安公面前爲他辯護。可是自桓玄出乎所有人意料拒絕坐上大司馬之位，卻又接收荊州兵權，從此不斷疏遠我，甚至要奪去我在邊荒集的影響力，我若不生疑心，便是眞正蠢材。」

胡叫天色變道：「老大懷疑大司馬並不是病死的？」

江海流徐徐道：「你不覺得大司馬死得太巧嗎？當時朝廷既無力又不敢管荊州的事，桓玄便可隻手遮天，爲所欲爲。別人不清楚他是怎樣的一個人，但怎瞞得過我。大司馬生前曾親口對我說過深怕桓玄難制。」

胡叫天道：「即使大司馬是被桓玄害死，但只有桓玄自己曉得，他疏遠我們，對他有何好處？」

江海流沉聲道：「俗語有云紙終包不住火，我和大司馬關係密切，而桓玄害死大司馬的手段不出下毒一法，大司馬家中婢僕過百人，怎都有蛛絲馬跡可尋，桓玄也不敢盡殺大司馬府內之人，致自暴其醜。當有人生疑時，第一個想商量的人就是我江海流，所以桓玄怎能對我沒有顧忌？」

胡叫天吐出一口鬱氣，低聲道：「如今老大有甚麼打算？」

江海流仰望晴空，目泛淚光，悽然道：「我怎能一錯再錯，我要查清楚大司馬暴斃之謎，若證實我的看法，我會教桓玄血債血償。桓玄既派屠奉三到邊荒集去，他和我已恩斷義絕，我將撤回對他的支持，倘有任何人能打擊他，我會盡力扶助。」

胡叫天道：「在南方，恐怕只有謝玄方可壓得住他。」

江海流道：「確是如此，司馬道子和王國寶之流根本不是他的對手。孫恩邪惡難測，助他只是養虎為患。所以我已請劉裕代我向安公傳話，向安公表示我效忠之意。若謝玄有志取司馬曜而代之，我會忠心追隨。」

胡叫天心中翻起巨浪，大江幫多年來控制長江水運，對南方各勢力有舉足輕重的作用，江海流若投向謝家，加上謝玄的北府兵，此消彼長下，桓玄將陷於劣勢。

桅梢處看台的哨衛高聲示警，表示前方有敵人。

江海流收攝心神，發出命令，雙頭戰船進入戰爭狀態。

第十一章　最高統帥

燕飛在北門外以矮禿樹幹頭爲凳，坐著發呆，心中充滿傷感。

數以百計的熱心荒民，在忙碌地清理戰場，若不快些埋葬死者，邊荒集將會有疫症發生。聯軍戰士則人人就地坐下，或挨著破牆，又或索性躺下，盡量爭取休息的時間，因爲另一場大戰，將從南北兩方席捲而來。

終於有空閒哩！

唉！高彥死了。不！高彥該未死，因爲我仍感覺到他，這是一種無以名之的靈覺，不能以常理解說的靈覺。

劉裕也沒有命喪於孫恩之手；因爲劉裕是天下最善於觀人的謝安提拔的謝家繼承人，所以肯定不是短命鬼。希望謝安這趟沒有失算吧。

燕飛想到已離開邊荒集的龐義和小詩等人，深深體會到戰爭的可怕，但也沒有另一個遊戲比這更刺激。

他絕不可以輸。

紀千千悅耳的聲音柔情似水的在他耳旁道：「燕老大累透哩！」

一種強烈得無法表達其萬一的感覺潮水般捲過燕飛心靈的大地，忽然間一切都清晰起來，就在此深陷連場大戰的一刻。

當太陽落下去後，死亡將在前路上恭候不屈的戰士，他再沒有時間欺騙自己，騙自己對紀千千尚未情根深種。

紀千千傾國傾城的玉容出現眼前，在這充滿血污汗水的戰場中，她像一朵不染污泥的蓮花，皎潔明麗，超然於仇恨和殺戮之外。

紀千千是個離奇的人，打從第一眼見到她，就令他早已古井不波的心湖生出圈圈漣漪，對她的感覺更隨著與她朝夕相處而愈趨強烈。他從沒有一刻，比這生死血戰後的一刻更需要她，更忍受不了沒有她那虛虛蕩蕩的天地，他一直在克制著對這位佳人的熱愛洪流，可是在時間無多下，再沒有任何人力可以抵著早被沖崩的感情堤岸。

紀千千察覺到甚麼似的嬌軀微顫，迎上他熾熱深情的目光，似不曉得正被千百對目光默默注視般，舉起纖手以指尖輕觸他的臉龐，櫻唇輕吐的悄聲道：「傻子終於不傻哩！」

燕飛差點控制不住要把她擁入懷裡的衝動，她是他在瀕臨絕境中的最大幸福，輕輕的一句話，比千言萬語更使他明白雙方間複雜微妙和深摯的感情，一種有會於心的喜悅在他心中激盪，同時更憎恨戰爭殘忍不仁的破壞力。

紀千千收回纖手，現出一個哀傷的神色，有點不願啓齒的道：「千千還是第一次親眼目睹戰爭的可怕，短短的一段時間，一切都不同了，所有人們平時奉行不二的法規全被棄掉，每個人都要被迫撕下臉皮，露出原始的野性，全力去打擊對手。難怪乾爹每次提起戰爭，總會變得悲傷失落。」

燕飛問道：「你後悔了嗎？」

紀千千平靜答道：「後悔？你忘記了我說過的話嗎？不來才眞的後悔呢！沒有邊荒集，沒有燕飛，千千的生命怎稱得上無缺？人生到世上來，注定要經歷喜怒哀樂、生離死別，誰也不能身免。歡樂當然是人所渴求的，不過有喜便有悲，如此方可以使人全面深刻地去品嘗生命的意義。千千失於建康，得於邊荒集，你道人家會後悔嗎？」

燕飛心中一陣激動，在愛情上，紀千千是勇者，他卻是懦夫！不過他終於醒覺，正要道出心中之情，屠奉三、慕容戰和卓狂生朝他們走過來，忙把到嘴邊的話嚥回去。

三人神色凝重，看來不會有甚麼好消息。

瞧到他們三個人走在一起，燕飛生出古怪的感覺。深感如此情況，只會發生在邊荒集，昨天的敵人，會成爲今天的戰友，反之亦然。

紀千千以微笑迎接三人，道：「你們當是有要事商量，千千還要回去照顧受傷的人，瞧瞧有甚麼可以幫上忙的地方。」

說罷舉步去了。

卓狂生、慕容戰、屠奉三和燕飛目送她進入西門內，方收拾心情交談，氣氛頗爲異樣。

慕容戰道：「宋孟齊派人傳回來消息，黃河幫的人聚集在穎水上游十里許處，以戰船封鎖河段，又備有大批戰馬，顯然是爲慕容垂的大軍作的準備。宋孟齊說他會設法於天黑後突襲黃河幫，用盡辦法拖延慕容垂的部隊，令他們不能和天師軍配合，而邊荒集則要看我們的哩！」

屠奉三沉聲道：「現在我們的情況並不太壞，赫連勃勃喪師辱名，應無顏再留在這裡，更很難對慕容垂交代。兵力上的損失，頓使他勢力轉弱，因他還要爲應付你的兄弟拓跋珪而頭痛呢。」

稍頓續道：「至於郝長亨的二千戰士，中了我反伏擊之計，已傷亡慘重，暫時對邊荒集沒法構成任何威脅，所以現在的邊荒集已全在我們的控制下。」

卓狂生一對眼睛亮起來，道：「假設宋孟齊眞的可阻延慕容垂的大軍，我們須應付的只是天師軍，我們便不是全無勝望。」

燕飛苦笑道：「我們面對的，或許並不單只是天師軍，還可能有兩湖幫的戰船隊，令我們沒法主動出擊。何況我們更有個致命的弱點，是各部隊間缺乏一套人人清楚和可以奉行的指揮章法，更沒有一個能指揮全局的最高統帥，面對有完善指揮系統的敵人大軍，將難把力量發揮。說句難聽點的話，我們只是一群烏合之眾，能擊敗赫連勃勃純屬僥倖而已。」

他這番話說中三人心事，大家沉默下來。

卓狂生像忽然想起甚麼似的，一震後道：「實話實說，邊荒集從不虞缺乏人才，甚至煉丹的都可以隨便找出十來二十個能手。請恕我坦白，像屠老兄般便不但有統軍的能力，在這方面更是經驗豐富，唯一令人猶豫的地方，是屠老兄尚未在邊荒集建立起做主帥的聲望，恐難服眾。」

屠奉三苦笑道：「大家確應坦白說出實話，因爲再沒有時間說好聽的謊言。幸好我可以負起從旁輔助之責，我認爲最有資格作統帥的是燕兄你，沒有人會有異議。」

慕容戰比屠奉三熟悉卓狂生，道：「卓老你是否另有人選？」

卓狂生神秘兮兮的道：「若沒有這個人，確沒人比小飛更適合坐這個位置。」

三人愕然瞧著他，均猜不到他心中的人選是誰。

假若卓狂生沒有逍遙教的背景，他本來也是一個適當的人選。

卓狂生微笑道：「我們的紀美人又如何呢？」

三人聽得你看我我看你，不知該如何答他。

卓狂生豪情大發的道：「邊荒集從來是個異想天開的地方，夜窩子、古鐘場、鐘樓議會只能在邊荒集出現。我們的最高統帥當然也不能把外面那一套照本宣科的搬進來。我們的紀美人自有她的一套，讓我告訴你們吧！若不是她想到召喚夜窩族，與赫連勃勃之戰尚不知鹿死誰手呢。她坦白地把邊荒集的危機說出來，反贏得所有人的支持，沒有一個人因而退縮。我們不得不承認，我們的千千小姐已成爲邊荒集的象徵，人人肯爲她而戰。她便是邊荒集，邊荒集便是她。」

屠奉三一震道：「老卓說得對，邊荒集現在的情況肯定是集體領導的格局，誰當統帥只有象徵的意義，在如此情況下，沒有人可以比千千小姐更適合。」

慕容戰朝燕飛瞧去，道：「你怎麼看？」

燕飛明白慕容戰的顧慮，若紀千千當上主帥，當形勢轉壞，她將不能先一步逃亡，因爲這會導致聯軍的崩潰。

他願意將紀千千放到如此般的位置上嗎？

屠奉三一字一句毫不含糊的道：「千千小姐若登上最高統帥之位，勢將萬眾一心，人人奮戰到底，如此我們還有幾分勝望。我屠奉三首先在此向她宣誓效忠，戰至最後一兵一卒，絕不退縮。」

說出這番話，屠奉三整個人輕鬆起來，還有一種從未有過的奇妙感覺，好像這輩子直至這一刻，才破天荒第一次感情用事，只覺內心暢美至極點。在來邊荒集前，若有人預測他會說這樣的話，作這樣的決定，他自己是第一個不會相信的人。

燕飛、卓狂生和慕容戰愕然瞧他，一副不敢相信自己耳朵的神態。

屠奉三爲自己打圓場道：「只有置之死地而後生，我們方有機會度過此劫，其他都是廢話。」

燕飛還有甚麼話好說，長身而起道：「休息夠哩！讓我們立即召開鐘樓會議，好決定邊荒集的命運。」

江海流登上船桅上的望台，朝上游遠眺，立即色變。

那一段有問題的河段，水道收窄，兩邊崖岸逐漸高起，形成一個小水峽的形勢，水流特別湍急。而在兩邊岸崖，各設十多組堆起如小山的檑木陣，一旦斬斷繫索，數以千計檑木會從高處拋入河水，他的戰船將無路可逃。湍激沖奔的河水加上巨木，可造成的破壞是不堪想像的。

江海流別無選擇，立即發出全隊後撤的命令。

在此刻他終於生出悔意，恨自己沒有聽劉裕的忠告。

孫恩這一手耍得非常高明，擺明是要逼他登岸決戰，而他也只有兩個選擇，一是冒險登岸，一是掉頭返回大江去。

他究竟該如何決定呢？

當大江幫的戰船掉頭後撤，孫恩正在附近一處山頭，好整以暇地觀看整個過程。

盧循恭敬地站在他身後。

孫恩淡然笑道：「江海流在南方確實是個人才，大江幫在他的領導下搞得有聲有色，若兩幫公平決戰，聶天還仍未可穩言必勝，至少在水戰技術上，我是看好大江幫一些的。看看他們的戰船調動得多麼靈活，像十多尾生蹦活跳的魚兒，縱然有羅網在手，想逮著他們仍非易事。」

盧循謙虛的問道：「天師弦外之音似是江海流終鬥不過聶天還，徒兒愚魯，有沒有揣摩錯了天師的意思呢？」

孫恩目送大江幫的戰船往下游駛去，道：「你沒有聽錯，江海流和聶天還才智相若，武功就算不是旗鼓相當也所差無幾。可是江海流卻遠及不上聶天還的深謀遠慮，後者早在十多年前開始部署，今天終於到了豐收的日子，江海流大限已至，希望他死前可以弄清楚自己在甚麼地方出錯吧！」

盧循冷笑道：「不過郝長亨卻在邊荒集吃了大虧，先被人識破身分，又被屠奉三算中他的部署，損兵折將而回。」

孫恩雙目精光乍閃，沉聲道：「究竟發生了甚麼事？以郝長亨的手腕，怎會陰溝裡翻船的，這豈不是打亂了我們的計畫嗎？」

盧循道：「徒兒今次來見天師，正是要向天師報告邊荒集最新的形勢。郝長亨之所以出樓子，問題在高彥身上，不知如何竟被他曉得慕容垂大軍進犯邊荒集的路線，還要把密藏的木筏燒掉，幸好神差鬼使下他邀尹清雅同行，尹清雅被迫下手殺他。由於兩人一起離集之事並非秘密，郝長亨知紙包不住火，只好立即離開。」

孫恩皺眉道：「這與屠奉三有甚麼關連？」

盧循道：「那是另一件事，屠奉三不知如何竟查出博驚雷是郝長亨的人，反過來利用博驚雷布下陷阱算計郝長亨，擊垮了郝長亨的人馬。」

孫恩狠狠道：「好一個屠奉三。」

盧循道：「邊荒集形勢失控，赫連勃勃與以燕飛爲首的邊荒集聯軍大火併，匈奴軍差點全軍覆沒，赫連勃勃僅以身免，與數百殘兵逃回北方。此役將對鐵弗部匈奴和拓跋鮮卑的勢力均衡有關鍵性的影響。」

孫恩道：「北方的事，留給慕容垂去頭痛，拓跋珪若因此成功兼併統萬，對我們不是完全無利的。邊荒集聯軍方面的傷亡如何呢？」

盧循道：「他們只折損三百多人，在如此激烈的戰鬥裡，這個數目眞是奇蹟，尤其面對的是能征慣戰的鐵弗部，赫連勃勃更非省油燈。由此點亦可見能在邊荒集站得住腳的，沒有一個是浪得虛名之輩。」

孫恩微笑道：「小循怕我輕敵嗎？」

盧循暗吃一驚，慌忙道：「徒兒怎敢，只是以事論事。現在荒民已逃得差不多了，餘下者不過萬人，但均是冥頑不靈的死硬派，加上聯軍，總人數在萬五至萬八人間，其中三千許是老弱婦孺，不過若其他人全投入戰鬥，仍有一定的反抗能力。」

孫恩道：「邊荒集糧食儲備的情況如何呢？」

盧循道：「邊荒集一向儲備大批糧食，各幫會有獨立的糧倉，現在走了這麼多人，糧食供應方面在短期內肯定不會出問題。」

孫恩嘆道：「我們最不希望見到的情況終於出現了！一盤散沙的邊荒集竟然會團結起來。邊荒集雖無險可恃，卻是天下物資最豐盛的地方，要兵器有兵器，要戰馬有戰馬，今夜之戰會是一場硬仗。」

盧循道：「可是他們卻有個致命的弱點，就是缺乏一個能領導各幫勢力的領袖，各部隊間的調配更是嚴重的問題。坦白說，打死我也不相信像屠奉三、燕飛、慕容戰和拓跋儀這些人能合作無間、生死與共。只要我們能利用他們的缺失，在前後夾攻下，將可以令他們進退失據，疲於奔命。」

孫恩點頭道：「小循的分析正說中他們的要害，不枉我的苦心栽培。戰爭並非一般江湖武鬥，不論他們如何悍勇善戰，遇上曾受過嚴格戰術訓練的部隊始終是烏合之眾。他們更想不到的是兩湖幫竟會傾巢而來，只要我們能控制潁水，他們這一仗便要輸個一敗塗地，大羅金仙也沒法挽回此劣勢，何況只是區區一個小燕飛。哼！」

盧循一呆道：「我還以為天師會像對任遙般，一併把聶天還和郝長亨除去。」

孫恩啞然失笑道：「聶天還怎同任遙？沒有他找誰去牽制桓玄。我今日肯和聶天還平分邊荒集的利益，是要助大他的聲勢。除去江海流，使桓玄和聶天還中間再無轉圜餘地。可是當建康落入我們天師道手中，聶天還在世的日子便將屈指可數了。」

盧循嘆服道：「天師算無遺策，徒兒佩服得五體投地。」

孫恩目光投往潁水下游盡處，道：「在淝水之戰前，誰猜得到此戰後南北竟有這麼大的轉機，可知天命實屬意於我們天師道。江海流以為可以棄舟登岸，從陸路攻擊我們後方，豈知此著正是我刻意安排的，當他發覺他的好朋友在後方恭候，已是悔之晚矣。哈……」

孫恩的長笑聲直沖霄漢，在潁水兩岸間來回激盪。

孫恩張開雙手，狂喝道：「一個全新的時代已來臨，以後的天下，將是我天師道的天下，再沒有人能逆轉天命的洪流。」

第十二章　兵法女神

「啊！千千怎能擔當此大任呢？」

議堂從未如此熱鬧過，擠滿了邊荒集的各路英雄好漢，出席者除燕飛、紀千千、慕容戰、夏侯亭、費正昌、呼雷方、程蒼古、姬別、紅子春、卓狂生等原班人馬外，還有從未與會的拓跋儀、屠奉三、陰奇。

小軻因立了大功，被視爲繼高彥後風媒中的新星，獲邀列席。

夜窩族則以姚猛和左丘亮兩人作代表，顏闖也隨程蒼古列席。

尙有要求與會的是羯幫的冬赫顯，他爲羯幫的第三把手，老大長哈力行離開後，他和八十多名兄弟留下來，後見勢色不對，躲了起來，避過被赫連勃勃屠殺的厄運，也參與擊垮赫連勃勃的戰役。

議會的第一個議題由卓狂生提出，是請紀千千坐上邊荒集最高統帥的寶座。

議堂登時靜至落針可聞，所有人目光全集中在紀千千身上。

紀千千玉頰霞飛，令她更是嬌艷欲滴，看得老老少少全呆了眼。

姚猛和左丘亮首先忘情地叫好。

出乎大多數人意料，接著朗聲表示贊同的竟是屠奉三，他言詞懇切地道：「我們現在眞的迫切需要一個能統領邊荒集的主帥，否則我們只是烏合之眾，而環顧邊荒集，唯有小姐的德望能服眾，更不會令各方頭領生出疑惑，若邊荒集可度此災劫，一切會回復舊觀，小姐你也可重過彈琴唱歌的逍遙日子。」

紀千千求助的目光往燕飛瞧去，後者暗嘆一口氣，舉掌道：「燕飛在此向小姐宣誓效忠。」

姚猛、左丘亮，加上小軻二度起鬨，喝采讚好。

事實上除紀千千本身外，卓狂生早向其他領袖知會此事，人人叫好贊成，因爲她是最沒有爭議性的人選，且事後更不會出現因曾當過最高統帥從而桀驁坐大的不良後果。透過她便可以名正言順指揮聯軍，加強各方勢力的合作，所以眾人紛紛附和。

紀千千見燕飛沒有站在她這一邊替她推辭，且清楚時間與形勢緊迫，還有甚麼好說的，只好答允。

眾人立即一致通過。

卓狂生讓出議長之位，讓紀千千坐上去，權充統帥的寶座。

卓狂生肅容道：「千千小姐的統帥並非是有名無實的，她的命令就是最高的命令，必須徹底執行。如若自問辦不到，現在請立即退出。」

眾人均心知肚明這是怎麼一回事，紀千千只是名義上的領袖，不過一切重要的指令會通過她發出去，使人知所遵循而已。

屠奉三欣然向紀千千道：「請小姐指示！」

紀千千現出個原來該由我說話的錯愕表情，美目掃視眾人，柔聲道：「我們現在應怎辦呢？」

當然沒有人會怪責「主帥」如此沒有主見。

呼雷方首先發表意見道：「現在我們面對的是南方的孫恩和聶天還，北方的慕容垂和鐵士心，照我們估計兩方人馬實力相若，都是在一萬五千人至二萬人間，總兵力在我們四倍之上，所以這場仗絕不容易應付。」

慕容戰道：「我們已派出偵騎，希望可以偵察到敵人的位置，而我們的戰略部署，則要看能否掌握敵人的動靜而定。」

拓跋儀皺眉道：「聽慕容當家的話裡含意，似乎有主動出擊之意。」

慕容戰不悅道：「敵方勢大，所以我們必須以奇兵取勝，利用我們熟悉邊荒的優點，如能在途中成功伏擊任何一方的敵人，便可解除那一方面的威脅，令敵人沒法同時進攻邊荒集，我們也不用打一場要應付兩條戰線的戰爭。」

拓跋儀顯然不滿慕容戰帶點教訓意味的說話語氣，冷哂道：「慕容垂向以用奇兵稱著天下，孫恩的兵法亦詭變莫測，我方則是疲乏之師，現在離天黑只有兩個多時辰，縱使清楚敵人的行軍路線、距離遠近，我們貿然出擊，一旦出岔子，邊荒集肯定不保。」

慕容戰何時給人這般頂撞過，正要反駁，紀千千溫柔婉約的動人聲音響起道：「你們兩個幹甚麼呢！敵人尚未到自己便先吵起來，再這樣下去，奴家不幹這個統帥了。」

拓跋儀和慕容戰立即閉口。

眾人見這對冤家在被責下仍甘之如飴，開始慶幸由紀千千當統帥的決定，不但是明智之舉，且是妙著。

要知像慕容戰、拓跋儀、屠奉三之輩，人人桀驁不馴，怎肯聽其他人說話，唯有紀千千是例外。

更因她不屬於任何幫會勢力，故能超然於各方權勢利益之外。

呼雷方點頭道：「小姐說得對，我們必須團結一致，共抗外敵。」

眾人心忖話雖是這麼說，可是每個決定都牽涉到存亡生死的大問題，自然各有主張，而他們欠缺的正是一個可以作出最好主張的領袖。

程蒼古道：「拓跋老兄和慕容當家的話各有道理，卻代表兩種截然不同的戰略，我們大可看形勢變化，混合靈活使用。」

他的話看似沒有反對任何一方，但明眼人均知他傾向拓跋儀的意見，因爲時間愈來愈緊，看得形勢變化來，早已天黑，哪還有時間出集突襲敵人。

姬別似要說話，卻又欲言又止。

紀千千道：「姬公子有甚麼話要說呢？」

此時其他人始發覺姬別的異樣。

燕飛望著紀千千，心忖邊荒集確實沒有人比她更適合作統帥。際此敵方大軍壓境而來的時候，人人心情沉重，各自思量，哪有空去注意其他人，即使發覺姬別似有話要說，也無暇理會。

姬別嘆道：「說出來不要罵我。」

紀千千道：「每一個人都有權表達他的意見，姬公子請暢所欲言。」

姬別見人人目光落在他身上，又猶豫片刻，低聲道：「今夜之戰，實勝算不高，我們是否該有一套突圍逃亡的應變計畫，那麼眞個保不住邊荒集時，也可盡量多保住幾條人命？」

整個議堂靜默下來，較年輕的姚猛、左兵亮、小軻等人均把不屑的神色明擺到臉上去。

屠奉三沉聲道：「姬公子聽過破釜沉舟的故事嗎？若我們不抱著與邊荒集共存亡的決心，這場仗不用打也輸了。」

呼雷方不悅道：「要走便立即走，不過恕我呼雷方不會奉陪。」

姬別頹然無語，看他的神情，便知他預料到有此反應。

紅子春露出一絲無奈的表情，終究沒有幫姬別說話。

費正昌沉聲道：「呼雷老大的話雖帶點意氣，卻不無道理。由現在到日落，邊荒集料該平安無事，且現在我們已成功在集外十里的範圍內設立警戒網，一旦敵人進入這範圍，我們可以立即知道。」

頓了頓，接著語氣鏗鏘的強調道：「所以若要安全離開，此時正是大好良機，最佳逃走方向莫如渡潁水朝東行，兩邊的敵人都無暇理會，更沒法理會。」

議堂內鴉雀無聲，眾人的目光集中在姬別身上。

姬別苦笑道：「別看著我，我決定留下來與諸位共生死。各位老大、老闆、老兄或會奇怪我這個只愛風花雪月的人竟如此勇敢，事實則是因我已和黃河幫的鐵老大決裂，北方再沒有我容身之所，失去邊荒集也等於失去一切。唉！人是很難走回頭路的，要我到別的地方看那些卑鄙之徒的臉色做人，日子怎過得了？」

姚猛插口道：「既然如此，何須甚麼應變計畫？不過姬大少你的確說出我們夜窩族人的心底話，沒有夜窩子的生活怎麼過？只有在邊荒集，我們才不用受苛政重稅的壓逼和剝削，不用給捉進軍隊作戰奴，不用受高門大族封山枯澤的迫害，不用忍受腐敗無能的蠢政權奴役。邊荒集是天下最自由的地方，我們願以生命維護它。」

紀千千道：「燕飛你有甚麼話要說？」

燕飛心知她想自己出言使議會能轉入正題，道：「時間無多，大家既然決意死戰，我們何妨先想想今晚可能出現的諸種情況，然後一一擬定應變的計策。」

紅子春道：「之前應付赫連勃勃的一戰，飛馬會的石車陣建立奇功，馬索陣更抵住了赫連勃勃主力大軍的第一輪猛攻，可見這些戰略非常管用。趁還有點時間，我們可否以石車、鎮地公和絆馬索，把防禦線推出至集外，我們邊荒集便不再是無險可守了。」

夏侯亭道：「紅老闆的提議很有用，不過若守不住潁水，敵人仍可從水路長驅直入，深入我們腹地，但要封鎖潁水，卻有很大的難度。」

陰奇道：「燕公子開門揖敵之計亦是一絕，如能在集內另設防線，此法該屬可行。」

接著眾人你一言我一語的各提己見，不住有新的提議出籠，有些更是匪夷所思，充分表現出荒人荒誕的想像力。

像左丘亮便提出火騾陣，把集內數千騾子集中起來，學田單的火牛陣般驅之直衝敵陣，雖是異想天開，卻沒有人敢說沒有成功的機會。

「啪！啪！啪！」

議堂逐漸靜下來，人人目光移往大力拍著手掌的卓狂生處。

卓狂生好整以暇的道：「人人都表達過意見，不如讓我們來聽聽我們最高統帥紀千千小姐的最高指示如何？」

眾人為之愕然，顯然在眾人心中，紀千千只是精神上的領袖，並不須她作最後的決定。

紀千俏臉微紅，指了指自己粉頰，神態嬌癡可愛，明顯尚未習慣當眾人的領袖。

燕飛望著卓狂生，見他雙目放光的瞧著紀千千，充滿了期待的神色，心中一動，首次想到卓狂生主動把紀千千捧上這個位置，並不是只以她作爲團結邊荒集的向心力如此簡單，而是眞的希望她有過人才能可以指揮大局。

沒有人比卓狂生更明白夜窩族，或比他更明白荒民，所有強弱事項他均瞭如指掌，正因如此，他才會建議由紀千千當總指揮，令人人安心效命，這一著他是押對了，但爲何他認爲紀千千有領導群雄的才能呢？

屠奉三似乎比其他人更支持紀千千，欣然道：「當然是到了千千小姐給我們訓示的時候了！否則討論到明天也不會有結果。」

議堂爆出哄笑聲，卻沒有人可以因笑幾聲輕鬆起來。

正因剛才每一個人說的都有點道理，反變得完全失去了大方向。

紀千千秀眉輕蹙的道：「大家討論的，都是如何去對付敵人，卻沒有一個人談及我們的聯軍，好像任何事說出來後，便可以辦到似的。」

眾人聽得你看我我看你，紀千千這個批評是一針見血，盡顯紀千千特立獨行的思考方式和性格，絕不會人云亦云。

拓跋儀苦笑道：「我們不是沒想過本身的問題，只是認爲在短短一兩個時辰內沒法作出任何改變，所以避而不談罷了！」

紀千千從容道：「事在人爲，方法有簡單有複雜，邊荒集個別的部隊不但受過嚴格訓練，且全是禁得起考驗的精銳戰士，部隊的領袖無一不是智勇雙全之人，現時欠缺的只是一個有效率的指揮系統，倘能彌補此缺陷，我們的聯軍將不遜色於敵方任何一支部隊。」

慕容戰大訝道：「原來千千比我們還精明在行，眞教人難以相信。」

卓狂生長笑道：「我早領教過千千小姐的高明。」

紀千千赧然道：「以前乾爹每次和玄帥到秦淮樓來見千千，總愛清論兵法，奴家聽得多了，自然生出興趣，遂向乾爹借來兵書，不明白的地方請他指點，不過只限於紙上談兵。」

議堂內人人精神大振，如此說來紀千千便是謝安和謝玄聯合調教出來的兵法家，有實證的支持，與其他死啃兵書後出來當將領的高門子弟自不可同日而語。

姬別忙道：「小姐有何高見？請直言。」

陰奇笑道：「千千小姐是最高統帥，說話當然不須任何顧忌。」

紀千千道：「我若說得不對，你們可不能笑人家。」

眾人差點要立下生死狀，以示不會笑她，一時群情澎湃激昂。

燕飛看得心中欣悅，紀才女的魅力，才眞的是擋者披靡，遠勝他的蝶戀花。

紀千千道：「若把與赫連勃勃作戰的所有人計算在內，我們的總兵力大約在一萬三千人間，其中有五千是未經作戰操練的荒民，所以我們能投入戰鬥的實力只有八千許人。至於如何指揮由各方組成的聯軍，我想出一個簡單可行的方法，就是以鐘樓之巔作指揮台，利用燈號和鐘聲指揮各部隊間的進退和照應，如此不管敵人從哪個方向攻來，我們仍可以靈活應變，不致頭痛醫頭，腳痛醫腳的去應付敵人。」

屠奉三大力一拍扶手，讚嘆道：「這麼切實可行的方法，爲何我們偏想不到。」

陰奇接口道：「因為環顧天下城池，都沒有一個像邊荒集般的地方，只要立在鐘樓頂處，遠近盡收眼底。」

卓狂生道：「今次我們在沒有嚴重傷亡下大勝赫連小賊，全因千千小姐掌握全局，調配得宜。當時我心中已在想，千千小姐是上天賜給我們的救星。」

慕容戰不耐煩的道：「你們少說兩句行嗎？千千還有很多話要說呢！」

紀千千不好意思的道：「不要太誇獎人家呢！千千只是在想假若設身處地，乾爹會如何應付眼前的局面。邊荒集是人才薈萃的福地，可毫無困難組織成一支有效率、編制完善的作戰隊伍，八千人可分為八軍，分由八名大將統率，再從荒民中選出號銃手、鼓手、喇叭手、鐃鈸手、敲鑼手、旗手、燈號手、撞鐘手，便可以組成完美的傳令系統，那時各部隊間的移動進退，可如臂使指，整而不亂。」

眾皆嘆服，連最後對她這方面能力的懷疑亦告消除。

紀千千續道：「其他荒民可作工事兵、馬伕、騾伕等運輸兵，或是醫事兵、木匠、鐵匠等，以支援正面迎擊敵人的部隊，而我們更可把邊荒集分作三重防線，最內的防線以夜窩子為界，不但是我們最後的防線，更是最堅固的防線，所有物資糧食移到這範圍內，受傷的戰士均送到這裡醫理。若不得不和敵人打巷戰，這道防線可起決定性的作用。我們要保著的是夜窩子，而此地之外所有區域，將變成邊荒集內的邊荒，這是堅壁清野的另一種形式。」

各人有點不能相信地聽著她把全盤戰略娓娓道來，人人捫心自問，均曉得沒法想出比她更大膽可行的辦法。

卓狂生雖已對紀千千有很高的評價，仍不得不叫絕道：「千千小姐把高台指揮的優勢發揮得淋漓盡致，試想想看，當敵人攻入集內，他們既不熟悉邊荒集，又受房舍阻隔難知全局，此時千千小姐在觀遠台對內外形勢一覽無遺，不但知己更是知彼，自然可以捨短取長，更令敵人有力難施，我們則若猛虎出柙。」

紀千千道：「第二道防線設於外城牆和夜窩子之間，任由敵人入城，使對方難以發揮騎射的威力，而我們則佔據樓房高處，利用邊荒集的形勢重創敵人。」

屠奉三道：「第三道防線是否在城外呢？」

紀千千欣然道：「在城外又如何呢？不過卻不可離開外牆五十步，否則難以和邊荒集配合，至於如何設防，各位該比千千在行。」

姚猛起立道：「時間無多，我們立即照千千小姐的吩咐去辦。」

當他發覺人人都對他皺眉頭，方曉得自己的莽撞，赧然坐下，道：「我也沒資格當夜窩族的頭子，只好請卓名士御駕親征。」

紀千千搖頭道：「我已準備委任卓先生作副統帥，因為我需要一位熟悉邊荒集的人在身邊，由燕飛做你們的頭領如何？」

眾人轟然叫好，愈感到紀千千人盡其才、物盡其用的本事。

紀千千秀眸異芒連閃，道：「在商討組織軍伍和擬定通訊方法的細節前，我們還要商量好兩件事。」

費正昌此時打從心底佩服她，忙道：「請小姐吩咐。」

紀千千道：「首先我們要把所有婦孺老弱撤走，不是曾長期在此討生活的過客也要離開，如此我們便不用顧忌有敵人的奸細在，此事必須於日落前完成。」

慕容戰道：「我正有此意，另一件事又是甚麼呢？」

紀千千道：「另一件事就是姬公子曾提過的撤退計畫，如若事不可爲，暫時撤退也是一種策略，只有保住性命，方有捲土重來的一天。」

姬別和紅子春同時現出感激的神色，顯是紀千千的話說到他們的心坎裡。

今次再沒有人反對或表示不屑，因爲是紀千千的提議。

屠奉三道：「撤退的路線必須出人意表，方可以避過敵人的追擊。」

姬別精神大振道：「這麼說越潁水往東逃是不行的了！」

慕容戰皺眉道：「南北兩個方向肯定路不通行，如往西走，如何避過敵人的銜尾窮追？」

屠奉三胸有成竹道：「關鍵處在我藏身的小谷，我還有五十名手下留守該處，只要進入谷內，可輕易利用我的布置擋著敵人追兵，其他人便可以從容從其他兩個出口離開，保證可行。」

姬別和紅子春立即輕鬆起來，不過今次卻沒有人敢怪責他們。

燕飛心中一陣激動，蕙質蘭心的紀千千已把所有人的心拴繫起來，邊荒集聯軍亦確立起有效率的指揮系統，再不是各自爲政胡亂湊合的烏合之眾，如此對士氣的激勵和發揮，實有強大的作用。

他首次對今夜之戰，產生希望。

第十三章　潁水中伏

戰船順流南下，可是江海流完全是另一副心情，肉跳心驚。

九艘雙頭戰船的戰士進入隨時作戰的狀態，準備登岸行軍。

胡叫天站在江海流後方，雙手握拳，顯然亦是緊張不安。

江海流目光掃視兩岸，沉聲問道：「叫天你來告訴我，爲何孫恩像是曉得我們會從水路往邊荒集的樣子？時間的拿捏上無懈可擊。設在崖岸的檑木陣或許是昨晚砍下來，但肯定是我們抵達前才堆起的。」

胡叫天道：「我們今次北上，做足保密工夫，直至駛入潁水，下面的兄弟才知是到邊荒集去，會否是從小姐方面漏出消息呢？」

江海流搖頭道：「以文清行事的謹慎，這是不會發生的。」

胡叫天道：「或者是事有湊巧，孫恩的檑木陣只是用來對付建康或北府兵的水師船隊。」

江海流微震道：「你聽到馬蹄聲嗎？」

胡叫天功聚雙耳，用心聆聽，果然隱隱聽到急驟的蹄聲從兩岸的疏林區傳來，大吃一驚道：「怕是孫恩的天師軍追來哩！」

江海流不解道：「他們能追多遠呢？若我在十多里外才登岸，他們還有餘力襲擊我們嗎？」

忽然現出驚忧的神色，往前方瞧去，領先的戰船正駛往一個河彎。

江海流忽然高呼道：「前面有敵人，準備作戰！」

鼓手聞言立即敲響戰鼓，「咚！咚！」之音，遠傳開去。

敵船出現河道處，以百計的石頭、箭矢，暴風雨般往領先的大江幫戰船投去。

江海流色變道：「是兩湖幫的赤龍舟，該是聶天還親自來了！便讓我江海流看看究竟是他的水戰功夫了得，還是我江海流技高一籌。」

倏地往側閃開，一把亮晃晃的匕首擦身而過，若不是他及時躲避，肯定是白刀子進紅刀子出的結果。

江海流看也不看，反手後拍。

偷襲者也是了得，一刺落空，立即撤招後退，江海流本應拍中他面門的一掌，只能拍在他右肩處。骨折之聲響起。

胡叫天直退至望台邊，右手匕首掉到甲板，發出「噹」的一聲，左右戰士齊聲叱喝，往胡叫天撲過去。

胡叫天一個倒翻，沒進河水中去。

守在船舷的戰士發箭射入水裡，也不知有沒有命中這叛徒。

江海流無暇和他計較，只見己方先與敵人相遇的戰船已受重創，往左側傾斜，且陷入敵船重圍內，己方戰士紛紛跳河逃走。

同一時間兩岸敵蹤乍現，每邊各有千騎之眾，逼向岸旁，掣出弓矢等遠程利器。

江海流生出一敗塗地的感覺，心中浮現愛女的嬌容。

難道他們兩父女都要爲邊荒集送命？大江幫會否就此覆滅呢？

燕飛立在碼頭，身旁是程蒼古、屠奉三、慕容戰、呼雷方和拓跋儀。

攔江鐵索橫河而過，截斷穎水的交通，前兩天他還對這象徵邊荒集失去自由的鐵索切齒痛恨，此刻卻慶幸鐵索的存在。

燕飛道：「有甚麼辦法把鐵索拆下來，若能往下游移半里，可以封鎖水路，使兩湖幫的戰船沒法長驅而至。」

慕容戰道：「只有硬生生把它鋸斷一法，然後在兩岸深種木樁，再把鐵索綁在其上，變成河道的有效障礙。」

程蒼古乾咳一聲，低聲道：「這樣做恐怕有點問題。」

呼雷方不滿的道：「難道在這個時候，漢幫還要斤斤計較一條失去意義的攔江鐵索嗎？」

燕飛記起宋孟齊提過的船隊，爲程蒼古解圍道：「呼雷老大不要誤會程公，他指的問題是因大江幫的一支船隊，正在駛來邊荒集的途中，怕因此令船隊不能直抵碼頭。」

屠奉三淡淡道：「我敢保證船隊過不了孫恩的一關。」

程蒼古現出古怪的神色，嘆道：「這支船隊並非一般客貨船，而是由大江幫江老大親自率領的戰船隊，力足以突破任何封鎖。由於此乃最高機密，邊荒集又是敵我不明，所以我們一直不敢向各位吐露眞相。」

呼雷方大喜道：「如此豈非我們實力大增，至少可取得穎水的控制權。」

屠奉三苦笑道：「聶天還武功高強，僅在孫恩之下，此人性格陰沉，深謀遠慮，只看他費盡工夫，把博驚雷安插到我手下來，可見一斑。大江幫的組織比我的振荊會鬆散得多，若說其中沒有兩湖幫的奸細，我絕不相信。今次江老大離開大江，等若猛虎離山，聶天還當不會放過甕中捉鱉的大好良機，在孫恩的配合下，江海流不來則已，來則凶多吉少，能突圍而逃已相當不錯。」

程蒼古顯然對此憂心忡忡，嘆了一口氣，沒有答他。

慕容戰問道：「依約定江老大的船該於何時抵集？」

程蒼古道：「船隊可在日落前任何時間抵集，這道攔江鐵索是由百多工匠歷一個月時間打製而成，要鋸斷並不容易，而兩邊灌以鐵漿，非常堅固。鐵索是可以調整的，有近四丈的伸縮性，必要時可垂入河底，讓戰船通過。」

呼雷方點頭道：「貴幫這一招很絕，可以將水道交通完全掌握在手。」

程蒼古皺起眉頭，以帶點不悅的口氣道：「以前多有得罪，我可以在此爲先幫主向各位道歉請罪，若能度此一劫，我答應把此索拆去。」

燕飛當然清楚諸胡幫與漢幫因此索而產生的心病，打圓場道：「現在豈是計較以往恩恩怨怨的時候，大家是生死榮辱與共的戰友，當務之急是如何控牢集東這段水道，否則我們將處於被動挨揍的劣局。」

一直沒有作聲的拓跋儀道：「我有一個提議，索性不拆橫江索，只垂下鐵索，讓戰船集中到碼頭上游，這是第一步。第二步是利用順流的優勢，以檑木對付任何從南面來的敵船，現成的就是重建第一樓用的數百巨木幹，順流往敵船沖去，肯定可以造成很大的破壞。」

慕容戰脫口而出嚷道：「好計！」

拓跋儀微一錯愕，以古怪的眼神瞥他一眼，慕容戰有點尷尬的道：「我是就事論事罷了！」

呼雷方也點頭道：「以我們現在充足的人手，把所有木材運來，半個時辰可以辦妥。」

程蒼古道：「我們還可以用鎮地公沿岸設置多個地壘，內藏箭手，可對敵人造成很大的威脅。」

屠奉三道：「我和兩湖幫交手多年，對赤龍戰船認識很深，像集旁這段水道開闊寬敞，水流緩而不急，檑木只能對兩湖幫的船隊形成短暫的困擾，難以破損船身。」

稍頓續道：「不過若能把檑木改造提升爲檑木刺，則是另一回事，只要請我們兵器大王的工廠立即趕製數千尖錐，安在木幹上，便大有機會戳破船身，且只要檑木刺附上敵船，可以癱瘓敵船的靈活度，我便曾以此法大破聶天還的戰船，令他北上大計受挫，至今仍要屈居兩湖。」

呼雷方喜道：「這叫一人計短二人計長，我立即去找老姬想辦法。」

說罷匆匆去了。

程蒼古也告退道：「我負責設地壘和運送檑木。」

剩下燕飛、慕容戰和屠奉三，前者苦笑道：「老龐第一樓的重建工程，又要泡湯哩！」

慕容戰笑道：「只要邊荒集仍在我們手裡，他要多建兩座第一樓亦非問題。」

屠奉三掃視河上的十七艘戰船，道：「我們聯合水師的實力並不薄弱，若有水戰的高手在，將可正面迎擊黃河幫的戰船隊，助宋兄一臂之力。」

慕容戰道：「顏闖如何呢？他是大江幫的人，這方面該不會弱到哪裡去。」

屠奉三道：「顏闖若不成，可以找陰奇負此重任，只要定好簡單的傳令方法，我有信心他可以逆流大破黃河幫的尖頭船。」

慕容戰笑道：「屠兄不用繞圈子說話，便以陰奇統率我們的聯合水師如何？我們邊荒集甚麼人才應有盡有，姬別的兵工廠便有大批我族訂製準備付運供守城用的弩箭機，共二十五台，我們撥出十七台裝在戰船上，其他八台便以之守東岸的地壘，如此潁水就沒有落入敵人之手的顧慮。」

屠奉三長笑道：「我現在開始感覺到你們不但是我的好戰友，更是交得過的朋友。」

燕飛舉頭望著朝下落去的太陽，心中一陣感觸。

邊荒集確是個奇妙的地方，敵人可以變成朋友，朋友隨時可以成爲敵人，從未上過戰場的美女可以成爲領袖，只不知能否創造像淝水之戰的奇蹟，以臨時湊合的聯軍，擊退南北最厲害的兩大巨擘呢？

第十四章　潁水之戰

江海流的帥舟靈活如魚地順流急速拐彎，不單避過敵方赤龍戰舟的攔截，又忽然增速的在對方兩艘戰船合攏前穿過。

雙方火箭、弩箭、投石驟雨般交換，雙頭戰船雖是以寡擊眾，可是不論其防火、防箭矢的設施布置均比赤龍舟高上一籌，故能險險脫身。

帥船上僅餘的五十多名戰士齊聲發喊，原來終於突破敵艦的重重封鎖，前方再無敵人影蹤。

在指揮台上的江海流生出心力交瘁的感覺。回首望後，江上的激烈水戰仍如火如荼地進行，敵我戰船多艘起火焚燒，一團團的濃煙沖天而上，在高處擴散，蔽天遮日。己方九艘戰船，其中三艘傾側翻沉，跳水逃生的手下變爲敵人屠宰的獵物，慘烈的情況令人不忍目睹。

打從戰事開始，他們就落在下風，敵方赤龍戰舟多達二十三艘，加上天師軍在兩岸助攻，主動之勢全落入聶天還手上，大江幫只能仗著優勝的水戰之術，盡力反擊突圍，誓死不降。

「轟！」

另一雙頭船施展奇技，忽然改向增速，敵方的赤龍舟躲避不及，被攔腰撞個正著。安裝在雙頭船首的大鐵錐立即把對方左船舷撞個破碎，敵船翻側傾頹。

雙頭船賈其餘勇，順流下放，只要再闖過一重封鎖，可與江海流的帥舟會合。

一艘雙頭船見狀，亦成功從敵人重圍內脫身，雖是船尾冒煙起火，仍勢不可擋的力圖突破，追在先前破敵的雙頭船後。

餘下三艘雙頭船卻給敵舟鉤索纏死，正進行過船肉搏的戰鬥，當難逃劫數。

江海流看得熱淚盈眶，更認得追來的己方戰船是由心腹大將席敬指揮，怎忍心不顧而去，自行逃命。忙發出命令，就那麼掉頭駛回去支援。

「轟！」

船身劇震。

一時間包括江海流在內，沒有人明白發生甚麼事。

「帆桅斷哩！」

「蓬！」

張滿的帆連桅似緩實快的向左舷傾頹倒下，雙頭船立即失去平衡，往左方傾側，驚險至極點，隨時有覆舟之厄。

「隆！」

一塊重逾百斤的巨石掉在甲板上，撞破一個大洞。

江海流方寸大亂，縱使沒有翻船，可是失去主桅的戰船，其機動性將大幅減弱，駭然往大石投來處的右岸瞧去，只見一個身形特高，仙風道骨作道士打扮的人，正傲立岸旁一塊巨石上，神態從容的凝望他。

江海流心中升起「孫恩」兩字時，折斷的桅帆滑入水裡，雙頭船回復平衡。

忽然左右箭矢射來，他的帥舟再陷敵陣之內。

江海流生出死戰之念，高呼道：「我們和他們拚哩！」

倏地一艘特大的赤龍舟出現前方，追在席敬的雙頭船後，順流直往他的座駕舟衝至。

江海流不用看船上高掛的帥旗，已知來者是聶天還，因爲他直接瞧到他。

聶天還在指揮台上手下的簇擁裡，高呼道：「江幫主如肯賜教，聶某人願予幫主一個公平決戰的機會，看看究竟是九品高手了得，還是外九品高手有眞材實料。」

九品高手和外九品高手之爭，正代表著江左高門大族和寒門之爭。

江海流當然曉得聶天還是藉此迫使自己放棄逃生之念，但如何可以拒絕呢？

仰天長笑道：「江海流願領教聶幫主的高明。」

同時下達連串指令。

劉裕雙足一軟，跪倒路旁。

急趕近三十里路後，他終於抵達這條可通往廣陵的著名驛道，但也沒餘力支撐下去。

下一刻他感到臉頰冰涼，原來竟一頭栽向草地去，更弄不清楚究竟是暈厥了眨眼工夫，還是數天數夜。

陽光透過林木灑遍驛道，有種異乎尋常的美態，更似對他有某種啓示似的。

難道自己快要死了？

不論在人命賤如草芥的戰場，又或陷入如邊荒集般被苻堅的大軍搜捕圍剿的險境裡，他從未感覺過死亡如此接近。

「呀！」

劉裕咯出一口血。

死亡也不是那麼可怕吧！至少劉裕感到無比的寧靜，肉體的痛苦似與他脫離了關係。

他想到紀千千、燕飛、謝玄，最後腦海中浮現出王淡眞秀雅的花容。

他耳鼓內忽然被異響進佔，稍一定神，方分辨出是馬蹄踏地的聲音。

當他想到是有隊人馬正朝他的方向沿驛道馳至，眼前一黑，重陷昏迷裡去。

慕容戰、拓跋儀、屠奉三和燕飛策騎沿潁水疾馳近兩里路，來到邊荒集南面著名的高丘鎭荒崗，環視遠近。

太陽正往西邊地平線處降落，不到一個時辰荒人希望永遠不會來臨的黑夜將主宰這片奇異的地域，而他們此刻正爲求戰勝殫思竭智，盡力而爲。

屠奉三以馬鞭遙指西南方廣闊的疏林區，道：「在到邊荒集前，我曾痛下苦功，研究邊荒集的內外形勢，且擬想過孫恩攻打邊荒集的戰略，不過當時卻沒想到孫恩會與聶天還聯手進犯。」

三人循他所指方向瞧去，林木蒼蒼，間中有起伏的丘陵和小山丘，林區橫亙廣布數十里，要藏起一支萬人大軍，是輕而易舉的事。

燕飛目光移往西面地平遠處，這方向山巒起伏，有幾座險峻的奇峰，橫列數里，像邊荒集西面的天然屏風。

屠奉三續道：「既有聶天還負起從水路進攻邊荒集之責，孫恩是知兵的人，兩徒又是能征慣戰的大將，其中尤以徐道覆精於用兵，肯定會採用兵分多路的戰術，先以小隊多方突襲，當我們窮於應付、疲於奔命之際，再大舉強攻，摧毀我們的防禦力量。」

慕容戰沉聲道：「此正爲我提議出集迎擊的原因，否則主動之勢將穩操於敵人手上，我們則陷於挨打的局面。條件是我們必須成功延誤慕容垂北面的大軍，便可望在北面敵人抵達前，先一步打垮天師道和兩湖幫的聯軍。」

拓跋儀嘆道：「若我們出集迎戰，死傷必然慘重，或可擊退敵人，卻無力再應付北面的敵人，所以我仍堅持固集據守。慕容兄切勿誤會，我只是就事論事。」

慕容戰微笑道：「這個我明白，問題在我善攻而不善守，喜歡掌握主動，不如此總覺無法盡展所長。」

屠奉三點頭道：「兩位說的各有道理，其間並沒有矛盾之處，事實上進攻永遠是最佳的防守，尤有利者是慕容當家對邊荒的形勢瞭如指掌，對方是初來乍到，即使他們的頭領熟悉邊荒，總不似慕容當家和手下兄弟等在這裡打滾多年，捨己之長實在可惜。」

慕容戰喜道：「得屠兄附議，可見我不是徒憑匹夫之勇，而是合乎戰略。」

拓跋儀道：「兩位可有想過，敵方進犯邊荒集前，必先肅清集外所有反抗力量。在全面控制情況下，方會發動，屆時我們縱使曉得慕容當家的孤軍陷於苦戰，仍沒法出集赴援，如慕容當家有甚麼失閃，將對我們的士氣和實力造成嚴重的打擊。」

屠奉三油然道：「在擊潰郝長亨的部隊前，慕容當家的出集迎敵確與送死無異，可是現在邊荒集外十里內的敵人已被廓清，西面小谷又有堅強防禦工事，只要我們布置得宜，應可牽制敵人，教他們沒法全力進犯，在戰略上是明智之舉，拓跋兒意下如何？」

拓跋儀沉吟片刻，瞥燕飛一眼道：「由於我不熟悉小谷的情況，倒沒有想及此點，小飛你有甚麼意見？」

燕飛道：「屠兄認為須多少人手，始可守穩小谷？」

屠奉三道：「若有足夠兵器和糧食儲備，又或可將三台弩箭機運到小谷加強防禦力，只要有一千精銳，可守得小谷穩如泰山，捱個十天八天。」

慕容戰大喜道：「如此我的部隊將不是深陷敵境的孤軍，而是可進可退的奇兵。」

拓跋儀終同意道：「此法確實可行。」

屠奉三長笑道：「這場仗愈來愈有趣。坦白說，我是看中此谷戰略上的優越性，方敢在孫恩和慕容垂對邊荒集用兵的威脅下，仍到邊荒集來看看有無回天之力。只要能把小谷變成集外最堅固的據點，將迫使南面敵人只敢沿潁水攻來，還要分兵攻打小谷。慕容當家若伏兵於小谷附近，覷機擊垮敵人進攻小谷的部隊，再於敵人全力攻打邊荒集之際，繞往敵背突襲，我有把握令南面敵人慘敗。」

燕飛道：「我們分出兩千人作此戰略布置應非問題，卻可使敵人沒法全力攻打邊荒集，乃上上之計。唯一令人擔心的是如我們延誤北方敵軍之策失敗，而我們的兵力又集中於應付南方的敵軍，恐怕抵不住慕容垂和黃河幫的攻擊。」

拓跋儀道：「一不做二不休，我們既對南方敵軍採取集外牽制迎擊的戰術，對北面敵人也可同樣施法，以進攻為防守，務令敵人沒法在肆無忌憚下全力出擊。」

慕容戰欣然道：「拓跋兒果然是明白人，不過北面盡是平野山林，缺乏一個像屠兄挑中的小谷。」

拓跋儀淡淡道：「慕容當家忘記了我們是馬賊出身，精善夜戰，打打逃逃更是本行。只要我有五百兄弟，將可令敵人陣腳大亂，草木皆兵。配合水師的反擊，擊潰敵人或有所不能，卻必可達致延誤敵的戰略，各位可以放心。」

屠奉三嘆道：「邊荒集確是英雄好漢雲集的異土，聽諸位之言，便知人人勇於承擔，無視自身生死得失。時間無多，我們就此決定如何？」

轉向慕容戰道：「慕容當家請隨我到小谷打個轉，屠某可教你有意外的驚喜。」

慕容戰哈哈笑道：「幸好屠兄暫時仍非敵人，否則我會擔心得要命，怕隨時要大吃一驚。請老哥你引路。」

屠奉三向燕飛和拓跋儀打個招呼，揮手拍馬去了。

慕容戰向燕飛道：「請通知我的兄弟準備上路。」

說罷追在屠奉三馬後馳去。

瞧著兩人沒入林木深處，燕飛有感而發道：「事前說出來肯定沒有人相信，今次邊荒集的成敗，竟繫於屠奉三身上，使我們重新掌握主動，不致陷於一面倒挨揍的劣勢。」

拓跋儀搖頭道：「你只說對一半，我們不論與赫連勃勃之戰，又或如今戰略上的安排，屠奉三均起了關鍵性的作用，可是邊荒集的成敗，卻非繫於他身上，而是我們的紀美人。」

燕飛愕然朝他望來。

拓跋儀長長吁出一口氣，目光掃視遠近，若無其事的道：「屠奉三愛上了你的美人兒。」

燕飛現出原來如此的神情，從容道：「男人對動人的美女生出興趣，是人情之常。」

拓跋儀深深看他兩眼，緩緩道：「小飛仍未掌握到我的意思，我指的並非男人天生對美麗女性的佔有慾，而是指眞正的動情。尤其是老屠這類心如鐵石的人，一旦動了眞情，勢必一發不可收拾。我不曉得屠奉三態度的急遽轉變有多少成分是與紀千千有關係，可是只要你留意他看紀千千的眼神，便知他對紀千千是毫無保留地豁了出去，至少在擊退大敵前是如此。屠奉三並非尋常的追求者，他可以是生死與共的戰友，也可以是最可怕的敵人。你作爲他最大的情敵，絕不可以沒有提防之心。」

燕飛默然片刻，苦笑道：「際此生死難卜之時，我不想爲此分神。」

拓跋儀微笑道：「我只是盡兄弟之義提醒你，愈接觸老屠多了，愈感到他的可怕。如此智勇兼備的人，世間罕見，有他助桓玄打天下，更是如虎添翼。」

稍頓又道：「今次邊荒集之戰，不論誰勝誰負，又或我們全軍覆沒，最大的得益者仍是我們拓跋族。赫連勃勃的慘敗，對他的聲威和實力造成無可彌補的嚴重打擊。以小珪的精明和掌握時機的靈銳，肯定會趁勢攻陷統萬，完成立國的大業。所以現在我感到縱使今晚戰死邊荒，仍是值得的。」

燕飛一陣感觸。

在對付赫連勃勃前，他想到的是爲保護邊荒集而戰。正如謝安指出的，只有令邊荒集保持它的無法無天、不隸屬任何政權的中立地位，南北方可保持均衡，天下始可有休養生息的喘氣機會。

這當然是他一廂情願的想法。

事實上邊荒集任何的變化，直接影響到南北勢力的平衡。以北方論之，赫連勃勃的失敗，將是拓跋代國的崛興。鬼使神差下，反幫了自己兄弟拓跋珪一個大忙。

在南方來說，若孫恩和聶天還無功而回，又或即使成功攻陷邊荒集卻傷亡慘重，南方的得益者將是桓玄。在北府兵和建康軍互相牽制下，桓玄將可對邊荒集用兵，打正旗號地擴展勢力。

假若奇蹟出現，他們能成功保住邊荒集，桓玄更是直接得益，因爲屠奉三已成功在邊荒集生根，與勢力轉弱的漢幫平分邊荒集的利益。

所有這些發展已成不可逆轉的趨勢，沒有人可以改變。

拓跋儀的聲音傳入他耳中道：「小飛或會奇怪，爲何我忽然改變主意，贊成慕容戰的主動出擊。」

燕飛往他瞧去，後者雙目熠熠生輝，臉泛異采。

拓跋儀迎上他的目光，道：「爲了本族的振興，必須有人作出犧牲，而那個人就是我。只要我們把慕容垂拖在邊荒，時間愈長，對小珪愈是有利。所以必須改變戰略，務要和慕容垂打一場持久的戰爭。千千的策略非常正確，必要時我們該作戰略性的撤離，利用廣闊的邊荒使敵人泥足深陷，無法抽身離開。我知你厭倦戰爭，不過老天爺並沒有體諒你的苦衷，現在你是別無選擇，必須與我並肩作戰到底，否則我們拓跋族將遭到滅族的厄運。」

燕飛呆想片刻，心中浮現紀千千的玉容，點頭道：「既是上天的安排，我還有甚麼話好說的。時間不多，我們回去吧！」

第十五章　除名之日

聶天還橫空而至，觸地無聲的落在船首處，仰天長笑道：「能與江兄單打獨鬥，決一死戰，實是聶某人企盼多年的事。若江兄答應直戰至分出生死，聶某可讓江兄的手下自由離開。」

說到最後一句，忍不住露出訝色。

原來雙頭船去勢忽止，順流退後，他站立的船頭反變為船尾。

聶天還雙目殺機大盛，凝望指揮台上神態從容的江海流，左手猛揮，一道白光脫手發射，直奔左船舷外江水處。

「呀！」慘叫應聶天還擲出的匕首而起，最後一名投水的大江幫徒，在沒入水中前被射中後背，沉沒水裡。

江海流像完全不曉得手下被殺似的油然道：「聶兄果然好眼力，看出是他弄手腳令此船逆轉方向。再轉一個彎後是穎水著名的天嶽峽，不但江流特別湍急，且最多亂石，聶兄既肯拿命出來和我豪賭一場，當然不介意冒小小的險，否則便須在抵天嶽峽之前先取小弟之命。我死不打緊，不過如聶兄壯志未酬，竟要作我的陪葬，我會為聶兄感到不值。」

聶天還年在四十許間，身穿黑色武士服，腰帶插著一排飛刀，中等身材，乍看似沒有任何驚人之處，可是其高聳的顴骨襯著深凹眼眶內的眼睛，卻像藏於穴內向外窺視的毒蛇，令人不寒而慄。

他原本的策略是先孤身登上江海流的帥艦，大開殺戒，引江海流出手，同時手下赤龍戰舟圍攏過來，以拒鉤飛索鎖死其帥艦，拖往上游，那時任江海流三頭六臂，也難逃一死。

豈知江海流竟命手下改帆易向，然後跳江逃生，聶天還雖含恨出手，只能截殺最後一名跳江的大江幫戰士，怎不教他心中大恨。

江海流這一手耍得非常漂亮，把整個形勢改變過來。此時雙頭帥艦順水疾流，因不用顧忌會撞上淺灘或江中亂石，全由水流風勢帶動，登時與追來的五艘赤龍舟拉遠距離。

「嗤！嗤！嗤！」

江海流把收在身後的亡命槍移往前方，兩手握著仗之以縱橫大江的拿手兵器，發功一振，立即異響鳴叫，身前現出數十點精光。

他不用冒險出擊，只須守穩指揮台丈許見方之地，待片刻後帥艦被水流沖進天嶽峽，那時要打要逃，均對他有利。

問題當然在他能否捱到那一刻。

聶天還的「天地明環」是南方最有名的奇門兵器，不論遠攻近搏，皆有奪天地造化之功，令他高踞「外九品高手」次席，僅屈居於有南方第一人之稱的「天師」孫恩之下。

江海流和他雖從未交過手，對他功力的深淺卻知之甚詳，且曾痛下苦功研究破他雙環之法，今天終到了派上用場的生死時刻。

「噹！」

聶天還雙手往後背取環，然後兩手外張，兩個大小不一，直徑分別是尺半和一尺精鋼摻黃金打造的鋼環如兩翼開展，在陽光斜照下金芒爍閃，燦爛輝煌，而其大小不同，總予人不平衡的古怪感覺，又隱隱感到此中另有玄虛，只是看著足可令人生出難受的滋味。

兩環閃電般互擊，發出一聲激響，接著聶天還以獨門手法擲出雙環，大小兩環先後脫手，循著兩道奇異的路線，迴飛向江海流。

江海流心中大爲懍然，聽人轉述是一回事，親眼目睹又是另一回事。若依對方現時環勢，攻擊的該是自己的後背，假若此時自己改採攻勢，離開指揮台直接攻擊對方，豈非可趁對方兵器離手的良機，殺對方一個措手不及。

但又隱隱感覺到此爲聶天還的誘敵之計，如果自己這般改變戰略，將正中他下懷。

時機一閃即逝。

聶天還一聲叱喝，騰身而起，兩手連揮，從腰帶拔出四把匕首，一把追一把的射向江海流。

江海流暗嘆一口氣，曉得自己因看不破他的戰略，落在下風，還有甚麼好說的，立即收攝心神，直衝至台邊圍欄處，亡命槍疾挑對方投來的暗器。

「叮叮噹噹！」

四把飛刀先後被挑飛，聶天還飛臨前方，雙掌迎面推來，狂暴的勁氣形成高度集中的氣柱，若給搗中，與被有形的眞兵器刺個正著全無分別，保證可令江海流的五官變成一個血洞。

江海流早知他有此趁勢狂攻的招數，冷哼一聲，亡命槍不慌不忙的灑出一片由槍尖組成的防禦網，往對方雙掌抛去，盡顯三大幫龍頭大哥之一的功架。

「噹！」

後方丈許處雙環互撞，發出驚天動地傳遍遠近的清音，此著大出江海流料外，心神分散。

此時水上的激戰亦接近尾聲，大江幫九艘雙頭艦被困的被困，沉的沉，逃的逃，只有席敬的一艘全身而退，且超越敵船，直朝兩人惡鬥的帥艦追來。

另外尚有兩艘戰船左衝右突，力圖突破敵人的包圍網，前途卻未可樂觀。

形勢的發展，更添情況的緊迫性，若被席敬追及，江海流即可輕易脫身。

聶天還狂喝一聲，就趁江海流心馳神散的當兒，雙掌分別拍中江海流的亡命槍，借力一個騰翻，來到江海流頭頂上。

若換了沒有雙環在後方威脅的情形，江海流由於足立實地，只要槍勢開展，肯定可在聶天還「強行降落」的劣勢下盡控主動，殺得他沒有絲毫還手之力。可是後方雙環在聶天還神乎其技的手法下，互撞後正向他迴襲而至，除非他肯硬捱兩記，否則便不得不避往一旁，因爲聶天還蓋頭下壓的拳勁，逼得他沒有應付後方飛環的空隙。

江海流灑起漫空槍影，虛實相生，迅往橫移。

「蓬！」

聶天還盡顯「外九品高手」次席的功架，倏地從天上釘子般插下，探手接著迴飛而至的雙環。

江海流的槍勢如潮般暴退復暴漲，海浪般往勁敵湧去。

而他亦心知肚明，聶天還武功之高明，實在他估計之上。

帥艦顫動起來，原來剛轉入河彎，此段河床傾斜，水流特急，兩岸亂石處處，形成無數渦漩，乃穎水最險惡的河段。

聶天還長笑道：「江兄的如意算盤怕打不響哩！」

就那麼以雙環施展奇異和出乎常理的埋身肉搏手法，硬撞入江海流的槍影裡。鮮血激濺。

亡命槍在戳入聶天還胸膛前，被他以身法閃開，只能挑中他肩頭，而江海流的左臂卻被他狠狠敲中一記，骨折肉裂。

兩人擦身而過。

江海流強忍痛楚，僅以未受傷的右手反槍後挑。

聶天還旋風般轉身，大喝道：「大江幫於今日此時除名江湖。」

雙環擲出，大的天環先行，小的地環隨後，精準無倫的套入亡命槍，沿槍直攻其手肩，招數奇特精微，教人嘆為觀止。

已追至五丈外的雙頭船上，席敬和一眾大江幫戰士人人看得睚眥欲裂，卻全無阻止之計。

江海流感到聶天還的「天地明環」正以他的槍作軸心急速旋動，每轉一圈，便多接近些兒，他提著的似再非亡命槍，而是萬斤重擔，他以單手持槍，負荷如此重量已是問題，更遑論將雙環震脫。

江海流連回頭瞥一眼的時間都沒有，運起餘力，硬把亡命槍脫手橫拋。

此時聶天還搶至他身後，一拳轟中江海流背心要害，另一手抓著亡命槍頭。

江海流弓起背脊硬捱他一擊，離地前飛，撞破圍欄，從指揮台掉下去，七孔出血。

「砰！」

帥艦不知撞上甚麼東西，整條船打個急轉，像轉動的風車般往左岸一堆亂石衝去，甲板上的弩箭機、投石機四處滾動，甚或掉進水裡，情況混亂至極點。

以聶天還之能也不敢追上去再補一掌，拿著戰利品和仍套其上的雙環，一個倒翻，投往右岸。

席敬的船剛好駛至，齊聲高呼幫主。

「蓬！」

以帥艦的堅固，在湍急水流的帶動下撞上巨石，仍抵受不住解體散裂。

一道人影沖天而起，投往席敬的雙頭船。

席敬喜出望外，連忙躍起，把江海流抱個正著，落回甲板處

雙頭船全速順流放去。

立在岸旁的聶天還仰天笑道：「江兄黃泉路上必不愁寂寞，請恕天還不送哩！」

屠奉三和慕容戰策騎從小谷馳出，後者欣然道：「這座小谷確如屠兄所說的易守難攻，只要有一千兵馬，又補給充足，至少可守個十天八天。」

屠奉三微笑道：「若只可死守，還未算本事，我一生最恨的是被動和挨揍，所以另有布置，任何人以爲我只有死守的分兒，肯定會吃大虧。」

慕容戰深吸一口氣道：「幸好你不是我的敵人，快讓我見識見識。」

屠奉三快馬加鞭，穿林過野，不一會兒到達小谷東南方一處密林外。

屠奉三穿林而入，十多丈已是路不通行，原來長滿荊棘雜草。

屠奉三一躍下馬，仔細審視附近的幾棵大樹。

慕容戰甩鐙下馬，隨著他團團轉。

屠奉三終有發現，道：「就是這兩棵樹，看到嗎？樹身均被刮下一片樹皮，成三角形。」

慕容戰點頭表示看見。

屠奉三從兩棵樹間走過，來到荊棘叢前，探手抓著棘叢，用力一拉，整叢荊棘竟應手移動，出現一條通路。

慕容戰明白過來，忍不住讚嘆道：「好計！」

屠奉三欣然道：「這是我收拾博驚雷後囑手下開出來的，裡面可藏二百兵馬，由於郝長亨被迫撤走，所以這秘密該可瞞過敵人，慕容兄不用我教也該知如何利用此藏兵的好地方吧！」

慕容戰嘆道：「我恨不得現在立即天黑，可以大開殺戒。」

屠奉三道：「我們進去看清楚情況，立即趕回去如何？」

慕容戰道：「屠兄是否對這一帶的形勢瞭如指掌？」

屠奉三傲然道：「這個當然，我從來不會糊裡糊塗的做人。」

慕容戰道：「若有屠兄配合我在集外作戰，說不定我們能擊潰孫恩的天師軍。」

屠奉三略一沉吟，道：「此事回去再決定如何？別忘記我們的上頭還有位紅粉統帥。」

慕容戰點頭失笑，領先進入荊棘林內去了。

劉裕醒轉過來，頭痛欲裂，一時間茫然不知身在何處。

好一會兒方弄清楚在車廂內，橫躺座位上，蓋上薄毛氈，隨著路面的凹凸不平馬車顛簸拋擲。

他想坐起來，偏是全身痠軟無力，沒法辦到，令他生出落難的感覺。

明顯是有人從路旁把他救起來，且曾治理過他，給他換過衣服。

厚背刀呢？

劉裕閉上眼睛，調節呼吸，頭疼立即逐漸舒緩，體內真氣開始凝聚，耳目也回復幾分平時的靈銳。

馬車前後均有密集的蹄音，粗略估計，這車馬隊的騎士該在百人之間。

在他昏倒前已抵達淮水，置身於大江北岸著名的淮廣驛道，只要沿驛道東行，可以到達位於大江上游的廣陵。依他昏迷前的記憶，救起自己的人該是沿驛道朝廣陵的方向進發。

自己究竟昏迷了多久？

劉裕猛一發力，坐了起來。

一陣天旋地轉，害得劉裕差點橫躺下去。

耳邊傳來呼叫聲。

劉裕勉力睜開雙目，發覺自己坐在車窗旁，車窗外與馬車並排而馳的騎士見到他醒過來，忙知會其他人。

劉裕往後排座位瞧去，厚背刀和小背囊安然無恙的放在座位上，登時心神大定，曉得救起他的是友非敵，又或至少是好心腸的人，否則絕不會把他的兵器放於伸手可取之處。

不知是否接到命令，駕車的御者大聲叱喝，收韁勒馬。

蹄聲放緩，馬車慢慢地停下來。

劉裕的腦筋逐漸回復清明，只是腦袋仍隱隱作痛，渾身乏力，關節處像被針戳般難受。

馬車停定。

一騎來到車窗旁，劉裕往對方望去，來人身穿武士服，年紀在三十許間，長得相貌堂堂，寬臉孔顴圓鼻高，令人有高高在上的感覺，不過此時他對劉裕的態度仍算友善，微笑道：「劉大人醒來哩！」

劉裕愕然道：「請問兄台高姓大名，怎會認識我劉裕呢？」

那人欣然道：「本人王上顏，乃揚州知州事護國公的家將，當然認識於淝水之戰立下大功的劉大人。聽說劉大人奉命到邊荒打探消息，不知爲何會昏倒路旁？且負有嚴重內傷，更受風寒感染。幸好小姐精通醫道，看來劉大人已好多哩！」

劉裕的腦筋仍有點糊塗，心中暗唸幾遍揚州知州事護國公，仍弄不清楚是朝廷哪位猛人，忍不住脫口問道：「護國公？」

王上顏歉然道：「我們的主子才剛往揚州赴任，同時被封爲護國公，難怪劉大人沒有聽過。」

正要說出他主子是誰之時，又低聲道：「小姐回頭來哩！讓她親自向劉大人解說。」

言罷催馬而去，該是迎接他口中所說的小姐。

劉裕也聽到蹄音自遠處馳來的響聲，正思量王上顏口中的小姐是誰，王上顏的聲音在馬車門旁道：「劉大人醒過來了！精神不錯，他的體質好得教人吃驚，不愧是玄帥看得起的人。」

一個軟綿綿溫柔悅耳的女子聲音嬌呼道：「好哩！人家不用那麼擔心了。」

劉裕聽得雄軀劇震，不能置信地狠狠盯著車門，聽著那位小姐甩鐙下馬的聲音。

竟然是她！

這是不可能的。

究竟是天賜的緣分還是宿世的冤孽，他已弄不清楚。

「咿呀！」

有人爲小姐拉開車門。

小姐的聲音在門外道：「我到車內和劉大人說話，可以繼續趕路，明天該可抵達廣陵。」

說罷登上車廂。

兩人四目交投，劉裕心叫一聲「天啊」，差點歡喜至重新昏迷過去。

第十六章　巧遇玉人

燕飛和拓跋儀在碼頭分手，後者返驛站召集本部人馬，而燕飛則去見紀千千，把最新擬定的戰略循例交她定奪。

在紅日斜照下的邊荒集，充盈著初戰勝利帶來的喜悅和希望。所有人不論男女，不論種族，不論派系，全體投入到備戰的行動裡去。

燕飛從小建康進入邊荒集，踏足剛收服的地域，心中感觸良多。

邊荒集從未試過如此眾志成城地做一件事，這可是眼前鐵錚錚的事實。而他們要對抗的卻是南北最強大的四股力量，他們的領袖不單是武技上大宗師級的人物，更是戰場上的無敵統帥，人人久經戰陣。假若一旦守不住，被惹怒的敵人將會以血清洗戰爭的仇恨，後果不堪想像。

燕飛含笑揮手接受沿途戰士們對他的致敬和群眾的歡呼，往夜窩子馳去。

古鐘樓帥旗高懸，帥旗不但是新的設計，且是剛畫上去的，濕潤的墨彩在斜陽光裡閃閃生輝，非常奪目。

帥旗以藍布製成，繪上鳥形圖案，就像一頭沖天而飛的鳥兒，充滿對自由的渴望，不願受到任何的約束，意象極佳。

一群騎士正從古鐘場馳來，領頭者是姬別，見到燕飛，欣然迎來。

燕飛勒停馬兒恭候，姬別直馳至他身旁方勒馬停下，笑道：「經你們實地勘察，有甚麼成績呢？」

燕飛見他笑得勉強，微笑反問道：「姬大少是否仍不看好今夜之戰？」

姬別苦笑一下，壓低聲音道：「說不擔心是騙你，別人我不清楚，可是鐵士心是怎樣的一個人，我知之甚詳。以他一個漢人，能在北方站得住腳絕不簡單，何況還使黃河幫日益壯大。唉！你笑我沒膽子也好，我的恐懼是從心裡湧出來的，根本沒法控制。」

燕飛同情地道：「害怕起來確實沒有法子，在敵人如此聲勢下，誰能無懼？這只是個控制和處理恐懼的問題，你的控制力並不算差，至少仍可以裝笑臉。」

姬別再湊近少許，現出遇上知音的神情，近乎耳語般道：「還是燕兄夠坦白，我和老紅都怕得要命，卻不敢露出絲毫異樣。我們這些做老大的，絕不能把心底事擺到臉上來，因為恐懼有如瘟疫，會蠶食我們的鬥志。」

燕飛首次發覺自己有點喜歡他，爲他打氣道：「你已幹得很好，剛才在潁水旁我看到你的巧匠正把尖刺裝到龐義的木材去，把檑木改裝爲檑木刺。你眞的很有辦法，這麼快就弄出大批鋼刺來。」

姬別欣然道：「你當我是神仙嗎？鋼刺是就地取材，把弩機用的特製鋼箭修改而成。哈！不過我們邊荒集確實物資豐盛，只是戰馬加起來竟有三萬匹之多，以一萬戰士計，每人可換三次馬。」

燕飛雖很想陪他聊下去，卻因時間緊迫，只好拍拍他肩頭道：「好好幹下去，打不過便逃，這裡是我們的地盤，所謂猛虎不及地頭蛇，讓我們向天下人證明此點。」

說罷策騎直入夜窩子去了。

換作任何一個時候，劉裕相信自己在見到這位他朝思暮想的俏佳人時，他都可以裝出若無其事，把感情深深埋藏的模樣。

可是值此人生最失意無助、身心勞損的時刻，他卻感到心內燎原的野火正在失控地擴大，脫口喚道：「淡眞小姐！」

竟是高門貴女，大臣王恭的女兒王淡眞，他在謝府一見難忘的美人兒。

王淡眞迎上他灼熱的目光，似有所覺，粉臉飛起兩朵紅霞，令氣質雅秀的她尤顯得嬌艷無倫。至少在這一刻，劉裕感到不論爲她作出任何犧牲，均是値得的。

只有她方可使自己忘掉一切困苦煩惱，連心中一貫的豪情壯志，一時間都變得毫不足道。

王淡眞並沒有因他率性直接的目光有分毫畏縮，來到他身旁，伸出一對勝雪欺霜皙白粉嫩的玉手，抓著他右手，三根玉指搭上他的脈搏，現出專注的動人神情，爲他把脈。

馬車開出，大隊繼續行程。

親密的接觸，令劉裕的心差點融化。

河風徐徐從南面淮水處透窗吹進來，馬車的搖晃顚簸不再是苦難而是樂趣，嗅著她迷人的體香氣息，忽然間劉裕體會到他畢生所有幸福和快樂，均繫於眼前好心腸的人兒身上。若她能成爲自己孩子的良母，人生還有甚麼可以奢求的呢？

同時他更清楚這個想法的高度危險，以他寒門卑士的身分地位，若敢對此高門貴女有非分之想，其後果足以把他辛苦爭取回來根基尚未穩固的微薄功業徹底毀掉。

不過這想法在此刻遙遠而微弱，他怎麼可以錯過天賜的眷寵？

王淡眞放開他的手，喜孜孜的道：「劉大人的體質好得教人難以相信，只這麼半個時辰，情況大有改善。之前遇上你時，還以爲你沒法撐到廣陵去，那樣淡眞便不知如何向玄帥交代呢！」

當她提到謝玄，一對秀眸立即閃亮起來，深以能爲謝玄辦事爲榮。

劉裕卻不大在意，因早在建康時便曉得她對謝玄的仰慕。問道：「小姐爲何會走這條驛道呢？到廣陵去不是以水路較方便嗎？」

王淡眞現出不屑神色，道：「聽說北方胡馬又再蠢蠢欲動，南方的亂賊亦伺機發難，三天前兩湖幫的賊船曾與建康一支水師在大江激戰，互有損傷。所以水師封鎖了江淮上游，以保揚州的安全。」

劉裕聽著她猶帶三分少女天眞語調的吳儂軟語，大感享受，兼之在如此隔離獨立的環境裡，近在咫尺地欣賞她認眞卻不脫孩兒氣的神態表情，禁不住魂爲之銷。只希望一切可如此這般地繼續下去，永遠不會改變。

雖說離家遠行情況特殊，不過以她尊貴的身分，肯磨在車廂內和他說話，劉裕已大感受寵若驚，飄飄然如登仙境。

換過任何一處地域環境，他清楚以自己卑微的出身，根本沒可能與她有如此親近的接觸。

劉裕不解道：「只要小姐表露身分，水師船怎敢阻小姐去路？」

王淡眞嬌哼道：「負責守淮水的是那個甚麼司馬元顯，人家最討厭他，情願走陸路，也不想見到他的惡形惡狀。」

劉裕方明白她語帶不屑的因由，心忖謝安離京，的確產生很大的變化，總攬大權的司馬道子把兒子司馬元顯捧上掌握實權的軍位，統領其中一支水師。可想像謝安若去，加上謝玄應命撒手歸西，情況更不堪設想。

任青媞說得對，若沒有曼妙在司馬曜旁爲自己說話，他除了立即當逃兵外，肯定死路一條。

王淡眞訝道：「劉大人在想甚麼呢？」

劉裕搖搖頭，最好是憑此動作把一切煩惱驅走。所有牽涉到人與人間鬥爭的卑污和醜惡，對這位如空谷幽蘭般的美女都是一種冒瀆。

王淡眞興奮道：「人家知道你在擔心賊子作亂。怕甚麼呢？一天有我們玄帥在，怎到那些跳樑小丑放肆哩！嘻！人家尚未有機會問你，爲何會昏倒路旁呢？」

她問者無心的幾句話，登時勾起劉裕的心事，殘酷的現實又再與這溫馨迷人的車廂天地接連。

唉！

我該從何說起呢？

夜窩子再不是夜窩子，因爲它已由風花雪月的勝地變成邊荒集的軍事後援和補給中心。數百座建築物全部開放，從集內各區源源不絕運來的牲口糧草和物資，給送進經細心分門別類的建築物內安放儲存，其後院則成爲馬廄。

所有出入夜窩子的通道均設立堅強的關壘，以弩箭機、投石機作基本的防禦武備。夜窩子比集內房舍宏偉高聳的建築物，其上層和樓頂理所當然成爲箭樓哨崗。

邊荒集飽經災劫，所有樓房均以堅固、實用和防火爲主，在此等非常時期特別實際和可倚賴。

古鐘場散布著大堆小堆的東西、一群又一群的騾子和戰馬，最觸目是以石車把古鐘樓團團圍起來，使古鐘樓成爲最後的防線。一天古鐘樓沒有失守，邊荒集仍未可言敗。

乍看似是雜亂無章，細看又覺一切井井有條，沒有任何布置是未花過心思的。

整個夜窩子像蛛網般被連結成一不可分割的整體，發號施令的核心就是古鐘樓，只要有任何風吹草動，古鐘樓會如蛛網內的蜘蛛般生出感應，對付入侵的敵人或獵物。

一路馳來，看得燕飛目眩神迷。

夜窩子竟會變成眼前般模樣，實教人難以相信。

他們和敵人的最大分別，乃他們是自發地爲保衛邊荒集的自由和公義而戰。

邊荒集的「公義」，是人人認同並奉行不悖的規矩。

姚猛正在指揮一群夜窩族人搬運一桶桶不知從哪個井打來的清水，見到燕飛興奮的道：「千千小姐肯定是當今天下最傑出的統帥，她的主意不但別出心裁，還特具神效。我們今次定要把甚麼慕容垂、孫恩殺得棄戈曳甲而逃。」

燕飛心忖你這小子眞不知天高地厚，不過紀千千能予他們如此信念，當非壞事。皺眉道：「這些水是用來幹甚麼的？」

姚猛和附近的夜窩族人齊聲失笑，得意忘形。

姚猛喘著氣道：「原來燕飛也會看走眼，桶內放的是油而非水，是用來製滾油彈的原料。我們的千千小姐想出以牛皮爲殼，灌入易燃的火油，封口後以投石機朝敵人拋擲，再以火箭燃著火油，這招便叫火油殲敵。明白嗎？我沒時間和你說話了！兄弟們！繼續努力！這百桶要送到北門去。」

燕飛心叫厲害，一夾馬腹，進入古鐘場，朝古鐘樓馳去。

想到即可見到心愛的人兒，看著她英姿勃發地指揮群雄，心中像燃著一個火油彈。他再不會欺騙自己，他要毫無保留地愛惜她，而對她的愛，最後一絲疑慮亦雲散煙消。

若非陷身於連場大戰的極端環境裡，他與紀千千的發展絕不會如燎原野火般展開，正因曉得生死難測，愈使他拋開一切，全身全意投入火辣辣的男女愛戀裡去。

劉裕道：「那天見過小姐後，坐船往邊荒集去……」

王淡眞興奮地打斷他道：「據聞紀千千是和你們一道去的，是否確有其事？你不知道此事在建康是多麼轟動。聽說司馬元顯聞訊後把家裡可以打破的東西全摔爛了呢。哼！他肯定不會照鏡子，癩蝦蟆想吃天鵝肉。」

劉裕心中一震，看來此事會一併算到自己頭上來，他們找不到燕飛和高彥來出氣，可憐自己卻要面對所有因紀千千而致妒火高燃的權貴高門。

點頭道：「確有此事。」

王淡眞興致盎然的道：「原來紀千千眞的到了邊荒集去，人家再不用問鍾秀了！邊荒集究竟是怎樣的地方？有那麼多殺人不眨眼的江湖大盜和逃犯在那裡，紀千千不害怕嗎？」

劉裕剛被她勾起心事，聽她說話天眞，愁懷稍解，失笑道：「有甚麼好怕的？荒人不知多麼歡迎和尊敬她呢。」

王淡眞現出心神嚮往的神色，柔聲道：「若不是怕爹責怪，我眞的想到邊荒集見識。噢！你會陪人家去嗎？」

劉裕呆望著這朵在最安全環境裡長成的鮮花，心中百感交集，苦笑道：「我正是從邊荒集回來，還差點沒命，你仍不害怕嗎？」

王淡眞微一錯愕旋又甜甜笑道：「你是打不死的英雄豪傑，否則玄帥不會看中你。鍾秀的爹是大英雄，絕不會看錯人，我也不會看錯你。」

劉裕終醒覺此姝對謝玄近乎盲目的崇拜，更感覺到她對自己另眼相看，全因謝玄的關係，愛屋及烏。

她或許只是對謝玄看中的人有興趣，而不管對方是張三李四。

這個想法令劉裕從雲端直掉往實地，倏地感到一陣勞累和失落，情緒波動之巨，是他從未嘗過的滋味。

一向以來，他都比一般人懂得控制自己的情緒，可是面對著心中暗戀的玉人，這方面的長處已消失得無影無蹤。

事實上令她感興趣的是邊荒集又或謝玄，從她問這問那，卻始終沒觸及他受傷的經過，可見她小姐的眞正心意。

王淡眞見他臉色不大對勁，吃驚地道：「你不舒服嗎？」

劉裕此刻滿懷愛意化作自悲自苦，兼想起大禍臨頭的邊荒集，登時生出萬念俱灰的感覺。壯志豪情，只像個蒼天弄人的惡作劇。

苦笑道：「沒有甚麼大不了的，到達廣陵時該可以復元。還未謝過小姐仗義援手之恩。大恩不言謝，日後若有用得著我劉裕的地方，小姐儘管吩咐。」

說出這番話，心中反舒服起來，因為似乎又重建起以前有門戶之別的不對等關係，也等若劉裕放棄對此貴女的癡心妄想。

王淡眞蹙起秀眉微嗔道：「劉大人仍未告訴淡眞如何受傷的呢？」

劉裕生出心力交瘁的頹喪，沒好氣的道：「沒有甚麼，只不過遇上孫恩，差點給他幹掉，幸好逃得快。接著又遇上聶天還的船隊，被迫在水裡泡了一刻鐘，上岸時受風寒感染，就是如此這般。」

王淡眞聽得一對美目不斷睜大，聽畢難以置信地道：「外九品高手最厲害的兩個人，竟全給你遇上了……」

劉裕可以代她把尚未說出口的話說出來，大概該是「你竟然仍可以活著」。雙目精芒爍動，平靜的道：「任他們如何凶名蓋世，說到底仍和你我沒有分別，是凡人一個。終有一天我會教他們本利歸還，只要我有一口氣在便成。」

王淡眞呆看著他，像初次認識他般細審他的面容和神情的變化。

劉裕心中卻希望能獨自一人好好地思索，更狠下決心拋開對她的任何妄求，不論此決定對自己造成如何嚴重的打擊和痛苦。

他緩緩閉上眼睛。

好半晌後王淡眞輕輕道：「劉大人好好休息，到廣陵淡眞再喚醒你。」

聽著她指示御者停車，劉裕差點想喚她回來說話，最後仍硬把衝動壓抑下去。

更清楚他不但傷害了自己，也傷害了她。

第十七章　後有追兵

紀千千在觀遠台上指揮全局，場面既大，陣仗又熱鬧。

作爲副帥的卓狂生當仁不讓地陪侍在旁，以備小姐她隨時垂詢。紅子春、程蒼古從旁協助，籌畫布置保護邊荒集的軍事行動。

不知誰把一張紅木製的案牘搬上這裡來，檯几上放了一堆式樣高古的「令箭」，金光閃閃的，應是鐵質內摻有黃金的成分。十多名「整裝待發」，戴上插有羽毛高帽子的傳訊兵候命一旁，每當紀千千發出新的命令，便授以傳訊兵令箭，以之作爲傳令的記認和憑據，只此一著，可看出紀千千這位美麗的統帥「新丁」，長於組織和調配。

在登樓石階處燕飛碰著差點是滾下來的方鴻生，原來他的專長被紀千千看中，率領一批高手到邊荒集的「廢墟」搜索或還躲藏在那裡的敵人探子。方老總得委重任，興奮得說不到三句話，匆匆去了。

議堂內燕語鶯聲，擠滿女兒家，忙得香汗淋漓，正齊心合力趕製夜間指揮用的巨型燈籠。

唯一的男性是賣走馬燈的查重信，由他這製燈專家指揮眾英雌，用料當然不可以與他的走馬燈同日而語，都是由邊荒集各路英雄好漢提供的最佳材料。

腦海中仍盤旋著爲他與紀千千拉開嶄新一頁的走馬燈迷人的色光之際，燕飛來到第三層的鐘樓，近二十個從各青樓精選出作傳訊手的樂師正排演操練，他們再不是爲娛人或伴奏作演出，而是爲邊荒集的生死榮辱而努力。燕飛可肯定由秦淮第一才女想出來的傳訊鼓樂是與眾不同的，該可將她的神采風流注進冷酷無情的戰爭裡。

終於登上觀遠台。

紀千千正與卓狂生、紅子春和程蒼古研究由兩名夜窩族人站立分持兩邊的邊荒集地形圖，紀大美人更親自以畫眉筆在關要處打上記號，決定該處應作的布置。

卓狂生笑道：「我們的邊荒首席劍手回來哩！希望他是來報喜而非報憂吧！」

紀千千眼神飄來，瞄他一眼，充盈熾熱和喜色，看得燕飛差點忘記爲何會到這裡來，又爲何站在此處。

在此名副其實的戰場核心處，清風徐徐從邊荒吹過來，令他想起紀千千在乘船到邊荒集水程上說過的一句話。

「這是從邊荒集吹來的風！颳遍整個邊荒的長風！」

這些話似在一刻前方從她的檀口吐出來，那時沒有人曾想及邊荒集會陷入眼前般的處境。龐義暫時建不成他的第一樓，高彥和劉裕都是生死未卜。

夕陽在西山映射出千萬道霞彩，益添時間消逝和從不肯爲任何人放緩步伐的無情意味。

令他鍾情的人兒正與他並肩面對戰爭生死成敗的挑戰。

即使過不了今夜，此生已無憾。

紀千千見他呆看著自己，嬌嗔道：「燕老大還不過來報告，是否要人家以軍規處置？」

程蒼古等爲之莞爾。

燕飛含笑移到她身旁，道：「統帥明鑑，經下屬們實地勘察，我軍的成敗繫於能否延誤北面敵軍進犯的時間，如若成功，或可在敵人夾攻邊荒集前，先一步擊垮天師道和兩湖幫的聯軍。」

卓狂生哈哈笑道：「你們的想法和小姐的想法不謀而合，不過小姐是憑空想出來的，自然要勝你們一籌，對嗎？」

燕飛又發覺紀千千的另一情況，是沒有人會介意她比自己優勝，所以卓狂生縱使將同一番話說給其他人聽，也肯定不會觸怒任何人。換作是他燕飛當統帥，當然截然不同。

程蒼古坦白道：「起初我是抱著懷疑的態度，怕小姐缺乏實戰經驗，現在卻是疑慮盡去，信心十足。」

紀千千不好意思的道：「大戰尚未開始，是否紙上談兵仍言之過早，一切全賴各位支持。」轉向燕飛道：「你們要抽調多少人馬？」

燕飛正要答話，慕容戰、屠奉三和拓跋儀聯袂登樓，氣氛立趨緊張，誰都心知肚明行動的時間來臨，接著的每一個決定，將關乎到邊荒集的存亡。

劉裕由坐息中驚醒過來。

掌握到王淡眞對他的眞正心意而受到的打擊，反令他拋開一切，全心全意運氣行功，療治傷勢。他的體質的確異於常人，若非失去鬥志，生出自暴自棄的失落情緒，實不該傷勢轉重，致被風寒所侵。

此刻睜目醒過來，狀況大幅改善，氣力又回到四肢去，腦筋也清明起來。

令他醒過來是因爲馬車忽然改道，走的再不是平坦的驛道，而是崎嶇的斜坡。相較之下，失修驛道的顛簸，根本不算一回事。

究竟發生甚麼事呢？

劉裕別頭望往車窗外，天色轉暗，已屆日落西山的時分，車隊正爬上一道丘坡，偏離了驛道。

劉裕探頭出去，後方跟著四輛馬車，騎士們露出驚惶的神色，頻頻回頭朝後面遠方張望。

一騎快馬加鞭的趕上來，似是要到前方向王淡眞報告，劉裕忙喚著他道：「甚麼事？」

王上顏放緩騎速，來到車窗旁，低聲道：「情況有點不妙，後方塵頭大起，大隊人馬正全速追來，我怕是邊荒的馬賊，所以趁天黑躲到一旁暫避，希望不是衝著我們來便好了。」

劉裕明白過來，換作任何人在邊荒的邊緣區遇上大批騎士，都不會認爲是甚麼好路數。王上顏該有點江湖經驗，所以趁天黑馳上道旁的一座小山丘躲避，必要時居高臨下與敵人硬拚，總好過在平坦的驛道混戰。

不由心中大訝，以自己對邊荒的熟悉，一時也想不到有哪方人馬有足夠實力威脅建康高門大族的家將團。現在邊荒集各大幫會自顧不暇，南方最大的三股民間勢力天師道、兩湖幫和大江幫都無法分身，忽然鑽出這麼一支人馬，教人摸不著頭腦。

王上顏見他沉吟不語，又道：「聽說劉大人多次出入邊荒，不知可否猜到對方是何方神聖呢？」

劉裕收攝心神，平靜的道：「他們離此有多遠？」

王上顏憂心忡忡的道：「離我們只有七、八里。」

劉裕道：「我們在丘頂停下來，待我看清楚情況，再想辦法應付。」

紀千千道：「大家清楚了嗎？」

所有領袖全聚集在鐘樓之巔，舉行大戰前最後一次會議。

天色暗黑下來，邊荒集卻是處處燈火輝煌，尤以夜窩子燈火最盛，不同平時的是綵燈被一般風燈替代，照得古鐘場更是亮如白晝。

姚猛恭敬的道：「千千小姐的指示，我們怎敢忘記。噢！四盞紫燈是指哪一區呢？」

紀千千不厭其煩的柔聲道：「千千再重複一次，一盞紫燈是指東門區。南、西、北三門燈數依次遞增，五盞燈指的是東南區，六、七、八便是東北、西北和西南。」

姚猛拍額道：「記著哩！四盞燈是指北門。」

卓狂生道：「燈號和鼓號聲配合，理該不會弄錯，任何人若仍有疑問，必須現在弄個清楚明白。」

慕容戰道：「千千小姐擬定的指揮法簡單易記，一聽便明。時間無多，我們須立即分頭行事。」

屠奉三道：「我還有一個新的提議，因爲大家一致決定把戰線延至集外，抽走我們約二千多兵馬，所以最好能另外設立一支應變部隊，由燕兄負責指揮，在古鐘場候命，以便能隨時支援任何一區。」

呼雷方點頭道：「此著非常高明，目前我們的主力集中在潁水和西、南兩門，其他區域兵力實嫌薄弱，有這支應變部隊將可補不足。」

拓跋儀道：「這支應變部隊貴精不貴多，若全是高手，三百人足可發揮很大的作用。」

紀千千道：「就此決定，爲保我們邊荒集的自由和公義，我們決意力戰到底，絕不妥協！絕不投降！」

眾人轟然應諾，士氣熾熱昂揚至沸騰的頂點。

劉裕目注遠方，五里許外驛道的方向有三條火龍，正不住接近。

王上顏倒抽一口涼氣道：「最少有三百人。」

雖然在十多名較高級的家將簇擁下，王淡眞仍駭得花容失色，只是強作鎮定。

另一名家將林清道：「我們不如逃進邊荒去，到明天才返回驛道繼續行程。」

又有人道：「要走立即走，遲恐不及。」

王淡眞道：「或許他們只是路過，不是衝著我們來的。」

劉裕搖頭道：「他們是衝著小姐來的。」

林清反駁道：「劉大人怎可如此武斷，或許他們是衝著劉大人來也說不定呢？」

眾家將中有一半人點頭表示贊同。

王淡眞朝劉裕瞧來，察覺到他神態從容，沒有絲毫緊張神色，芳心也不由著實了點兒。

劉裕微笑道：「我敢說他們是衝著小姐來，有三個理由。」

王淡眞愕然道：「竟然有三個理由那麼多，淡眞一個理由都想不到哩！」

王上顏沉聲道：「時間無多，劉大人可否長話短說？」

劉裕聳肩道：「首先是對方不怕引人注目，高舉火把，正是爲察看地上蹄印車痕，方便追蹤。其次是兵分三路，此爲行軍時防備突襲的陣式，顯示對方來意不善。第三個原因是對方人數只在二百人間，卻帶著四百多匹戰馬，擺明是在途中輪番替換，大利長程追蹤。所以我說他們是衝著小姐而來，不達目的誓不罷休，若我們倉皇逃生，弄得人疲馬乏，反正中對方下懷。更何況我們隊中有馬車和女眷，比拚速度，肯定會輸給他們，所以逃走是下下之策。」

王淡眞顫聲道：「我和人無仇無怨，誰會這樣算計我呢？」

劉裕迎上她的目光，神態忽然變得威猛無比，沉聲道：「小姐請放心，有我劉裕在，怎會教小賊得逞。若我沒有猜錯，這批該屬司馬元顯的人，待會讓我抓起幾個人來拷問，即可知我的看法是對是錯。」

他的見地和臨陣從容的豪雄本色，不但令譏嘲他的人面露慚色，更使方寸大亂的王淡眞生出倚仗之心，問道：「我們現在怎辦呢？」

劉裕遙觀敵勢，問道：「我們可投入戰鬥的人手有多少？」

王上顏答道：「除同行婢僕老少二十一人外，其他九十八人均可作戰。」

劉裕點頭道：「這個數目足夠有餘，請王兄先挑出三十名精於弓矢之技的手下，且在忠誠上絕無疑問，然後我再和你研究下一步的行動。」

這番話給足王上顏面子，王上顏欣然領命去了。

王淡眞往他靠近道：「他們眞的是司馬元顯的人嗎？司馬元顯竟如此膽大包天，不怕我爹尋他晦氣嗎？他曾多次向爹提親，都被爹斷然拒絕。」

劉裕仍目不轉睛審視追近至兩里許的敵人，淡淡道：「若是擅長追蹤的馬賊，不用火把照明也可緊躡我們，又或是邊荒的幫會人馬，肯定不敢在邊荒南面邊緣區如此張揚，徒惹水師的注意。只有司馬元顯這傢伙才會如此肆無忌憚，如此輕敵大意。不過他今晚的運道非常差勁，希望他是親身率眾追來，我會教司馬道子嘗到喪子之痛。」

王淡眞大吃一驚，呆看著他。

劉裕笑道：「我只是說笑，不過敵方人多，所謂擒賊先擒王，射他一箭半箭勢所難免。此事理虧的是他，我可包保他只能啞子吃黃連，有苦自己知。」

王淡眞避開他灼熱的目光，垂下頭去，輕輕道：「劉大人不怕他將來與你算賬嗎？」

劉裕很想說爲了你我天王老子都不怕，何況區區一個司馬元顯？可是想起與任青媞的「盟約」，暗嘆自己愈陷愈深，不倚仗曼妙對司馬曜的枕邊細語都不行，登時意興索然，苦笑道：「縱使沒有這件事，你道司馬道子和王國寶肯放過我嗎？只要他們不敢堂堂正正的提出來，多一件事少一件事根本不是問題。」

王淡眞默然不語，似在咀嚼他話裡的含意，又道：「你可以與人動手嗎？」

劉裕頗有在她面前吐氣揚眉的快感，一來是因爲若助她避過此劫，已報答了她救起自己的大恩。更因對她不敢有非分之想，反回復平時的冷靜和腳踏實地的做人態度。

從容道：「對付孫恩或聶天還當然不行，應付一個疏忽大意自以爲不可一世的小淫賊卻是綽有餘裕。小姐請放心，若我不能在我方毫無損傷的情況下逼退敵人，願受任何罪責。」

王淡眞輕呼一口氣，如釋重負的朝他望來，四目交投，粉臉升起兩朵紅雲，赧然再把螓首垂下去。

劉裕聽到自己一顆心不受控制的「卜卜」狂跳。

我的娘！

如此動人的俏嬌娘，若非是王恭之女，自己一定想盡辦法娶她爲妻。可惜……

王上顏來到劉裕旁，道：「劉大人不要客氣，時間無多，請劉大人指示。」

劉裕曉得已贏得他的信任，欣然轉身，指著小丘下另一邊的疏林區，道：「王兄請護送小姐和馬車下坡入林，走里許路後便可以掉頭回來。」

隨他轉身的王淡眞、王上顏和一眾家將人人聽得面面相覷。

王淡眞吃驚道：「劉大人傷勢初癒，只得三十名箭手怎擋得住對方二百人呢？」

劉裕胸有成竹的道：「硬拚當然不成，不過戰爭成敗並非決定於人數多寡，而是兵策謀略，否則我們北府兵不會有淝水之勝。我雖遠比不上玄帥，幸好司馬元顯更比不上苻堅。所以各位請放心，一切依我之言，保證事情很快成爲過去。」

王上顏壓低聲音道：「劉大人剛才要我挑選箭手，特別指出選的須是忠貞之士，是否怕我們之中有敵人的內奸？」

劉裕道：「這是我處事一向的作風，謹愼爲上，沒有特別的意思。」

轉向王淡眞道：「請小姐上路。」

王淡眞深深望他一眼，垂頭道：「劉大人小心點。」

說罷朝坐騎走去。

看著她動人的背影，劉裕百感交集。

終於爭取到她對自己的好感，卻又知大家有緣無分，老天爺眞的非常殘忍。

第十八章　戰火真情

紀千千湊到燕飛耳旁輕輕道：「千千的心很矛盾呢！」

兩人在觀遠台憑欄並立，俯瞰潁水方面的情況。所有當頭領的均離開鐘樓分頭行事，副帥卓狂生也到廣場從夜窩族中為燕飛挑選應變部隊，鐘樓之巔只有十多個工事兵在設置供指揮燈升降的柵架。

長風迎面吹來，兩人衣衫拂揚，彷似隨時會御風從人間返回仙界的神仙眷侶。

天色早已黑齊，雲多掩月，在邊荒集輝煌的燈火裡，時現時隱的月兒黯然失色。

聯軍人人戴上夜窩族人的額箍，以資識別敵我，其中部分是卓狂生的儲備，其他便是在這幾個時辰內竭盡人力物力趕製出來應急的。這種額箍質料特別，能在晚間反映微弱的光線，敵人想冒充都不成。

聯軍更在紀千千的提議下約定三種應對的手勢和軍令，避免敵人得到額箍後魚目混珠。

兩人偷得少許空閒，方有機會說私己話。

燕飛審視紀千千花容，不解道：「矛盾？」

紀千千向他皺起可愛的小鼻子道：「當統帥的當然要把得力的大將派到戰場去，可是誰家女兒希望自己的情郎到戰場冒險呢？這不是心情矛盾是甚麼？我的燕郎啊！」

燕飛聽得心神皆醉，紀千千還是第一次直呼燕飛是她的情郎。與赫連勃勃一戰後，他一直想向紀千千表達心中對她的愛意，可是總有點不知從何說起，不知如何方能盡道自己心底被她激起複雜微妙而深刻的情感。可是此刻在「邊荒四景」之一的觀遠台，看著整個邊荒集萬眾一心地動員以應付即將來臨的戰爭風暴，他忽然感到甚麼話都是多餘的，他們的相戀已是鐵一般的事實。

燕飛深吸一口氣，嘆道：「若今次死不掉，我會帶千千去欣賞邊荒集的另外兩景。」

紀千千雙目異芒連閃，喜孜孜道：「燕飛啊！你不會像其他男人那樣，說過便算吧？」

燕飛叫屈道：「我燕飛何曾信口開河過？我說的話從來沒有不算數的。」

紀千千喜翻了心兒的道：「成哩！成哩！千萬別學那些專愛哄女兒家的男人般誓神劈願，人家願意相信你。嘻！你可知道自己正是千千的邊荒集呢！」

燕飛糊塗起來，又感有趣，摸不著頭腦道：「甚麼你是我的邊荒集？我是你的邊荒集？」

紀千千明亮的秀眸一眨一眨的柔聲道：「邊荒集是無法無天嘛！任何循規蹈矩的人到這裡來都會失控，因為無法無天嘛！人家早為你失控。你是我最好的情人，任何別的人我都不要，所以你是千千的邊荒集。」

燕飛劇震道：「千千！」

紀千千伸手撫上他的臉龐，柔情似水的道：「不要說話，你的眼睛告訴了我最深心處的隱秘。我不想知道你過去的事，也不想知道將來會如何，只知道在此戰爭風暴漩渦裡的一刻，我們是真正地熱愛對方，沒有任何保留。換了另一種情況，我們的發展絕不會這麼快，可是在時間無多下，我們不可以再浪費時間，對嗎？」

燕飛更說不出話來，紀千千的愛，像席捲大地的洪峰，像燎原的大火，釋放出來後可以將一切改變過來，即使是燕飛早已死去的心。

他的生命從未如此充實和有著落，只要能度過眼前的大災劫，天地將任他們遨翔，其他甚麼國仇家恨都變成次要。

紀千千目光投往潁水，俏臉現出緬懷的神色，悠悠道：「這幾天是千千活得最愜意的日子，好像有一股無名的力量，把千千帶到一個嶄新的天地去，體驗到前所未有的新事物，悲歡離合是如此激烈地替換著，得失間全沒有分隔。自從乾爹口中聽到你這個人，你便在千千心中形成一個特別的形象，到面對面遇上你，更發覺眞正的你像一個謎，只有眞誠的愛方能破解的奇謎，一切太美妙哩！」

燕飛待要答他，忽然虎軀劇震，呆望著古鐘場東面處。

紀千千也嬌軀猛顫，失聲道：「天啊！他們竟回來了！」

龐義、小詩和第一樓的兄弟，正步入廣場，還向他們揮手。

劉裕藏身離地丈許的樹椏處，靜心等候。他的傷勢雖大有好轉，不過仍不宜與人動手，而他亦不準備和對方短兵相接。

蹄聲從小丘另一邊傳來，顯示他所料不差，這批騎士確實是衝著王淡眞而來的。

劉裕心中感謝老天爺，如非陰錯陽差地讓他遇上王淡眞，肯定這位名門的天之嬌女難逃魔掌。

火把光在坡頂出現，十多騎先後奔上小丘。劉裕聚精會神的瞧著，心中求神拜佛希望是司馬元顯親自督師，那將省下他不少氣力。

接著整座山丘都是騎士，火光映得四周疏林一片通紅，幸好劉裕藏於枝葉茂密處，不虞被對方輕易察覺。

照他的猜估，司馬元顯幹這種傷天害理，可令他喪名敗德的事不可能假手他人，所以必親力親爲，以免事情外洩。而隨他來者肯定是他信得過的心腹，人數亦不會太多。

只要司馬元顯手腳夠乾淨，得嘗大慾後王恭勢必無從追究。

驀地司馬元顯在十多人簇擁下現身坡頂，劉裕登時心中大定，曉得自己勝券在握，現在要殺司馬元顯對他來說只是射一箭那麼簡單，只恨卻非明智之舉。若主子被殺，其手下在別無選擇下只好拚死力搏，以他劉裕現在的狀態，兼之又不能不顧而去，大有可能須賠上一命。

他只是要嚇走司馬元顯。

司馬元顯躲在隊伍中間，正表示他對孫恩不是全無顧忌。他應已從敗返南方的王國寶那裡清楚知道天師道的大軍正在邊荒內活動，劉裕便是要利用他這種驚弓之鳥的心態，把他駭走。

有人在丘頂叫道：「他們醒覺了，正逃進邊荒去。」

司馬元顯獰笑道：「看你能逃多遠，給我追！」

正下坡的數十騎齊聲呼嘯怪叫，像見到獵物般快馬加鞭，衝刺而下。

劉裕深吸一口氣，冷靜地把箭搭到強弓去，緩緩拉成滿弓，瞄準開始下坡的司馬元顯。

敵方的前鋒此時離劉裕藏身處不到三十丈，正以高速奔至。

司馬元顯一聲怪叫，夾腿催馬，四周手下同時加速，十多人直衝而下。

「颼！」

勁箭離弦疾去，射往司馬元顯，對他的馬速拿捏得精準無倫，充分顯示出劉裕不論在眼力和箭術上均是一等一的高手。而更重要的是劉裕的一雙靈手，令他有信心可以命中目標。

亂。

「呀！」

司馬元顯發出撕心裂肺的痛呼，冷箭透小腿而過，差點掉下馬來。

一時所有人均慌了手腳，紛紛勒馬，更有馬兒留不住腳，連人帶馬從丘坡滾下，造成更大的混亂。

火把掉到地上，立時燃著野草，生出濃煙，獵獵作響。

原本聲勢逼人、隊形整齊的騎隊，因主子受傷，亂成一團。

劉裕知是時候，狂喝道：「天師有命，須活捉司馬元顯那小子。」

這是通知埋伏各處箭手發動的暗號，三十枝勁箭立時從各方射出，往敵人投去，射馬而非射人。

敵人從混亂變成崩潰，尤其以爲中的是天師軍的埋伏，誰還有應敵的勇氣？

司馬元顯是第一個沒種的人，就那麼掉轉馬頭、強忍痛楚，亡命往丘頂奔回去，其他人見主子逃走，爭先恐後的追隨其後，掉到地上的急忙爬起來，只恨爹娘少生了兩條腿，不能比馬兒跑得更快。

劉裕和眾箭手齊聲發喊，瞧著對方轉眼逃個一乾二淨，只剩下十多匹倒地受傷的可憐馬兒，仍在發出令人不忍耳聞的哀鳴。

徐道覆立於高崗上，凝望十多里外的邊荒集，在它輝煌的燈火後，包含著幾許焦慮、疑惑和惶恐。

雖然很多事未盡如人意，其中郝長亨反被屠奉三算倒固是出人料外，邊荒集忽然團結一致，擊垮赫連勃勃的大軍也是事前沒有人可以想像得到的，不過邊荒集仍難逃敗亡屈服的命運。

這場仗並不易打。

當然徐道覆並無絲毫懼意，在天師道中論智慧武功，首推「天師」孫恩，但在戰場上爭雄鬥勝，孫恩也要自愧不如他徐道覆。

在與建康派來的南征軍多次交手中，他從未吃過敗仗，被他親手斬殺東晉偏將級以上的人馬多達一百一十五人，可謂戰功彪炳，在天師軍中無人能及，即使在南方諸將裡，如此戰績亦僅只他一人。

孫恩便多次推崇他是戰爭的天縱之才。他自己知自己事，天分雖然重要，他的成就主要是來自苦研歷代兵法戰役的成果。

他的性格亦助他成為無敵的統帥。

他從來不會輕敵，更比任何人清楚戰爭是決定一切的必然手段，自古以來這情況從沒有改變過，一直在進行著不同規模、不同形式、不同性質的各式各樣的戰爭。

他的兵法以《六韜》和《三略》為基礎，在他的變通下運用至出神入化的地步，尤重文、武二韜，精於對軍隊的管治、訓練、武備和戰略。

今次攻打邊荒集的策略由他全盤擬定，送交慕容垂批閱，以後者的雄才大略，征戰經驗之豐富，也只作了少許修改，令他深以為傲。

他的策略可大分為天時、地利、人和三方面。

天時者，是在淝水之戰後，南北兩方均出現分裂不穩的局面，只要他們雙方秘密行軍，到北方諸胡和南方朝廷驚覺之時，早失去反制的時機，只能徒呼奈何。

在這方面他們做得非常成功，慕容垂徒步穿越巫女丘原，他們天師軍則神不知鬼不覺地經大別山抵達邊荒，令邊荒外的勢力無從支援。

地利方面，以邊荒集的無險可守，自是利攻不利守，只要控制潁水，邊荒集的防守將全面崩潰。若對方死守潁水，又勢必難擋陸路南北大軍優勢兵力的夾擊，強弱懸殊下，邊荒集能守個把時辰已相當了不起。

無險可守的邊荒集須防守的戰線過長，處處破綻，只要發動鋪天蓋地水陸兩路的進擊，再以精兵伺機集中於一點作突破，必可一舉摧毀邊荒集的防禦力。此正爲文、武、龍、虎、豹、犬六韜中「虎韜」的精義，專論在寬闊陣地上的各種戰術策略。

人和方面，正是人無我有。

邊荒集從來是一盤散沙，人人只爲私利的地方，他們更派出郝長亨這只厲害的棋子，無所不用其極地分化邊荒集的各大勢力。

只恨不知甚麼地方出了岔子，或許是因慕容垂存有私心，令赫連勃勃嘗試先一步控制邊荒集，又或是赫連勃勃自作主張，破壞了整個無懈可擊的布局。

人和再不屬於他們。

盧循來到他身旁，興奮的道：「江海流遇伏大敗，據聶天還指江海流五臟俱傷，命不久矣，潁水已在我們控制下。」

徐道覆想起紀千千，嘆了一口氣。

盧循訝道：「這不是天大的好消息嗎？對我們統一南方的大業，有利無害。」

徐道覆目注邊荒集，淡淡道：「天師有甚麼指示？」

盧循道：「天師任命你為戰場上的主帥，我為副帥，一切由你看情況決定。」

徐道覆道：「師兄看法如何？」

盧循獰笑道：「邊荒集是網中之魚，只待我們將網收緊，可把不知天高地厚的荒人一網打盡。雖說他們初戰報捷，可是與赫連勃勃和郝長亨兩役，早使他們成為疲憊之師，更何況他們只是因勢成事湊合在一起的烏合之眾，看似有模有樣，事實上卻不堪一擊。」

徐道覆沉聲道：「師兄不覺得今晚的邊荒集與過去幾晚不同嗎？」

盧循目光投往高懸於古鐘樓上一盞特大的明燈，散發出綠色的光芒，特別奪目，點頭道：「邊荒集的燈光比平日輝煌，夜窩子亦不用綵燈而用一般的風燈，連無人的廢墟也燈火通明。哼！荒人真蠢，如此目標明顯，對我們是大為方便。」

徐道覆神色凝重的問另一個問題，道：「假若慕容垂和鐵士心沒有依約定在子夜後一個時辰內發動攻擊，我們該怎麼辦？」

盧循微一錯愕，細思片刻，狠狠道：「我們便先拔頭籌，把邊荒集攻下來！」

徐道覆搖頭道：「我看不通。」

盧循大訝道：「道覆看不通甚麼呢？」

徐道覆苦笑道：「我看不通邊荒集。更不知誰在主持大局。一個時辰前，我們混在集內的人全部被驅離開，現在邊荒集和其周圍數里之地完全在荒人聯軍的掌握內。只是那盞高掛古鐘樓上的綠燈足教我生出極大的疑慮。如我沒有猜錯，這盞燈應是告訴集內的聯軍我們尚未進入警戒線的範圍，這表示對方再非烏合之眾，而是建立起優良指揮系統的雄師。能想出此高台指揮法的人絕不能小覷。只此一著，邊荒集再非無險可守。若我們全無戒心的把兵力投進去，肯定會遭不測之禍。」

盧循愈聽愈心寒，猛吸一口氣道：「你看得很仔細，如此我們只好待慕容垂發出進攻的訊號，方全面進擊。」

徐道覆道：「有一件事我眞的不明白，邊荒集爲何可以忽然團結起來，又知道我們和慕容垂將於今晚聯手進犯邊荒集？」

盧循苦笑道：「我也想找個人來問問。」

徐道覆道：「若我是對方，必想盡辦法延誤我們任何一方的進軍，如此將可以盡全力以擊潰另一方的人。」

盧循點頭道：「我也有這個想法。」

徐道覆嘆道：「苦候慕容垂大軍的來臨只會令我們陷於被動，是下下之策。上策是在慕容垂抵達前，我們先一步封鎖邊荒集的南面和西面，再以小隊突襲的方式施以騷擾戰，令荒人聯軍疲於奔命。」

盧循欣然道：「南方水陸兩路均已操控在我們手中，只餘西面因郝長亨的撤走出現空檔，那方可由我全權負責。」

徐道覆道：「有師兄主持，我當然放心。屠奉三選取的小谷形勢非常優越，以屠奉三的知兵肯定不會輕易放棄此堅強的據點，更可能會設下陷阱讓我們踩進去，請師兄小心行事。」

盧循冷笑道：「我保證他們會自食苦果。現在潁水之東我們並沒有部署兵力，應不應在那方面下點工夫呢？」

徐道覆搖頭道：「在邊荒集混的全是亡命之徒，若知全無生路，必死戰到底，我們開放一方讓他們逃生，始爲上算。我們可於潁水東岸布下一支千人部隊，由許允之率領，等到邊荒集潰敗逃亡之際，方全力追截宰殺，如此將可粉碎他們捲土重來的力量。」

盧循笑道：「此計妙絕，我會囑他們若見到你的美人兒，千萬不要辣手摧花，好讓她安然無損地供道覆在床上享用。」

徐道覆露出苦澀的表情，搖頭一嘆，旋又「咦」了一聲，呆看著邊荒集的方向。

邊荒集正逐漸消失。

一盞一盞的燈接連熄滅。

盧循也看得目瞪口呆。

最後只剩下似在虛空高懸的綠燈，整個邊荒集被黑暗吞噬。

沒有人可以從集外看到集內進行的任何事。

邊荒集變成了謎一樣的處所。

第十九章　戰谷任務

邊荒集變成另一個奇異的世界，一個一個投在地上的光暈，襯托著高懸古鐘樓上的巨型綠燈，彷彿所有荒人集體在玩燈的遊戲。

這是紀千千想出來的一種克敵手段，把既有的風燈改良，上加圓拱形蓋擋，使光不上洩，只照著燈下方圓丈許的地方，名之為「掩敵燈」，又把燈放置地上，敵人從集外看進來，便像邊荒集隱沒入暗黑裡。

燈的數目大幅減少，只設置於各必經之路，又或主建築物的正門兩旁。

準備離集的部隊和船隊，趁此忽得夜色掩護的當兒，悄悄起行。

守衛邊荒集的戰士全處於放鬆和休息的狀態裡，爭取體力的恢復，只有當綠燈換上紅燈，他們才會進入戒備的狀態。燈號將變成他們動員的最高指示。一刻未懸起三盞紅燈，仍只是局部動員的情況。

缺乏作戰能力的男女荒民，正在辛勤地工作，令邊荒集的防禦力一分一分的加強，聯軍的信心亦不住遞增。

小詩在紀千千的懷裡哭成淚人兒，幾個時辰的分開宛如隔世。

龐義扯著燕飛到觀遠台一角說話，道：「不要怪責我去而復返，小詩說得對，若千千有甚麼三長兩短，她也不能獨活。既然如此，何不死在一塊兒？所以我們全體一致決定，掉頭回來！明白嗎？」

燕飛苦笑道：「明白！」

龐義皺眉道：「高彥小子呢？」

燕飛心中一痛，壓低聲音道：「高彥可能已中了尹清雅的毒手，不過我有個感覺他仍未死，此事最好暫時瞞著小詩。」

龐義劇震道：「甚麼？」

燕飛拍拍他肩頭，道：「我們沒有傷心的時間，你先領小詩到議堂休息，你們也休息一下，沒有氣力精神，怎麼應付敵人？」

龐義道：「小詩的確須好好休息，我們卻是捱慣的，有甚麼粗重的事可讓我們幹？」

燕飛心中一動道：「你們先戴上識別敵我的額箍，記熟軍令手勢，再到各處視察防禦的布置。你是建築的宗師級人馬，應可作出各方面的改良。」

龐義拍胸道：「此等小事，包在我身上。」

說罷往小詩等舉步走去，依燕飛指示行事。

卓狂生來到燕飛旁，欣然道：「千千小姐這一手全集掩燈之舉是否相當漂亮呢？誰可以想出如此妙著？」

燕飛道：「確是妙絕，但也令敵人生出警覺，曉得我們再非烏合之眾，而是有組織、有策略。」目光投往像虛懸上方的綠燈道：「只是這盞燈，不是瞎子便知道觀遠台變成我們的指揮台。」

卓狂生從容道：「你說的問題，正是千千小姐整個謀略最精采之處。快用你的腦袋想想看，奧妙何在？」

又倚欄下望，長吁一口氣道：「對我來說，人生最大的幸福是每次躺到床上睡覺，心裡沒有任何負擔，兼不用憂慮明天。過去我從沒有這般的幸福，因爲我曉得自己有一天會出賣自己一手創造出來的邊荒集，背叛信任自己的人。幸好一切成爲過去，今晚若死不了，明天我會無憂無慮、痛痛快快的好好睡一覺。」

燕飛同意道：「可以每天安然入睡，肯定是福氣。」

卓狂生瞄他一眼道：「想到了嗎？」

燕飛摸不著頭腦道：「想到甚麼？」

卓狂生啞然失笑道：「原來你把我說的話當作耳邊風，我可以肯定地告訴你，今晚的成敗，關鍵處將在千千小姐身上。」

燕飛皺眉道：「千千始終是欠缺實戰的經驗。」

卓狂生道：「千千小姐確是初上戰場，不過她欠缺的經驗卻可以由我們補足。在我向她透露孫恩方面的主帥是徐道覆後，她便針對他擬定出應付的策略。不要被千千小姐嬌美柔弱的外貌騙倒，事實上她比很多男子漢更堅強，又有主見。」

燕飛心中一震，事實上他從沒有想過這可能性。

據傳聞天師軍中以徐道覆兵法稱第一，所以重要的戰役，孫恩均把指揮的權柄授予徐道覆。今次的邊荒之役，乃天師道成敗的轉捩點，當然不會例外。

在邊荒集所有人中，沒有人比紀千千熟悉徐道覆。以她的蕙質蘭心、善解人意，當對徐道覆的性格才情、行事作風有透徹深入的了解和認識，從而制定針對他的戰略部署。而徐道覆則作夢也沒想過算計他的人竟是紀千千，一位曾被他欺騙感情的女子，他的獵物。這算不算是風流孽債呢？

老天爺的安排有時的確是匪夷所思。

卓狂生的聲音在他耳旁響起道：「不是精采絕倫嗎？」

燕飛點頭道：「照你這般說，千千是故意提醒徐道覆，教他曉得我們再不好惹了？」

卓狂生微笑道：「算你有點道行，因爲千千不希望見到徐道覆在慕容垂大軍抵達前失去耐性，傾力進攻。明白其中奧妙嗎？若你是徐道覆，會怎樣反應呢？當然是不敢冒進，否則即使能勝也是慘勝，傷亡過重下，他們將很難在慕容垂面前抬起頭來做人，所以情願苦候慕容垂的大駕，人來齊了方一起動手。」

燕飛接下去道：「所以只要我們能拖延慕容垂和黃河幫的聯軍個把兩個時辰，我們便有希望先一步擊垮徐道覆，變成由我們掌握主動，此計確實可行。不過徐道覆若眞是名不虛傳，該會想到我們或會冒險出擊。」

卓狂生哂道：「猜到又如何呢？他的對手是屠奉三、慕容戰和小飛你，這是我們的地盤，我們的邊荒，哪由得他來逞威風？」

燕飛像首次認識他般呆瞪著他，道：「這是否才是你的眞性情？」

卓狂生微笑道：「因爲我已找到心中的夜窩子。」

燕飛回到現實的問題，道：「你是否要我出集助慕容戰和屠奉三一臂之力？」

卓狂生道：「可以這麼說，不過調兵遣將是不用勞煩你的，他們兩人是勝任有餘。唯一可慮者是孫恩。此人武功蓋世固不在話下，最可怕的是他向來神出鬼沒，出入敵方陣地如入無人之境，往往尚未開戰對方主帥早被他下手偷襲格殺。若給他潛入邊荒集，天曉得他可以造成多大的破壞。你老哥是我們邊荒集的首席劍手，也是最出色的保鏢，只有你才有機會擊敗他。」

燕飛不解道：「我給你弄糊塗了，這麼說我該不該留守集內呢？」

卓狂生道：「只要我解釋清楚如何因勢變化，你就立刻明白了，而在說清楚此中情況之前，我先要向你道出千千小姐想出來此戰的唯一致勝之道。」

燕飛動容道：「千千竟已構想出克敵制勝的謀略？眞教人難以相信。」

卓狂生道：「紀千千就像蘊藏無窮盡智慧和識見的寶庫，現在寶庫已開啓，讓她盡顯庫中底蘊，當然可教敵我人人眼花撩亂。依傳統的一套去應付人數至少在我們三倍以上的雄師是不行的，只有她的不守成法、大膽創新，才有領導荒人安度此劫的機會。」

燕飛道：「我在聽著！」

卓狂生壓低聲音道：「此戰有兩種可能性，一是守個穩如泰山，任敵人如何狂攻猛打，仍沒法取下高懸在古鐘樓的帥旗。」

燕飛點頭道：「如此我們已勝了此仗。」

卓狂生道：「另一可能性是守不住邊荒集。以我們現在把戰爭延至集外的情況，集內更是重重防線，所以即使敵人最後能攻入夜窩子，仍是漸進式的。須一重一重防線的去突破，攻者的傷亡，當然比守者慘重，即使成功，亦已成疲軍。所以千千小姐想出守不住邊荒集的致勝方法。」

燕飛對紀千千由愛慕進而佩服。這些策略當然有卓狂生的意見在內，但只要看卓狂生說話字裡行間表示出對她的尊敬，便知紀千千把他完全「迷」倒了。

卓狂生續道：「當我們感到夜窩子的失陷只是時間的問題，便是我們突圍撤走的時刻。我們已擬好數種撤退的方式，因應形勢而變化。只要我們退而不亂，且能保持元氣，那我們並沒有戰敗，只是與敵人掉換一個位置。而若我們能退守屠奉三的小谷，守穩該處，這場仗最後的勝利者將肯定是我們。」

燕飛皺眉道：「這點上我糊塗了，邊荒集既落入敵人手中，我們何能言勝？」

卓狂生欣然道：「這正是千千小姐構思最精采之處，換作邊荒以外任何一座城池，我們都是輸了。可是這裡是邊荒，邊荒集是在縱橫數百里無人地帶裡孤零零的一座沒有城牆的城市。若對方得到的只是一座空城，他們能守多久？他們間沒有矛盾嗎？慕容垂和孫恩難道可以丟下南北的大業不理？若他們在此久留，南北的勢力更不會坐視，只要截斷其補給路線，他們便要不戰而潰。我們守穩小谷，進可攻退可守，只是攻其糧隊，以小隊作游擊戰，已足令對方疲於奔命。照我估計，他們能守邊荒集一個月已相當了不起。」

燕飛訝道：「這才是了不起的構想，你們爲何不在會議上提出來？」

卓狂生道：「早在你們離集視察的當兒，千千小姐便把整個戰略構想向我提出，徵求意見。是我不主張過早透露，怕人人曉得有此轉機，不肯死守。而此計是守不住邊荒集的應變之法，成敗關鍵在於我們能對敵人造成多嚴重的打擊。只有在敵人傷疲交加的情況下，我們才有機會全師突圍，轉而退守小谷，等待最後勝利的來臨。此役只要敵人無功而退，在以後一段很長的日子裡，也沒有人敢重蹈覆轍來犯邊荒集，我們將有一段好日子過。」

燕飛道：「這麼說，老屠能否保著小谷，將是此戰的重心所在。」

卓狂生微笑道：「小飛終於明白了！我已將這由我名之爲『戰谷任務』的大計密告慕容戰和屠奉三，他們將死守小谷以接應我們，同時廓清敵人在此方向的封鎖，不會返邊荒集助守，因爲在外呼應的作用更大。」

燕飛深吸一口氣道：「我可以起甚麼作用呢？」

卓狂生道：「你的應變部隊是一支奇兵，不過你們第一個任務不是應付敵人，而是護送一隊運送糧食物資的快速車馬隊到小谷去，當敵人發覺我們的行動，肯定生出警覺，改變計畫全力攻打小谷，卻正中屠奉三裡應外合之計。我們只有一次運送的機會，一切已準備就緒，只待你老哥起行。」

燕飛道：「他們是否正在西門候令出發？」

卓狂生道：「正是如此。」

燕飛道：「明白哩！送罷物資糧草後，車隊的人當然留在小谷助守，我的應變部隊又如何呢？」

卓狂生道：「你的應變部隊改由姚猛率領，返回邊荒集，而你則負責對付孫恩，天下間沒有多少人有資格與孫恩一較短長，幸好你老哥是其中之一。」

燕飛皺眉道：「假設孫恩的目標是邊荒集而非小谷，我豈非撲了個空？」

卓狂生道：「只有在兵荒馬亂之時，孫恩方有機可乘，我們已設立一支高手隊，由我率領專門對付孫恩，你可以留意燈號，若見有橙色燈籠掛起，須立即趕回來。」

又沉聲道：「孫恩殘忍好殺，最愛在戰場旁默默觀看整個過程，意動則出手。以你老哥如有神助般的靈銳，當可輕易找到他，只要纏得他難以分身，已告功成。小心點，不要反被他幹掉。」

燕飛點頭道：「好！孫恩包在我身上，如能幹掉他，只須把他的首級高懸集外，天師軍立告崩潰。」

卓狂生拍拍他肩頭，道：「我們分頭行事，記著當古鐘連續急速撞擊，便是『戰谷任務』實行的時刻，現在我會分別通知八軍主將，縱然撤退也要退得漂漂亮亮。」

燕飛道：「我們現在的計畫全集中在天師軍，假設延敵之計失敗，慕容垂和鐵士心的大軍依約在子夜到達，我們應付得來嗎？」

卓狂生道：「所以千千小姐要先引徐道覆出手，戰場是在小谷和谷外而不是邊荒集，只要牽制著徐道覆的主力軍，敵人的夾攻將沒法發揮全力。」

燕飛長呼一口氣道：「換了謝玄親臨，恐怕也想不出比千千更好的策略。」

卓狂生道：「所以我多次重申，邊荒集的成敗實繫於千千小姐身上，是她把邊荒集團結起來，亦將由她領導我們度過劫難。」

燕飛道：「潁水的防守是另一重要關鍵，船隊既已北上助宋孟齊應付敵人，只是地壘和檑木陣可抵得住聶天還嗎？」

卓狂生道：「潁水由顏闖全權指揮，他是江海流的拜把兄弟，熟悉兩湖幫的作戰方式，本身更是一等一的水戰高手，他會與負責守東門的程蒼古和南門的呼雷方配合，絕不容潁水落入兩湖幫的控制裡。」

燕飛拍拍背後的蝶戀花，欣然道：「一切清楚明白，我去了！好好保護千千。」

說罷往樓階走去。

剛好紀千千登樓而來，與他打個照面，笑意盈盈的道：「燕英雄是否要出門了？」

燕飛微笑道：「只是到集外打個轉，待會回來再向千千小姐請安問好。」

紀千千陪他一道下樓，喜孜孜道：「人家還有些記掛著的事須問你呢！送你一程如何？」

燕飛訝道：「有甚麼賜教呢？不可以留待回來再說嗎？」

紀千千皺眉道：「閒聊兩句也不行嗎？」

燕飛想破腦袋也想不到她要垂詢的事，哈哈一笑，與她並肩下樓。

在到邊荒集前，誰曾想過邊荒集會變成眼前的局面？

燕飛更從沒有想過，只愛坐在第一樓平台看街喝酒的自己，會如此積極竭盡所能地去爲邊荒集而戰。

第二十章　高寒之隔

馬車煞止。

劉裕從療傷的靜坐裡醒過來，正奇怪爲何停下，希望不是遇上另一個危機吧！

王上顏推開車門探頭進來道：「我們休息一個時辰後方繼續趕路，讓馬兒可吃草喝水。劉大人要不要到外面來呼吸點大自然的靈氣，今晚的夜空很迷人。」

劉裕心忖高門大族的家將，說起話來總愛拐彎抹角，以表現胸中識見，暗覺好笑。從座位站起來，朝車門走過去道：「有沒有派人到高處和四周放哨，以策萬全？」

王上顏向後讓開以便他下車，有點羞慚的道：「我還怎敢造次，已築起警戒網。」

到劉裕來到他身旁環目四顧的一刻，壓低聲音道：「還未謝過劉大人智退司馬元顯的恩德，否則後果眞是不堪設想，我送命沒有問題，最要緊是保小姐安全。劉大人那一手確實漂亮至極，小姐雖然沒說話，不過大家都看出她很感激你。」

劉裕正在欣賞眼前的環境。

在風燈的掩映裡，橫亙眼前的是一道小河，可是不知是否因常有暴雨山洪沖刷，兩岸各有寬達數十步的碎石灘，開敞平坦。水流在月照星光下閃閃爍動，景致迷人至極點。

王府家將把馬兒牽去喝水，躲在馬車上的女眷亦鑽出來透透氣，原來是伺候王淡眞的婢僕。

此處偏離驛道千多步，位於平野上，是個不適合偷襲的安全地方，王上顏的確學乖了。

唉！

假若她不是王恭之女，我必定趁她對自己印象大佳之際，全力追求她。

淡淡道：「我出力是應該的，否則玄帥定會治我死罪，王兄不用客氣。咦！淡眞小姐呢？」

王上顏還以爲劉裕關心的是王淡眞的安全，忙恭敬答道：「小姐只是到上游處洗濯，我們有人貼身保護。」

劉裕曉得他因自己在不損一人下駭退司馬元顯，贏得他的敬重。不過他正心事重重，沒有與他閒聊的興致。拍拍他的肩頭道：「我到下游去吧！我慣了和馬兒一起喝水洗澡的。」

最後一句出口後大感後悔，卻收不回來，好像和王淡眞唱對台戲似的，又顯得自己介意身分地位。幸好王上顏或許以爲他是自知身分故避開王淡眞，並沒有異樣神態。

劉裕邁開腳步往下游石灘走去，心中充滿苦澀之意。

這些高門大族驕縱的貴女絕對不易相處，他本以爲王淡眞比謝鍾秀好多了，卻是被她秀美的外表欺騙，發起小姐脾氣來可不管你是張三還是李四。

自己究竟哪一句話，又或哪一句話的語調開罪她呢？他的印象模糊起來，是否因自己希望把和她交往的妄想徹底忘掉。

聽王上顏的話，王淡眞是故意冷淡他劉裕，故意不在家將前提起他。擊退司馬元顯後，她沒有正面和他說半句話。

「咚！」

劉裕俯伏河邊，脫掉頭巾，把整個頭浸入晚夜清寒的河水裡去。

也像到了另一個世界裡去。

他的腦筋倏地變得清晰靈敏，再沒有迷迷糊糊，滿腦子胡思亂想。邊荒集肯定完蛋，他唯一可做的事，是想盡辦法在北府兵中爭取權位，當有兵權在手，他便可以向孫恩和聶天還展開報復。

與王淡眞的事亦告一段落，他和這令他神魂顚倒的動人女子是絕沒有結果的，換成別種情況，連和她說話都不爲社會所容。高門寒門之別，就像仙凡之分，他的妄念會爲自己帶來毀滅性的災難。謝玄也護不了他。

「劉大人！」

劉裕把頭濕淋淋的從水裡抬起來，冰涼的河水從頭臉直淌進脖子裡去，衣襟盡濕，他卻感到無比的痛快。

別頭瞧去，迎接他的是王淡眞閃亮的明眸。

高彥醒轉過來，耳中塡滿各種奇怪的吵嘈聲，全身疼痛難耐，五臟欲碎，差點大聲呻吟，幸好及時忍住。

從水裡爬上岸後，尹清雅芳蹤杳然，亦見不到從背後偷襲他的敵人。心忖自己能撿回一命，全賴內穿的護甲和能抵禦內家掌勁的小背囊。不過也傷得很嚴重，勉強爬到岸邊一堆樹叢裡，失去知覺，直到此刻。

從樹叢望出去，巫女河上游處在火把光照明下人影幢幢，他雖看不眞切，耳鼓內卻不住響起木筏被推進水裡去的「嘩啦」水聲。

高彥心叫完了，重陷昏迷。

燕飛和紀千千步出古鐘樓，戰士們肅然致敬。

紀千千伴著燕飛舉步朝西面走去，道：「邊荒四景，千千到過的有『萍橋危立』和『鐘樓觀遠』，其他兩景又有甚麼好聽的名字。」

燕飛生出女子送情郎出征的迷人感覺，經過一盞又一盞的燈、一個又一個投在地上的光暈，夜窩子自有另一種迷人的風采。輕輕道：「邊荒集的第三景叫『潁河彼岸』，只要你在邊荒集旁潁水東岸隨便找個地方坐下來，不論白天、晚上，不但可盡覽邊荒集沿岸的美景，更可看到河道舟船往來的繁榮情況。第四景則……」

紀千千打斷他道：「千千想知道的是第三景，現在已心滿意足，第四景改天再告訴千千吧。」又回頭笑道：「你們是保護千千的嗎？」

從鐘樓跟到這裡來的十二位經特別挑選、胡漢混雜的戰士轟然應是。

紀千千甜笑道：「謝謝你們！」

燕飛仍在咀嚼她剛才的話。她故意留下第四景不問，正顯示戰爭裡人們朝不保夕的危機心態，怕燕飛四景盡說等如交代後事。事實上征戰前沒有人不懼意頭不吉利的話。紀千千著他改日再告訴她，正是要他活著回來見她，帶她去遊遍四景。

來到廣場邊緣，紀千千止步道：「送君千里，終須一別。千千送你到此，我還要去找姬別呢！」

燕飛訝道：「有甚麼事比坐鎮鐘樓、指揮全局更重要？」

紀千千現出頑皮愛鬧的神情，欣然道：「我想請他趕製一批圓彈子，當撤退時我們可以撒在路上，阻擋敵騎。」

燕飛呆了一呆，接著哈哈笑道：「虧你想得出來，既有此妙用，姬別必會盡力想辦法。圓彈子若像檑木般長有尖刺，效用會更大。」

紀千千喜道：「好提議！」

忽然扯著他衣袖，湊到他耳旁柔聲道：「我知你去對付的是孫恩，他可能是天下間最難纏的人，可是我們並沒有更好的辦法。緊記活著回來見我，沒有你我將變成一無所有。」

說罷往外退開，深情地瞧著他，到七、八步外，方別轉嬌軀去了。

燕飛看著她與隨行戰士遠去，心中一陣激動。與紀千千的熱戀是突然而來的。眼前面對的雖然是可令他失去一切殘酷無情的戰爭，但至少在這一刻他感到擁有一切。單調失落和絕望的日子已成為過去，迎接他的是一個充滿未知數的將來，可是正因得失難定，生命顯現出獨特的姿采。

對紀千千毫無保留的火辣愛戀，他是由衷的感激。

燕飛收拾心情，往西門方向掠去。

船隊從碼頭開出，逆水北上，十多艘戰船烏燈黑火，只在船首、船尾掛上「掩敵燈」，好讓船隊間曉得別船的方位。

領頭的是漢幫作戰能力最高的飛鳥船，頭尖如鳥，四槳一櫓，吃水只三、四尺，豎二桅，頭篷一丈五尺，大篷四丈八尺。

這樣的戰船共有七艘，雖及不上大江幫雙頭船的作戰能力，但在邊荒集諸幫中已足可稱冠。十五艘戰船均在船頭位置裝置射程可達千五步的弩箭機，每次可連續射出八枝弩箭，力能洞穿小船。對上黃河幫的小型艦舟，可生出巨大的破壞力。

從飛鳥艦的每船六十人，至胡幫可容三十人的船舟，他們只能在河內與敵人周旋，一旦船翻登岸，便只有逃命的分兒。所以此行的凶險，實是難以估量。

陰奇立在領頭的飛鳥艦的望台處，目光投往前方黑暗的河岸。

紀千千已派人先一步通知宋孟齊，但沒有人曉得宋孟齊能否收到消息，更不清楚形勢是否容許宋孟齊等候他們這支援兵的到達。

當戰爭進行時，沒有人有把握下一刻會發生的事。

陰奇不單是屠奉三的心腹大將，更是荊州軍中最擅長水戰的人，可是此役他卻沒有半分把握。如非每艘戰船均由他的手下操控，他將連少許信心都失去。

在稱雄河海的三幫中，僅以水戰論，黃河幫只能居於末位，不過對方用的是慣用的戰船，而己方則尚未熟習戰船的特性，又陷於逆流作戰之敝，實不敢抱太大希望。

幸好他並非要擊垮黃河幫的船隊，只是要延誤敵人。

戰爭不論勝敗，總是有人要犧牲的，只有抱著這種心情，方能創造奇蹟。

陰奇著手下打出燈號，十五艘戰船逐漸增速，往北駛去。

屠奉三和慕容戰並騎立在邊荒集外西南方里許處的高地上，觀察南面的情況。

由一千荊州軍和五百鮮卑戰士組成的部隊，於離他們半里許處的平野疏林區內待命。

屠奉三回頭一瞥，滿懷感嘆的道：「在我到邊荒集前的一晚，我曾在這裡遙觀燈火輝煌的邊荒集，當時從未想過會爲保護邊荒集拚老命。世事之難以逆料，對我來說，莫過於此。」

慕容戰點頭道：「邊荒集是個奇異的地方，具有別處所沒有的感染力，可以同化任何人。在這裡生活慣了，到其他甚麼地方去都不會習慣。就像去年我返回長安，不到十天便嚷著走。」

屠奉三淡淡道：「慕容兄勿要怪我交淺言深，你們的鮮卑族雖佔有關東部分地區，卻是似強實弱。首先關中尙有姚萇畫地爲王，大大分薄你們的利益。其次是苻堅一天未死，始終是個燙手山芋。殺他不行，不殺他更不行。苻堅怎麼說仍是你們名分上的帝君，誰幹掉他，其他人均出師有名，甚至聯手來討伐你們。」

慕容戰苦笑道：「屠兄看得很透徹，事實確是如此。換了別人，我們還可以挾天子以令諸侯，可是苻堅仍有一班人支持他，且擁有長安，更偷偷與關外如禿髮烏孤等舊部暗通消息，密謀反撲，令我的堂兄弟們非常頭痛。」

屠奉三道：「人不爲己，天誅地滅。不論北方情況如何發展，只要你守穩邊荒集，便有安身立命之所。慕容兄明白我的意思嗎？你的族人也可有避難的安樂窩。」

慕容戰一震道：「多謝屠兄指點。」欲言又止，終沒有說出來。

屠奉三灑然笑道：「我和你今夜生死難卜，爲何不暢所欲言呢？」

慕容戰有點尷尬的道：「我本想問屠兄有此想法，是否不看好桓玄呢？又怕這麼說會令你不快。」

屠奉三平靜答道：「剛好相反，我比任何人更看好桓玄，因爲我清楚他是怎樣的一個人，也只有像他這種人方能成就大業。環顧南方，除謝玄外，根本沒有人是他的對手。不過據聞謝玄在淝水之戰時因與慕容垂決戰，身負內傷，後來又先後與任遙和竺不歸交手，傷勢更趨嚴重，故躲在廣陵養傷。此爲我們千載難逢的機會，南郡公絕不會放過。」

慕容戰試探道：「我應不應恭喜屠兄呢？」

屠奉三苦笑道：「你是聽出我說話間沒有絲毫興奮之情，所以不知該不該恭喜我。此中另有緣由，且是說來話長，兼且我不慣向人吐露心事，請恕我賣個關子。」

提起馬鞭，指著兩里許外橫亙東西的一處密林，道：「天師軍的人馬應已推進至該處，所以不時有宿鳥驚飛，幸好我們來早一步，否則如讓敵人先我們抵達小谷，我們只好回去死守邊荒集。」

慕容戰忽有所覺，朝西瞧去。

燈光一閃，接著再閃兩下。

屠奉三也把目光投往燈火閃耀處，此時在更遠處又見同樣燈號。

慕容戰欣然道：「我們的探子已弄清楚情況，行軍的時候到啦！」

屠奉三哈哈笑道：「讓我們和老徐玩個有趣的遊戲。」

從懷中掏出火箭，遞給慕容戰由他以火摺點燃，手一揮，火箭直沖天際。

「砰！」

火箭爆出五彩煙花，奪目好看。

後方部隊得到指示，全軍起程，朝小谷出發。

兩人仍在原處監視敵況，不過縱使敵人立即全速趕來攔截，也要落後最少一里路程。

此著以煙花火箭張揚其事，不單是下令部隊動身，乘機知會邊荒集觀遠台上的紀千千，更是惑敵之計。

只要敵帥費神思索這是否一個陷阱，將會延誤軍機。

此著正是屠奉三想出來的奇招。

慕容戰心忖，以才智論，屠奉三實不下於敵方任何人，兼之老謀深算，此刻能著著佔上先機，絕非僥倖得來。

屠奉三欣然道：「天師軍以徐道覆兵法稱第一，論武功亦在盧循之上，僅次於孫恩之下。而以整個邊荒集來說，他最想殺的人就是我。」

慕容戰點頭道：「在『外九品高手』榜上，他排名第四，若能殺死你老哥，可以榮升一級，從第四跳上第三。三甲之外和三甲之內可是截然不同的兩回事。」

屠奉三笑道：「我最想殺的卻不是居第二位的聶天還而是榜首的孫天師，我的志氣該比徐道覆高吧！」

慕容戰道：「今晚並不是爭排名的好時候，我們的紀才女已欽點燕飛對付孫恩，我們似應希望他會令屠兄你好夢落空才對。」

屠奉三嘆道：「燕飛！」

慕容戰皺眉道：「你不看好燕飛嗎？」

屠奉三道：「我不知道，眞的不知道。燕飛和孫恩都是深不可測的高手，實力難以估計，孰強孰弱，未動手見眞章前，老天爺也難作判斷。」

慕容戰雙目精芒驟閃，沉聲道：「敵人開始移動了！」

屠奉三拉轉馬頭，道：「分頭行事的時間到了！記得留意天上的煙花訊號。」

看著屠奉三奔下山坡，慕容戰一夾馬腹，從另一方向離開。

第二十一章　一念之間

攔江鐵索在數名壯漢推動絞盤下，慢慢扯直，從水裡升到水面。

監督的程蒼古喝道：「停！」

接著向身旁的顏闖道：「這個位置如何？」

顏闖點頭道：「再高一寸才離水，在黑夜裡即使是船上有燈火照明也看不眞切。假若敵人誤以爲我們因爲方便水路交通拆去攔江索，會吃個大虧。」

程蒼古往對岸望去，戰士正扼守數個制高點，以防敵人探子潛近。

工事兵已在這邊岸旁建立起兩座高達五丈的哨塔，位於城東北和東南的潁水旁，敵艦進入兩里內的河段，只要有點燈火，休想瞞過哨兵的眼睛。

顏闖道：「可以著他們撤回這邊來。」

程蒼古微笑道：「潁水的防守由你全權負責，命令該由你傳下去。守衛潁水的五百人是從漢幫調來的，指揮的方法襲自我們大江幫，四弟你是勝任有餘。」

顏闖啞然失笑，發出指令。

兩盞掩敵燈掛在竹竿處高高舉起，向對岸的兄弟打出撤退的訊號。

兩人沿潁水南行，視察沿途的堅固地壘，戰士們躲在地壘裡或臥或坐，爭取休息的機會，充滿枕戈待旦的沉凝氣氛。

七、八艘小艇駛往對岸，接載撤返的戰士。

程蒼古以閒聊的語氣道：「依你猜估，我們的檑木陣可以對聶天還造成多大的損害？」

顏闖嘆道：「你已肯定來的不是大哥的船隊，而是兩湖幫的赤龍舟嗎？」

程蒼古頹然道：「隨著時間一點一滴的過去，大哥能安抵邊荒集的希望愈來愈渺茫。今次樓子究竟出在甚麼地方呢？但願大哥吉人天相，至少可安返南方。」

顏闖信心十足道：「以大哥天下無雙的操舟之技，全身而退是當然之事。我現在擔心的是文清，她雖才智過人，但終究臨敵經驗尚嫌淺薄，驟然對上鐵士心那頭老狐狸，很容易吃虧。」

程蒼古道：「文清已得大哥水戰眞傳，加上思考縝密，又有破天從旁協助，可補其不足之處。」旋又苦笑道：「我們見盡大小場面，卻從未遇過如眼前般的凶險局面，對手均是南北最響噹噹的人物。幸好孫恩算錯一著，過早殺死任遙，又讓任青媞漏網遁逃，傳來消息，使卓狂生站在我們一方，否則情況不堪想像。」

顏闖道：「這叫天無絕人之路，邊荒集該是氣數未盡，否則怎會忽然冒出我們的千千小姐來。短短半日間，在她的運籌帷幄下，邊荒集再不是以前的邊荒集，我有信心與敵人周旋到底。」

檑木陣仍在布置中。

近百個工事兵把一排一排的檑木安置沿岸，只要一聲令下，檑木會被放進潁水中，順流衝擊敵艦。檑木的尖刺，或許未能戳穿堅固的赤龍舟，卻可附上艦體，令對方失去靈動性。當此情況出現，地壘的弩箭機和布於岸旁的投石機，將對敵人迎頭痛擊。

防禦工事接近完成的階段。

能到邊荒集來混飯吃的人當然是膽大包天之輩，更是各行業的菁英，可以創造出別人不敢夢想的奇蹟，而奇蹟正是現在邊荒集最需要的恩賜。

蹄聲響起，數十騎奔出東門，朝他們馳至。

領頭者是方鴻生，來到兩人前甩鐙下馬，道：「胡沛該已離集，我在東門嗅到他的氣味。」

程蒼古問道：「方總可否從他氣味的濃淡推測他是多久前離開的？」

方鴻生興奮的道：「應是從東門撤往對岸的最後幾批人之一。」

程蒼古向顏闖笑道：「這麼說他是被迫離開的。」

顏闖同意道：「所有他的心腹手下，又或經由他引薦入會者均被逐離邊荒集，胡沛引起的內患，應暫告一段落。」

程蒼古向方鴻生表示感謝，又笑道：「方總好像脫胎換骨似的，竟一點不害怕嗎？」

方鴻生赧然道：「我從未如此受重視過，還被重用。哈！我也曾到過不少地方，卻從沒有一個地方比邊荒集更使我感到愜意。我已決定與邊荒集共存亡，若死不了，就在這裡娶妻生子，落地生根，你們當然會好好照拂我。」

程蒼古和顏闖聽得你看我我看你。

到邊荒集來的人莫不抱著同一個宗旨，就是賺夠便走，保住性命到別處享受以命換來的財富。像方鴻生這種想法，在邊荒集該算是前無古人。

不過兩人亦隱隱感到邊荒集在急遽的轉變中，今戰如能保住邊荒集，大劫之後有大治，邊荒集該有一段好日子。

方鴻生施禮道：「我還要回去向千千小姐報告，告退了！」

看著他登馬而去，兩人心中湧起奇異的感覺。

邊荒集正在改變每一個投向它懷抱尋找淨土的人，他們何嘗不在改變中。對邊荒集再沒有恨，只有誠摯的愛。

一陣濃烈得可令人窒息的失落感使劉裕的心差點痙攣起來。

從他蹲地的角度往她瞧去，劉裕感到她像是來自黑夜的美麗精靈，更代表著他一個夢想。他終於徹底體會到高彥見著尹清雅愛之如狂的感受。

王淡眞驕縱式的清純秀美，厲害若紀千千的萬種風情，讓人無法克制自己。他已失去了紀千千，如現在又錯過王淡眞，人生還有甚麼樂趣？

王淡眞脣角現出一絲笑意，輕輕道：「若淡眞能學劉大人般把整個頭伸進水裡去，肯定非常痛快。」

劉裕心中一顫，曉得王淡眞對自己好感大增。那是一種很奇妙的感覺，王淡眞看他的眼神清晰無誤地告訴他，她有興趣的再非是「謝玄的繼承人」，而是他「劉裕」本身。

劉裕濕淋淋的站起來，目光掃過在附近站崗保衛她的十多名家將，微笑道：「我還以爲小姐受不了我這種粗人，原來反是被羨慕的對象，眞教人出乎意料。」

說罷，劉裕差點狠揍自己一拳，以爲警惕。因爲從任何角度看，自己都不應挑逗此女，尤其以他寒門的身分。可是那種危險的破禁行爲正是最刺激的地方，有近乎魔異的誘惑力。

對一個出身農家，在入伍前一直以砍柴爲業的人，王淡眞是高不可攀的名門淑女。如非因緣巧合，他想走近點看一眼都不可能。不過劉裕也和一般貧農有別，父親早亡，母親卻是知書識禮的人，教他讀書識字，令他超越農家的見識水平，少懷大志。他的志向衍生於對時局的不滿，是對當時種種不公平狀況的反動，不甘於被壓在最底層陷身於任人奴役支配的社會宿命。一個行差踏錯，他會落草爲寇。他的選擇是加入軍伍，努力學習，奮進不懈，經歷千辛萬苦後，方掙得今天的成果。

但假若他不理高門寒門的禁忌天條，妄圖摘取王淡眞這顆禁果，後果將是災難性的。所以重遇王淡眞後，他一直處於矛盾和掙扎裡，不住尋找放棄她的理由。如她根本對他沒有興趣，他只好把單戀默默藏起，日後自苦自憐是將來的事。

要命的是自己大展神威，略施手段便助她度過大劫，使她對自己刮目相看。更不妙的是，她看來被自己寒人的粗野吸引，而自己則忍不住出言逗她，這是多麼危險的行徑？

劉裕既自責不已，又對那種男女攻防的高度危險感到極端刺激。在目前的心態下，如此刺激實在來得正好，足以塡補他心靈沒有著落的空虛無奈。

王淡眞俏臉微紅，卻沒有畏縮，向手下吩咐道：「你們站遠一點，我和劉大人有話要說。」

家將們雖大感愕然，卻不敢違背她旨意，散開退到遠處。

王淡眞迎上他的目光，秀眉輕蹙道：「淡眞在甚麼地方開罪劉大人呢？你的脾性眞古怪，教人難以捉摸。」

她雖說得沒頭沒尾，劉裕卻清楚她指的是之前在車廂內交談的情況，顯示她非常介意自己的忽熱忽冷，心中不由生出自己也感難堪的快意。

就在此時，王上顏舉步走過來，在王淡眞身後道：「我們快起程了！小姐和劉大人要不要進點乾糧？」

王淡眞皺眉道：「顏叔讓其他人進食吧！我和劉大人說幾句話便來。」

王上顏瞥劉裕一眼，無奈去了。

劉裕心知肚明王上顏是找藉口來警惕自己，暗自苦笑。

王淡眞不肯放過他，追問道：「劉大人不是雄辯滔滔之士嗎？爲何忽然變成啞巴？」

劉裕心中在叫救命。

王淡眞可不像謝鍾秀，不但不自恃身分，還似乎對高門望族不屑的事有濃烈的好奇心。例如她對邊荒集的嚮往，又例如她看自己的眼神。

他更開始明白她。

王淡眞仰慕謝玄，因謝玄是高門大族的翹楚，又與只尙空談的高門名士截然不同，是坐言起行、軍功蓋天下的無敵統帥。

不要看她文弱雅秀的樣子，事實上她體內流的是反叛的熱血，一旦引發她的眞性情，會一發不可收拾。

要制止戀情的發生和蔓延，眼前是唯一機會。

王上顏的「闖入」，正是殘酷現實的當頭棒喝。

情況的發展，決定在他一念之間。

事業和愛情，只可選擇其一。

唯一與王淡眞結合的方法，是拋棄一切，與她遠走高飛，私奔到無法無天的邊荒集，假如邊荒集並沒有落入慕容垂和孫恩的魔掌裡去。

最後的一個意念像一盤冷水迎頭淋下來，使他回到現實裡去。

他忍心令謝玄失望嗎？尤其在謝玄命不久矣的無助時刻？

王淡眞見他的臉色忽晴忽暗，還以爲他內傷復發，關切的道：「你不舒服嗎？」

劉裕苦笑道：「小姐可知道我們根本不應這般交談說話？」

在邊荒集時，他可以毫無保留地思念她，因爲他知道應該沒有再見她的機會。可是現在玉人近在伸手可及之處，更與他說著踰越了身分地位的親密話兒，他反要苦苦克制。要澆熄能燎原的大火，只有在火勢剛開始的當兒，而此刻正是唯一的機會。

性格令他不得不思考實際的問題。

即使他肯爲王淡眞放棄得來不易的男兒大業，王淡眞又肯捨棄一切隨他私奔出走，接著的究竟是幸福美滿的生活？還是一副爛攤子？

王淡眞對他產生好感，開始時是基於對謝玄的崇拜，而他是北府軍冒起的新星。現在則因他智退司馬元顯，令她感恩，更令自己成爲她心中的英雄。

可是若他們遠走天涯海角，王淡眞可以習慣那種須隱姓埋名、平凡不過的生活方式嗎？劉裕對此極表懷疑。

而那時他也再非謝玄的繼承人，更不是北府軍有爲的年輕將領，只是一個見不得光的逃兵。一切將不同了。

這麼做他對得起燕飛嗎？對得起紀千千？對得起所有爲邊荒集犧牲性命的人嗎？

從男人的立場看，若可神不知鬼不覺和這貴女偷歡，自然是一種成就。不過這是不可能發生的，劉裕渴想的更不是這種關係。一是半點不要，一是她的全部。

想到這裡，劉裕出了一身冷汗，「清醒」過來。

王淡眞聞言嬌軀一顫，狠狠盯他一眼，不悅道：「還以爲劉大人會特別一點，安公便常說我大晉之所以南遷，高門寒門之隔是其中一個主因。到南遷之後，禍亂亦因僑寓世族和本土世族的傾軋而來。門第愈興盛，地方分化的情況愈烈，至朝廷政令難以下達。淡眞雖生於高門，卻非不明事理之人。劉大人是玄帥親手提拔的人，難道仍囿於高寒之分嗎？」

劉裕聽得發呆，王淡眞竟是如此有見地的女子，難怪肯對他和高彥不吝嗇地露出迷人的笑容，害得自己錯種情根。

不過不論她如何動人和有吸引力，他已作出痛苦的決定。

王淡眞忽然垂下螓首，幽幽道：「自從在建康謝府見過劉大人後，淡眞一直在想玄帥因何會看中你呢？現在終於明白了！只有像劉大人般的男兒漢，方是我大晉未來的希望。」

劉裕心中劇震。

他從沒有想過王淡眞會如此直接向他表達愛慕之意。當然亦明白她的苦衷，到廣陵後她恐怕再沒有與他說話的機會，遑論單獨相處。

暗嘆一口氣，頹然道：「小姐可有想過，走畢這一程後，我們可能永無再見的機會？」

王淡眞雙目亮起來，壓低聲音道：「只要你劉裕是敢作敢爲的人，人家甚麼都不怕。」

劉裕心呼「老天爺救我」，迎上她灼熱的眼神，搖頭嘆道：「我們是不會有好結果的，令尊會怎樣看呢？玄帥又如何反應？」

王淡眞花容轉白，垂首以蚊蚋般的聲音僅可耳聞的輕輕道：「你不喜歡人家嗎？」

劉裕心中劇震，失聲道：「小姐！」

王淡眞勇敢地凝視著他，有點豁了出去的道：「淡眞對建康的人和事已非常厭倦，朝廷對安公和玄帥的排斥更使人悲憤莫名。我們大晉需要的是像劉大人你這樣的英雄豪傑，玄帥沒有從家族或其他門閥挑選繼承人，正因他看通看透像王國寶、司馬元顯之輩不單不足以成事，且是禍國殃民之徒。明白嗎？」

劉裕感到頭皮發麻，差點衝口道出自己對她的深切愛意，又知一句話可令他陷於萬劫不復之地，只好說出違心之言，盡量平靜地應道：「多謝小姐對我的期望，而事實上我還有一段很長的路要走，將來的事根本無法測度。小姐……我……」

王淡眞緊咬下唇，瞧著他吞吞吐吐地沒法繼續下去，猛一跺腳，吐出「膽小鬼」三個字，轉身便去。

劉裕呆在當場，天地在旋轉，腦袋一片空白。

只有一件事清清楚楚，他已失去得到他最心愛女子的機會，縱使將來功業如何蓋世，也永遠彌補不了此一生平之憾。

第二十二章　各施謀法

徐道覆遙觀敵況，想的卻是紀千千，心中充滿憤鬱不平之氣。

若紀千千不是受到建康以謝安爲首歧視本土世族的風氣所荼毒，怎會在聞知他是徐道覆後，立即與他劃清界線？

這是絕對不公平的。

天師道的目標，就是要鏟除一切不公平的事。

自漢代以來，經過數百年的演變，社會分化，形成種種特權階級。處於最上層的爲士人，其次是編戶齊民，再次是依附人，最下爲奴婢。

士人也有世族高門和寒門庶族的貴賤之分，且是天壤雲泥之別，彼此間劃分極爲嚴格，不容混淆。

世族高門巍然在上，享有政治上絕對優越的地位，且是「累世經傳」和「禮法傳家」，其經濟力量雄厚無比，佔據著國家所有主要的資源，朝代和權力的嬗遞一直是環繞著他們而發生。

晉室南渡，爲鞏固江左政權，重用隨朝廷南遷的僑寓世族，排斥本土世族，進一步深化社會階級的矛盾。

徐道覆身爲本土豪族的一分子，唯一的選擇是揭竿而起，否則若讓朝廷如此放肆下去，本土豪族再沒有立錐之地。

紀千千終有一天會明白他徐道覆是沒有別的選擇，罪魁禍首不是他的天師道，而是晉室和爲其爪牙的僑寓世族。

在孫恩的領導下，他們興兵之初只有百餘人，卻成功從海南島渡海攻陷會稽，各方豪傑如會稽謝鍼、吳郡陸環、義興許允之、臨海周胄、永嘉張永，紛紛響應加盟，這些人均爲受盡迫害剝削的一方豪雄，顯示他天師道正是人心所向，再沒有人能阻止本土世族重奪南方的領導權。

煙花在夜空爆閃，燦爛奪目。

左邊的張永一震道：「果然不出二統帥所料，屠奉三不肯放棄有堅強防禦工事的小峽谷。」

另一邊的周胄道：「我們若立即進攻，可於其陣腳未穩之際，一舉破敵。」

張永和周胄均是徐道覆倚重的心腹大將，年紀與他相若，前者短小精悍，後者高頎硬朗。在天師軍中，慣稱盧循爲大統帥，稱徐道覆爲二統帥，不過人人清楚最高的指揮者是徐道覆而非盧循。

徐道覆從容道：「屠奉三是知兵的人，這麼張揚其事，正是引我們魯莽出擊，我偏不如他所願。」

張永皺眉道：「如讓他守穩小谷，對我們將如芒刺在背，影響到我們攻擊邊荒集的能力。」

徐道覆目光投往似虛懸於邊荒集上的綠燈，好整以暇的道：「在戰爭中任何兵員調動，有利必有弊。要守得住小谷，由於有三個出入口，人數不可少於一千人。若想裡應外合，更需兩倍此數的兵力，方能對我們構成威脅。」

周胄一向視徐道覆的兵法武功如神明，點頭道：「他們想把戰線推展至集外，兵力勢將大幅削減，對我們有利無害。」

張永苦思道：「有甚麼方法，可以令集外、集內的敵人沒法互相呼應，那時他們將變成砧板上的肥肉，任我們宰割。」

徐道覆仍目不轉睛瞪著懸燈在夜空發散的綠芒，緩緩道：「我眞的很好奇！」

左右十多名將領人人你看我我看你，對他好奇的對象摸不著頭腦。

張永忍不住問道：「令二統帥好奇的究竟是何事或何物呢？」

徐道覆聽著遠方隱傳過來的蹄音，道：「我好奇的是究竟誰在主持邊荒集呢？」

眾人糊塗起來，更不明白誰在主持邊荒集，與現在的話題有何關係？

徐道覆道：「這位指揮全局的人肯定不是泛泛之輩，更爲邊荒集的聯軍預留退路，必要時可撤往小谷，而我們得到的只是一個空集，且失去主動之勢，還要應付缺糧的嚴重情況。只要他們能在小谷撐上一、兩個月，我們勢必陷入進退兩難之局。」

張永愕然道：「我們該怎麼辦呢？」

徐道覆失笑道：「我和屠奉三武功誰高誰低，要動手見個眞章方能清楚明白。可是若論兵法戰略，他卻是差遠了。我會反過來讓他陷於有力難施、進退兩難之境。」

旋又道：「我們今趟徒步穿越大別山而來，缺乏戰馬，僅有的千餘匹全賴兩湖幫供應。假若我們全體是騎兵，我會立即下令進攻，讓屠奉三試試被我軍衝鋒陷陣的滋味。」

周胄恭敬道：「請二統帥指示行動。」

徐道覆目光再投往邊荒集，心中想的是當紀千千落在他的手上，如何方可以打動她的芳心。征服女人的肉體並不足夠，征服她們的心才是樂趣所在。

看到煙花訊號，燕飛下達命令，大隊從西門出發。

隊伍長達半里，除裝載糧草物資的騾車，還有四十多輛馬車，載著最後一批離開邊荒集的婦女。駕車又或驅趕牲口的全由壯女負責，抵小谷後她們會留在那裡，支援守谷的戰士。運往小谷的物資裡除大批的糧草外，最重要是三台弩箭機和備用的弓矢兵器。

燕飛雖曉得屠奉三的荊州兵沿途布防，以保車隊的安全，但仍打醒精神，憑他過人的視聽之力，留意四周的情況。

可以做的事，他們都全做了。整體的作戰部署，亦告完成。邊荒集已竭盡所能，以最巔峰的狀態靜候敵人。

不過成敗仍是茫不可測。

天師軍方面，孫恩固是深不可測，他的兩大愛徒盧循和徐道覆亦是狡猾多智的統帥。自天師軍渡海攻打會稽，從未吃過敗仗。南朝多次派兵征伐，莫不鎩羽而回。

今次天師軍來攻，有兩湖幫在水路全力配合，誰敢率言必勝？

尤可慮者是慕容垂和鐵士心的聯軍。

在淝水之戰前，以戰場上的聲威論，慕容垂肯定是在謝玄之上。淝水之戰雖令謝玄躍登天下首席統帥之位，可是慕容垂參戰的三萬精銳卻夷然無損。兩人不但沒有在戰場上正面交鋒，慕容垂還在單挑獨鬥裡佔了上風，暗傷謝玄，致令他在救自己時被任遙所乘，傷上加傷。

只是謝玄的救命之恩，已教燕飛感到對烏衣巷謝家負有責任。

在對付花妖一役裡，金丹大法和燕飛全面融合，在接踵而來的戰事裡，更提供了無比珍貴的實戰經驗，使他的金丹大法不住精進成熟。

在這一刻，他清楚自己不論劍法武功，均有了武人夢寐難求的驚人突破，使他有信心應付任何頑強的敵手。

右方燈光連閃三下，顯示前途安全。

燕飛一聲叱喝，全隊響應，加速前進。

爲了邊荒集，爲了己身的存亡，荒人的心緊緊連結起來。

不論此戰是勝是負，邊荒集都會徹底改變過來，永遠不會回復先前的那樣子。

兩湖幫的二十一艘赤龍戰舟停泊於離邊荒集只有七里的河段，只要陸路的大進攻開始，他們將從水路進犯。

聶天還傲立指揮台上，凝望前方河道。

郝長亨和尹清雅來到他身後，施禮請安。

聶天還頭也不回的道：「其他人退下去！」

望台的將領依言默默離開，最後剩下郝長亨和尹清雅兩人。

郝長亨面露羞慚之色，頹言不語；尹清雅緊咬下唇，花容慘白，失去了往日的頑皮活潑。

郝長亨開腔道：「長亨知罪，願領受任何罪責。」

聶天還緩緩轉過身來，目光打量兩人，忽然仰天大笑，欣然道：「看你們兩個的模樣，是否天塌了下來呢？勝敗乃兵家常事，前事不忘，後事之師，只要能從錯誤中學乖，失敗也變得有價值。」

接著平靜問道：「以長亨的手腕，這樣的任務該是勝任有餘，問題究竟出在甚麼地方？」

郝長亨壓低聲音道：「我們今趟是被孫恩牽累。」

聶天還雙目殺機一閃即逝，沉聲道：「竟是與孫恩有關？」

郝長亨道：「孫恩在沒有知會我們下，出手殺死任遙，卻讓任青媞漏網逃脫，使她得以通知他們逍遙教布在邊荒集的臥底，令我們今晚進犯邊荒集的計畫完全曝光，使從來內爭不息、只顧自身利益的荒人，因此破天荒團結起來，也教我因始料未及，走錯了一步棋。」

聶天還現出深思的表情，問道：「逍遙教在邊荒集的臥底是誰？」

郝長亨瞥一眼低垂著頭、沉默得有點不合常理的尹清雅，答道：「『邊荒名士』卓狂生。」

聶天還大感錯愕，道：「竟然是他，難怪孫恩要下手鏟除任遙。此事你是如何曉得的？」

郝長亨道：「我在來此途中，與任青媞秘密碰過頭，承她坦然相告。她當然是不安好心，想製造我們和孫恩間的矛盾。」

聶天還點頭道：「她是否說任遙之後，下一個將輪到我聶天還呢？」

郝長亨道：「幫主料事如神。我今日之敗，雖是陰差陽錯，但說到底都是因孫恩殺掉任遙，令邊荒集內敵對的人不得不團結起來，致使我們巧妙安排於荊州軍內的博驚雷被屠奉三識穿身分，反布局來算了我一著，教我們折損近五百人，長亨願為此負上全責。」

聶天還目光落在最疼惜的小女徒身上，訝道：「我的小清雅為何哭喪著臉兒，小小挫折算甚麼？若不是你郝大哥領軍，換成別人怕要全軍覆沒。讓為師告訴你一件生平快事，我的死對頭江海流終於命喪為師手上，從今之後，南方只有兩湖幫，大江幫再不存在。」

郝長亨大喜道：「恭喜幫主。」

尹清雅仍沒有說話，像個鬧脾氣的小女孩。

聶天還不解地瞧著尹清雅，郝長亨代爲解釋她暗算高彥的前因後果，也順道說明自己爲何要速離邊荒集，致所有努力盡付東流。

聶天還啞然失笑道：「小清雅你做得很好，殺個人有甚麼大不了的？難道幾天工夫你便愛上了這個最愛花天酒地的臭小子？」

尹清雅聽得一對眼睛紅起來，淚花滾動，嗚咽著道：「我從背後暗算他，他在重傷落河前仍不忘叫我小心敵人。他是眞的不顧自身的來維護我，清雅心中很難過啊！」

聶天還和郝長亨兩人聽得面面相覷，沒話可說。

聶天還嘆道：「早知該把你留在洞庭玩樂，還以爲可令你增長見識。好哩！好哩！小清雅乖乖的到艙房休息，睡醒一覺一切都不同了。」

尹清雅別轉嬌軀，急步奔離指揮台。

瞧著她背影，聶天還搖頭嘆道：「我聶天還的徒兒會因殺人而心軟，說出去肯定沒有人相信。」

郝長亨道：「她第一次殺人是很難接受的，何況是對自己好的人。慢慢她會習慣的。」

接著趨前一步，壓低聲音道：「儘管任青媞是另有居心，可是我們實不得不防孫恩一手。」

聶天還點頭道：「孫恩想殺我，我何嘗不想幹掉他，只不過大家曉得尚未到時候。這麼多年，我甘於在『外九品高手』榜上屈於他之下，正是要他低估我。不過我在幾個照面間擊殺江海流，已令他生出警覺。他在提防我，我也在提防他。」

郝長亨道：「我們之所以和孫恩結盟，是因有任遙在其中穿針引線，更因任遙與鐵士心關係密切，令我們大感事有可爲。現在任遙命喪孫恩之手，我們和孫恩間再沒有任何緩衝，一旦起衝突，吃虧的會是我們。」

聶天還淡淡道：「你可知我爲何將船隊泊於此處？」

郝長亨恭敬答道：「此處河彎廣闊，水流緩而不急，不論水路或陸路來的襲擊，我們都可以從容應付。」

聶天還搖頭道：「江海流已死，在水上作戰，誰敢與我聶天還爭鋒？在離我們這裡二十多里的河段，孫恩設下檑木陣，表面是用來對付江海流，實際上則助我完成統一大江兩湖的霸業，但孫恩亦可隨時藉之反過來對付我們。」

郝長亨皺眉道：「不破此檑木陣，我們將難以安心南返；若破此陣，又等若與孫恩撕破臉。孫恩如有合作的誠意，好該自發地撤去檑木陣。」

聶天還道：「我和孫恩在先前密談近半個時辰，商討進攻邊荒集的大計。他主動提起檑木陣，說要保留直至攻陷邊荒集，爲的是要防止北府兵或建康的水師船來援。」

郝長亨皺眉道：「話雖說得漂亮好聽，事實上卻是令我們難以臨陣退縮，不得以任遙作藉口廢棄盟約。」

聶天還欣然道：「長亨不負我對你的期望，看透孫恩卑劣的手段。現在邊荒集既曉得我們的計畫，必然嚴陣以待，我們若蠢得從水路強攻，肯定會吃大虧。所以我堅持必須在南北大軍同時夾攻邊荒集的時候，才會沿潁水從水陸兩路向邊荒集進軍。」

郝長亨雙目閃閃發光，沉聲道：「師尊仍打算與孫恩合作嗎？」

聶天還仰天長笑，狀極欣悅，忽然又平復過來，冷然道：「我們今次肯和孫恩攜手合作，目的只有一個，就是除去江海流。現在既已完成任務，只有蠢材才會冒險。」

稍頓又道：「孫恩和慕容垂均非善男信女，只看慕容垂派遣赫連勃勃到邊荒集興風作浪，便知他居心不良，不肯公平地與我們分配邊荒集的利益。」

郝長亨一呆道：「如此幫主是決定撤退？」

聶天還好整以暇的道：「撤退是事在必行，時機卻要掌握得準確，當邊荒集的攻防戰全面展開，天師軍難以分身之際，我們便破掉檑木陣，從容南返。」

郝長亨讚嘆道：「幫主確實算無遺策。」

聶天還斜兜他一眼，有點懶洋洋的道：「你不覺得如此將邊荒集拱手讓與孫恩是不智之舉嗎？」

郝長亨曉得聶天還是在考較他，正容道：「俗諺有云棒打出頭鳥，孫恩正是這頭鳥兒，不論是司馬曜，又或江左雙玄，都會盡一切辦法打擊孫恩，而我們則可以乘機接收大江幫的生意，迫令沿江的大小幫會向我們納貢稱臣，將勢力從兩湖擴展至整條大江。」

聶天還仰望夜空，振臂高呼道：「今天是我們兩湖幫的大好日子，大江是南方的命脈，而現在南方的命脈已落入我們的掌握中，我們統一南方的日子亦不遠矣。」

郝長亨心中湧起熱血，經過這麼多年來的辛苦經營，兩湖幫振興的好時光終於來臨。

第二十三章　誰與爭鋒

慕容垂離筏登岸，左右爲他掛上紫紅色繡金龍的披風，在七、八名親信大將簇擁下，立在岸旁如從冥府裡走出來的魔神。

他招牌式的環額束髮鋼箍在散於肩膊的深黑長髮襯托下，於火把光裡閃閃生輝，不過仍未比得上他眼中神采之一二。

慕容垂自懂事開始，一直遭人嫉妒，皆因才智過人，有勇有謀，戰無不勝。

他乃前燕主的第五兒，王位當然輪不到他，坐上去的是老二慕容儁，首先是硬逼他改名字，由慕容霸改爲慕容垂。

他知時不我予，忍了這口鳥氣，還爲慕容儁滅掉後趙，扶助慕容儁稱帝。他亦因戰功被封爲吳王，其鎮守過的郡縣，政績卓著，爲人樂道。

桓溫北伐，對前燕用兵，嚇得前燕上下魂不附體，準備逃亡之際，獨慕容垂臨危請命，主動出戰，擊退桓溫。此戰奠定慕容垂北方第一武技兵法大家的美譽，也令前燕上下極力排擠他，慕容垂在無可選擇下投奔苻堅。

苻堅對他倒屣相迎，不過苻堅的心腹大臣王猛卻力勸苻堅殺他。慕容垂爲向苻堅表示忠誠，自願作先鋒軍，一舉破滅前燕。在前燕亡國的一刻，他立下大志，定要在自己手上復興燕國。

苻堅的淝水之敗，正是上天賜予他的良機，更使他認識到邊荒集超然的戰略位置。

一直以來，他秘密透過拓跋珪從邊荒集得益，更透過拓跋珪扯苻堅的後腿。若拓跋珪肯死心塌地的爲他辦事，他絕不用親自征伐邊荒集。可是拓跋珪拒絕他的封賞，令他生出警惕，遂下決心將邊荒集控制在手心，同時扶助赫連勃勃以牽制拓跋珪。

一切都依他的策略進行，直至今天，邊荒集竟出現他意料之外的變化。

手下戰士於潁水兩岸布防。

黃河幫的營地和船隊在下游不遠處，離他們登陸處只有數千步。

一道黑影從西面的林木間疾掠而來，手下們齊聲叱喝，慕容垂卻道：「是政良！讓他過來。」

那人速度驚人，眾人眼前一花，已跪倒慕容垂身前，叩頭道：「政良拜見大王。」竟赫然是曾於邊荒集刺殺燕飛不遂，有「小后羿」之稱，以獵頭爲業的刺客宗政良。

慕容垂現出笑容，道：「政良平身，邊荒集現在情況如何？」

宗政良起立說話道：「形勢非常不妙，邊荒集各大幫會破天荒團結一致，且有大批荒民響應追隨。」

慕容垂臉色一沉道：「勃勃是怎麼弄的？怎可能讓如此局面出現？」

宗政良嘆道：「赫連勃勃已背叛大王，甫到邊荒集竟然扮花妖意圖挑撥離間，豈知惹出眞正的花妖來。他更不依大王指示，妄圖控制邊荒集，落得損兵折將，慘敗而逃，再沒有面目見大王。」

慕容垂的心腹大將高弼聞言訝道：「赫連勃勃竟敢如此膽大包天？即使可以控制邊荒集，可是我們大軍正壓境而來，不怕大王治他違背軍令之罪嗎？事情如此不合情理，他該是另有所恃。」

宗政良道：「照我猜測，他是想趁我們大軍到達前，先殺盡拓跋族的人，然後將邊荒集搶掠一空，留下一座被破壞的空集給我們。此人一向殘忍成性，以殺人爲樂。」

慕容垂啞然笑道：「我是低估了他，他卻是高估了自己。政良的分析很有道理，不論他如何得罪我，我確實暫難分身去理會他。只要他善用從邊荒集得來的兵器、物資、牲口和財富，在短時間內滅掉拓跋珪，勢可統一北疆，立告坐大。唉！我眞的希望他成功，如此我便不用爲拓跋珪頭痛。勃勃根本不是做大事的人，拓跋珪卻是另一回事。」

高弼和宗政良當然清楚慕容垂爲何分身不得。現在的北方，苻堅雖是強弩之末，可是百足之蟲，死而不僵，何況是曾統一北方的霸主？長安仍在苻堅的控制下，以此爲根據地與慕容永和姚萇展開爭奪關中的激戰。

一旦長安被任何一方攻陷、殺死苻堅，北方將立即陷入大亂。慕容垂必須把握時機，完成統一北方的鴻圖霸業。

如此情況下，豈有閒情去理會北疆的事。

慕容垂想不到赫連勃勃如此工於心計，所以說低估了赫連勃勃；說赫連勃勃高估了自己，則是嘲笑他鬧得個灰頭土臉、棄戈曳甲慘敗而回了。

高弼問道：「荒人竟會同心合力，確是出人意表，不過與赫連勃勃一戰，該已耗盡氣力，變成傷疲之軍。何況不論他們如何精誠團結，始終是烏合之眾，怎能抗拒我們久經戰陣的精銳之師？」

宗政良苦笑道：「邊荒集本身是個教人難以置信的地方，一切不可能的事都可以在那裡發生。赫連勃勃的慘敗，是一面倒的慘敗，荒人折損的只區區百來二百人。而同一時間，兩湖幫的郝長亨反中了屠奉三的陷阱，被迫退返南面，令邊荒集得到喘息的機會，全面布防。現在的邊荒集再不是我們一向熟悉的邊荒集，而是權責分明，有組織和高度效率的軍事重地。」

慕容垂目光投向黃河幫的營地，知道在己方登岸布防完成之前，鐵士心不會過來打招呼。沉聲問道：「究竟何人在主持大局？」

宗政良答道：「他們捧出紀千千作名義上的統帥，實質上應是由議會作集體領導。」

慕容垂與高弼愕然以對，後者問道：「是否謝安的乾女兒，有秦淮首席才女之譽的紀千千？」

宗政良雙目閃動著奇異的神色，輕輕道：「正是她！」

慕容垂平靜的道：「她是否確如傳言所說般動人？」

宗政良嘆道：「所謂傾國傾城，我看應該便是這樣子。她甫抵邊荒集，就把整個邊荒集迷得神魂顚倒，人人爭相討好，改變了一直奉行不悖以武力解決一切的習慣。她有一種媚在骨子裡的魅力，舉手投足，一顰一笑，都是愈看愈動人。」

心中同時惋惜不已。他本有得到她的機會，只恨過不了燕飛的一關。

慕容垂仰望夜空，似在思索宗政良對紀千千的描述。

宗政良又詳細說出被迫離開邊荒集前的所見所聞，扼要而清晰，盡顯他作為超級斥候的識見眼光。

高弼聽得眉頭深鎖，最後問道：「政良有否聯繫上任遙呢？」

宗政良道：「任遙方面更令人費解，自昨天開始，他與我斷去所有聯繫。任遙曾和我說過，夜窩族裡有他大批的手下，如能裡應外合，我們可輕易摧毀邊荒集的防禦力量。」

高弼不解道：「任遙於此最關鍵的時刻銷聲匿跡，絕不尋常。」

慕容垂並不把任遙的事放在心上，淡淡道：「邊荒集是否氣數未盡呢？沒有一件事符合我們的預期。」

宗政良道：「我是從邊荒集來，離集時的印象仍非常深刻。集內荒人不單戰意高昂，且人人盡展所能，教人看得眼花撩亂。例如負責清場的方鴻生，在搜索方面很有一手，甫踏進我藏身的破屋，竟直指我藏身之處，逼得我立即遠遁，否則我會更清楚他們的布置。」

慕容垂冷然道：「邊荒集是天下英雄集中之所，沒有點斤兩或怕死的都不會到那裡去。這種人若不顧生死的拚命反抗，將匯聚成一股強大的反擊力量。千萬不要低估他們，燕飛便是拓跋珪推崇備至的高手。甚麼屠奉三、拓跋儀、慕容戰均非泛泛之輩。所以我們必須改變策略，放棄從水路進攻，否則縱使得勝，亦要元氣大傷。」

高弼點頭道：「若我們從水路進攻，便是有跡可尋，只有利用廣闊的邊荒，方能令敵人防不勝防，無從阻截。」

慕容垂吩咐道：「替我召士心來，大家從容定計。」

高弼忙把命令發下去。

慕容垂雙目神光閃爍，語氣卻從容冷靜，道：「高卿『無從阻截』的一句話甚合我意，不論邊荒集實力如何雄厚，仍沒法同時應付我們南北大軍的夾攻，所以對方必自恃熟悉地形，以奇兵伏兵騷擾我們行軍，更妄想可以先擊垮我們其中一方的部隊。我們須擬定策略，針對此點作出部署。」

接著目光投往層雲密布的夜空，嘆道：「想不到今次邊荒之行，竟會有意外收穫，紀千千將是我慕容垂攻克邊荒集的戰利品，成爲南人沒齒難忘的恥辱，卻是我慕容垂的福氣。讓我看看這位有傾國傾城之色的絕世大美人，是如何動人？」

宗政良和高弼聽得面面相覷，想不到一向不好漁色的慕容垂，竟會有對女人動心的一天。

劉裕行屍走肉般坐在繼續行程的馬車裡，沿古驛道朝廣陵前進。

他陷入前所未有的低潮中，一陣又一陣的頹喪情緒波浪般衝擊著他，愈避免去想的事，愈是不斷想起。公私兩方面固是一敗塗地，未來也再沒有任何可期待的變化。

自己心儀的動人女子已表達心意，自己反成爲情場上的懦夫，不但辜負了她的青睞，還深深傷害了她，傷害了自己。

他感到孤獨，一種從未感受過卻可以淹沒一切令人窒息的孤獨。失去了朋友、失去了至愛、失去了理想的孤獨。不論將來有甚麼成就，卻清楚知道再難快樂起來。

淝水之戰是他最巔峰的成就，到邊荒集去時更是意氣風發，可是一切都完了，他的事業已徹底完蛋。向謝玄交代過邊荒集的情況後，他會自動請辭，返鄉過粗茶淡飯的日子，因爲他失去奮鬥的雄心壯志。

假設自己知曉情況後立即不顧一切的趕回邊荒集去，至少還能與燕飛等人轟轟烈烈的並肩作戰至死，怎麼都勝過眼前的情況。

在極度的心倦力疲下，他闔上眼睛，腦袋虛蕩無物，任由命運安排他的將來，因爲他曉得一切已成定局，他會失去一切。

陰奇來到化身宋孟齊的江文清船上，隨行船隊泊在潁水支河隱秘處。

江文清和直破天神色凝重，看來是情況不妙。

陰奇先向他們報告邊荒集最新的情況，同時說出從水路配合拓跋儀奇兵的戰術。

直破天嘆道：「我們本在苦心靜候敵人從水路進犯邊荒集，待他們經過後順流銜尾追擊，在有心算無心下，肯定能讓對方損失慘重。黃河幫的戰船根本不放在我們眼裡，只恨對方顯然洞悉水路的危險，已棄筏登岸。只要他們在兩個時辰內起程，騎兵可於子時抵達邊荒集。以慕容垂用兵的高明，我們恐難達到延敵的目標。」

江文清苦笑道：「我們本想趁慕容垂大軍抵達前，先一步偷襲黃河幫，只要驅散對方的戰馬群，將可令敵人失去機動性。可惜鐵士心非常謹慎，把防禦網大幅拉開，又設置木寨，使我們無從下手，坐失良機。」

陰奇沉聲問道：「敵人實力如何？」

直破天答道：「黃河幫的戰士約三千人，戰馬多達五千匹，應是全供慕容垂之用。至於慕容垂的部隊在一萬二千人至一萬五千人間，以我們的微薄力量，根本沒法阻止他們向邊荒集推進。」

江文清道：「只要慕容垂和黃河幫近二萬人的部隊夾著河道分多路向邊荒集挺進，船隊隨後而至，除非我們和他們正面硬撼，否則將難以延誤對方的行程。」

直破天道：「加上你們，我們可以登岸作戰者不到七百人，不論偷襲伏擊均難以奏效。陰兄有甚麼好提議？」

江文清忍不住問道：「陰兄起程時，我方北上的船隊仍未抵達嗎？」

陰奇一直避免觸及此事，現在避無可避，只好老實答道：「貴幫的船隊恐怕在途中出事，凶多吉少。」

江文清嬌軀劇顫，垂下頭去。

陰奇當然不曉得她關心父親的安危，轉返正題道：「能否延誤北方來的敵人，已成此役成敗的關鍵。我有一個提議，是從水路直接攻擊敵人，憑著夜色的掩護，攻其不備，至少可對黃河幫的船隊造成嚴重的破壞，不但可挫折敵人的士氣，更可令他們沒法好好休息，使拓跋儀的部隊處於有利的情況下。」

江文清和直破天均面露難色，要知逆水偷襲，犯水戰的大忌。更何況除兩艘雙頭船優於黃河幫的戰力外，其他戰船的平均戰力，均在黃河幫之下。

陰奇續道：「拓跋儀是馬賊出身，擅長設置陷阱，雖難對敵人造成嚴重的損害，卻可拖慢對方行軍的速度，打擊對方的信心和士氣。」

江文清似回復過來，冷靜的道：「陰兄的提議雖然大膽卻非是完全行不通，細節則仍須斟酌。」

直破天皺眉道：「不嫌太冒險嗎？」

江文清道：「不冒險怎會有成果？偷襲一事由我們兩艘雙頭艦負起全責，以闖關的方式偷襲對方，不論得手與否繼續北上，若能引得敵船追來將更理想。」

陰奇點頭道：「我們埋伏在這裡，待對方經過後順水從後方發動攻擊，如此或可令敵人亂了陣腳，拓跋儀將有機可乘。」

直破天終於同意，皆因這是沒有辦法中的辦法，點頭道：「只要我們闖越敵人，敵人將有後顧之憂，怕我們隨時掉頭來攻，被迫與潁水保持距離，難收水陸呼應之效。」

陰奇道：「敵方騎兵只有五千之眾，其他步兵行軍緩慢，黃河幫更要倚賴船隊運載兵員，當他們以爲你們已逃往上游，我們卻來個攔腰突襲，肯定可令對方陣腳大亂。此計妙絕。」

江文清斷言道：「就這麼決定。」

直破天仰觀天色，道：「雲層愈積愈厚，若降下大雨，對我們更是有利。老天爺呵！你可否幫個忙呢？」

陰奇也在抬頭觀天，搖頭道：「可惜我們沒有等待的時間，我們帶來大批由千千小姐設計的火油球，配合火箭，威力驚人，我立即派人搬過來。」

直破天拍拍他肩頭道：「讓我先到你那裡好好研究，看可否派上用場。」

兩人去後，江文清再控制不住心中的悲苦，湧出熱淚。

在與兩湖幫多年的鬥爭中，此刻他們大江幫已落在絕對的下風，江海流更是生死未卜，假若邊荒集失陷於聶天還之手，大江幫將遭到滅幫的厄運。

一直以來，邊荒集是大江幫存活的命脈，上自朝廷，下至幫會，想從邊荒集得到欠缺的物資，均直接或間接地透過他們去辦事，也令他們得到龐大的有形和無形的回報。

所以江海流派出得力的拜把兄弟程蒼古和費正昌到邊荒集匡助祝老大。可是一日之內，整個情況完全逆轉過來。

大江幫究竟在哪一方面出了岔子呢？

第二十四章　誰主穎水

燕飛和屠奉三並騎立於谷口外，看著車隊和牲口緩緩入谷。戰士在四方戒備，山谷高處哨衛重重。

屠奉三道：「眞奇怪！天師軍仍沒有動靜，難道竟看破我們的手段？」

燕飛道：「我和他只有一面之緣，聽過他說幾句話，印象卻頗深刻，感覺此人膽大心細，長於應變。」

屠奉三皺眉道：「你是否在說徐道覆？你怎知是他在主持而非孫恩又或盧循呢？」

燕飛愕然道：「可能是因卓狂生說過天師軍是由徐道覆指揮，不過我眞的感覺到他正在虎視著我們的一舉一動。」

屠奉三驚異地打量他，問道：「聽說花妖是由你老兄純憑感覺識破的，更有傳言你的蝶戀花會向主人示警，究竟屬甚麼功法？」

燕飛心中暗罵不知哪個混蛋洩露自己的機密，苦笑道：「此事一言難盡，我自己也很想找人給我一個圓滿的解釋。」

屠奉三道：「現在你是我的戰友，我當然希望你的靈機愈敏銳愈好。告訴我，你現在是否有危機迫近的預感？」

燕飛的目光投往邊荒集，道：「我並不是神仙，幸好凡人有凡人的方法，就是設身處地爲徐道覆作出考慮。假如我是徐道覆，忽然看到大批人馬離開邊荒集，趕往小谷，會怎樣想呢？」

屠奉三同意道：「肯定他看穿這是個陷阱，所以按兵不動，問題在他會如何反應呢？」

燕飛道：「徐道覆若確如傳聞般的智勇兼備，精於兵事，該猜到我們是要在集外設立能長時間穩守的堅強據點，更該猜到小谷是邊荒集失陷時的唯一退路。另一條路或許是跳進潁水逃生。」

屠奉三一震道：「他將採截斷的手段，並以此逼我們離谷作戰，此招的確很絕。」

燕飛微笑道：「分頭行事的時間到啦！大家小心點。」

屠奉三探手和他相握，道：「希望燕兄回來時帶著孫恩的首級，不過不用勉強，保命才最要緊。」

燕飛握著他的手，聽著這以冷酷無情見稱的人道別的叮嚀，心中湧起難以形容的滋味。道：「屠兄也須小心行事，遲些兒我們再在邊荒集喝酒聊天。」

屠奉三放開他的手，目光灼灼的瞧他，低聲問道：「你感覺到孫恩嗎？」

燕飛蹙起眉頭，道：「我似乎感應到他，又似完全沒有感應，這感應奇怪至極點，如實卻似虛，眞僞難辨。」

屠奉三道：「如此方才合理，在天師徒眾眼中，孫恩有通天徹地之能，能人之所不能。在識者心中，孫恩的道術武功已臻貫通天人的境界，鬼神莫測其秘。燕兄今次與孫恩之戰，不論誰勝誰負，將會千古留名。」

燕飛點頭道：「屠兄對孫恩的評語當是中肯，否則以任遙之能，不會察覺不到他孫恩在旁虎視眈眈，我會以此爲戒。」

屠奉三笑道：「燕飛並不是任遙，孫恩今次遇上敵手了！屠某在此祝燕兄旗開得勝，凱旋而歸。」

燕飛灑然一笑，往後退開，幾個身法沒入南面的疏林裡。

屠奉三心生感慨。

或許是因燕飛與世無爭的性格作風，或因識英雄重英雄，又或因大家正生死與共的並肩作戰，至少在此刻，他的感覺是燕飛確爲他的朋友。

可嘆是未來形勢難料，縱可保住邊荒集，但當桓玄起兵造反，將會出現新的變化，現在的朋友，會變成將來的死敵。他和燕飛間關係的發展，殊不樂觀。

拓跋儀和五百本族戰士，穿林過野，沿潁水望北推進。

騎隊分散前進，似是雜亂無章，散亂中又隱具法度。雖沒有火把照明，黑夜卻對他們這群經歷多年馬賊生涯的戰士，沒有絲毫影響。

馬蹄穿上特製的軟甲蹄靴，踏在地上時只弄出些微的悶響，使他們有如從地府鑽出來的幽靈騎士。

以拓跋珪爲首的馬賊團，一直在苻堅大力清剿的情況下竭力求存，且不住壯大。對付圍剿追殺他們的敵人，他們一向採取的策略是「一擊不中，遠颺千里」的游擊戰法。從來他們都是以少勝多，所以現在面對的雖是龐大的敵人，要偷襲的是被譽爲北方第一人的慕容垂，卻人人沒有半點畏怯猶豫。

拓跋儀發出鳥鳴暗號，手下立即散往各方，自發地尋找埋伏的地點。

拓跋儀與丁宣跳下馬來，由左右牽走坐騎，兩人徒步掠前，登上高地，遙觀兩里許外的敵陣。

丁宣一震道：「似乎超過一萬五千之眾。」

拓跋儀細察對方形勢，在火把光照耀下，潁水兩岸敵人陣容鼎盛地分布有序。東岸盡是步軍，只有作先鋒的是二百騎兵，該爲整個逾萬人的步兵團作開路偵察的探子。這邊的人全坐在地上休息候令。

西岸是清一色的騎兵，數在五千之間，正整理裝備，一副準備起程的模樣。

水道上泊著五十艘黃河幫的破浪船，這種中型戰船載兵量不大，以每艘五十人計，只可運送二千五百人。眞正數目肯定在此數之下，因爲必須撥出至少十艘以運載物資糧草。

在西岸離岸千步許處設有木寨營地，照猜估該是用來作後援基地，由黃河幫的人留守。黃河幫的船將不住從北方運來糧貨，再由戰船將所需經水道運往前線，快捷方便。

拓跋儀冷然道：「應是一萬八千人到二萬人間，慕容垂的確名不虛傳，只看這等陣仗，已先立於不敗之地。」

丁宣頭皮發麻的道：「他們的戰馬休養充足，反之我們的戰馬已走了七、八里路，我們和他們比速度肯定不成，比實力更是一對十之數，不論我們如何偷襲伏擊，無疑是以卵擊石，肯定死路一條。」

拓跋儀來回審視水道動靜，道：「看到了嗎？他們把木筏綁起來，五個一排，當黃河幫的破浪舟控制水道後，木筏將在黃河幫的撐櫓手控制下順流漂向邊荒集去，屆時連筏爲橋，東岸的大軍可以迅速渡河，邊荒集立即完蛋。」

丁宣倒抽一口涼氣。

慕容垂的戰略清楚展現在他們眼前，就是先以精騎沿潁水西岸多路出發，於子時與孫恩和兩湖幫的大軍夾擊邊荒集。

東岸的步兵團同時推進，配合水道黃河幫的戰船由水陸兩路壓境而至，木筏隨後。

當黃河幫的戰船肅清水道的障礙和敵艦，會於邊荒集東的河段連筏爲橋，步兵團將蜂擁渡河，水銀瀉地般由東面破牆入侵邊荒集。

邊荒集此時正窮於應付南北敵軍的狂攻猛打，試問如何抵抗這支超逾萬人的強大敵軍？

拓跋儀道：「水道的爭奪戰將交由宋孟齊和陰奇處理，我們無從插手。我們可以做的是在西岸區設置專對付馬兒的陷阱機關，利用火油彈放火燒林，迫使對方繞道，不單可延誤敵人行軍，更可阻止敵人在西岸呼應河道的破浪舟。」

接著現出一絲充滿自信的微笑道：「我起程前卓名士密告我整個由千千小姐擬定的作戰計畫，每一場戰爭都有不同的戰法。待慕容垂大軍去後，我們立即突襲木寨，以此亂慕容垂的軍心。你立即派人趕回去通知邊荒集我們眼前所見之事，免得他們措手不及。」

丁宣領命去了。

拓跋儀暗嘆一口氣，看著兩艘破浪舟從敵區河段開出進行探路的任務，心忖能否守得穩邊荒集，將看河道的操控權能否牢牢掌握在己方手上。

燕飛在林木間飛翔。

開始時各種意念紛至沓來，不旋踵進入萬念俱寂、空極不空的靈機妙境。

他先越過小谷，西行近里，方繞往南方。

他開始感覺到孫恩的存在，這是沒法解釋的感應靈覺，超乎於日常感官之上。即使沒有靈機妙覺，仍不難從孫恩一向的習慣猜測他的位置。

孫恩若要總攬全局，必須立足於可同時觀看到潁水和邊荒集西南面的位置。這麼一個位置只有位於邊荒集南面的「鎮荒崗」。

此崗位於邊荒集南方約兩里許處，由幾座小山丘連結而成，「鎮荒崗」便是這排小山巒的峰巔。也是邊荒集南面平野的最高點，可俯瞰邊荒集的西南方及潁水河段。

孫恩一向慣用的戰術，是憑其蓋世魔功，擇肥而噬。一旦給他覷準機會，不論對方如何人多勢眾，他會利用了然於胸的環境，於千軍萬馬中取敵帥首級如探囊取物般輕易，一舉弄垮敵人。

任遙之死情況相同，正是他這種獨一無二戰術下的犧牲品。

燕飛此行的任務是要阻止他重施故技，所以必須在這等事發生前收拾他。

他會繞往「鎮荒崗」的南面，對孫恩進行突襲。

燕飛心中一無所懼。

金丹大法全面運行，心靈晶瑩剔透，並沒有因對手是孫恩有絲毫畏縮。孫恩究竟厲害至何等程度？快將揭盅。

就在此時，心中忽現警兆，右方半里許處有人隱伏其中。

燕飛心中一動，暗忖橫豎不費多少工夫，忙從樹頂投往林地，悄悄朝目標潛過去。

鐵士心今年三十三歲，身材魁梧，遠看像一座鐵塔，寬肩上的禿頭在火把光照耀下閃閃生輝，其體型確令見者生畏。不知是否為加強其威武的形相，即使在平日他亦愛穿戰甲，此時在戰場上更是全副武裝。他的戰甲也與眾不同，是以鯊甲和水牛皮革糅製而成，掉進水裡反可增加浮力，否則若因戰甲過重沉屍江底，會成天大的笑話。

他過人的體魄對他的事業有直接的幫助，只五年間便從依賴黃河尋生計的小流氓變為一個小幫會的老大。

其事業的轉捩點是遇上逃避族人追殺的慕容垂，並義助後者從水路逃難避過一劫。自此兩人結為拜把兄弟。

到慕容垂成為苻堅手下猛將，在慕容垂的照拂下，鐵士心把一個地方的小幫會發展成為雄霸黃河的大幫，正式易名為黃河幫。

在淝水之戰前，鐵士心一直與拓跋珪緊密合作，負責運送戰馬和財貨。到拓跋珪與慕容垂的關係瀕於決裂，雙方的合作方告終。

鐵士心不單是慕容垂忠誠的夥伴，更是慕容垂的耳目，透過他慕容垂可掌握北方的形勢變化，從容定計。

今趟進攻邊荒集的決定，也是由鐵士心穿針引線，透過任遙與聶天還和孫恩斡旋，始能成事。

鐵士心高大威武而不臃腫，下頷厚實，臉寬眼大，卻出奇地不予人盛氣凌人的感覺。他慣用的兵器是大刀，刀名「巨浪」，在北方非常有名，論武功屬竺法慶、任遙、江凌虛和安世清等北方漢人頂尖高手的級數，絕非浪得虛名之輩。

此時他與慕容垂來到潁水岸旁一處高皋說私話，兩人交情深厚，說話沒有任何顧忌，無須轉彎抹角。

鐵士心長吁一口氣道：「此仗並不容易。」

慕容垂從容道：「這一仗我們不但要贏，還要贏得漂漂亮亮，否則縱能得到邊荒集，亦將失去北方。」

鐵士心當然明白他意之所指。邊荒集雖然關係重大，說到底仍是統一北方的連場大戰裡的小插曲，若因此傷亡慘重，將大大影響慕容垂統一北方的戰事和威勢。

目光投往對岸休息候令的步軍團，點頭道：「大哥這一招很絕，邊荒集當集中力量防守潁水西岸碼頭區，大哥偏於敵人難以顧及的東岸行軍，到時只要成功渡河，此戰立可分出勝負。」

慕容垂道：「水道的控制權倚仗士心去爭取，荒人莫不是膽大包天之輩，更愛行險著，士心千萬勿掉以輕心。」

鐵士心道：「只要兩湖幫配合作戰，牽制對方實力薄弱的船隊，我們順流攻去，該是萬無一失。」

慕容垂訝道：「既然如此，爲何你還是憂心忡忡的樣子？」

鐵士心嘆道：「事情頗不尋常，姬別竟然背叛了我。」

慕容垂啞然失笑道：「荒人只講利益，當姬別弄清楚情況，得知有孫恩和聶天還參與其事，當然醒覺過來，曉得邊荒集沒有他立足之地。」

鐵士心道：「我並非奇怪他背叛我，而是深明他好逸惡勞、貪生怕死的個性，以他的爲人，怎會留在邊荒集等死，而不選擇立即逃走呢？」

慕容垂道：「你知道的是多久前的情況？」

鐵士心道：「是個許時辰前最後一批探子帶回來的消息，他們指於擊潰赫連勃勃和郝長亨的部隊後，所有人均可自由離開，姬別卻偏偏不走，還積極參與布防的工作。他在邊荒集的兵工廠或許是天下規模最大的，只是弩箭機便有數十台，手下更有巧匠無數，有他留下，邊荒集勢必如虎添翼。」

慕容垂沉吟片刻，點頭道：「姬別的行徑確出人意表，他一向最怕的人是你，現在竟敢公然與你爲敵，會否是因爲紀千千呢？」

鐵士心搖頭道：「女人一向是他的玩物，怎會忽然反變成聽女人之令的奴才？」

慕容垂目光投往夜空，雙目閃閃生輝，淡淡道：「讓我告訴你，紀千千是與眾不同的。能令謝安樂而忘憂，能令整個建康如癡如醉，能令邊荒集化戾氣爲祥和，從一盤散沙變爲精誠團結，豈會是尋常美色或徒具軀殼的漂亮人兒？」

鐵士心愕然瞧他。

慕容垂迎上他的目光，沉聲道：「今仗確實不易，邊荒集現時的情況是從未在該處出現過的，若我們只是恃強攻擊，縱可獲勝也只是慘勝。所以必須多方施計，不住增添壓力，以摧毀其信心士氣。」

又冷哼道：「天下沒有一座城池是我慕容垂攻不下的，堅城如長安、洛陽亦如是。何況區區一個沒有城牆可恃的邊荒集？」

鐵士心點頭道：「此戰勝之不難，難就難在如何在我方傷亡不大下得竟全功，聽大哥這麼說，我安心多了。咦！」

慕容垂亦有所覺，目光投往河道，兩艘沒有亮燈的船出現河道處，桅帆半張，只靠槳力迅速接近，彷似從黑暗冒出來的鬼舟。

鐵士心一震高喝示警道：「敵船偷襲，兒郎們立即應戰！」

第二十五章　紅燈高懸

慕容戰聽到暗號，忙遣人將出口的障礙移開。

屠奉三閃進來道：「我沒時間解釋，先令你的人移到小谷去。」

慕容戰二話不說的發下命令，手下戰士紛紛上馬，魚貫走出荊棘林。

慕容戰拉著戰馬隨屠奉三往外走，見屠奉三不住打量他，笑道：「爲何這般看我？」

屠奉三淡淡道：「你對我如此信而不疑，不怕我害你嗎？」

慕容戰笑道：「你已把我誆進死地，要害我還不容易嗎？何用費唇舌來和我說無聊的閒話？」

屠奉三拍額道：「對！是我糊塗！」

召來坐騎，與慕容戰同時飛身上馬，領路前行。

慕容戰道：「是否被對方看穿了？」

屠奉三點頭道：「據探子回報，天師軍已朝我們分三路推進，領軍的該是『妖道』盧循，因爲行軍的方式是他愛用的蟹鉗陣，把主力集中於左右翼軍。其人數約在五千人間，全部是步兵。」

慕容戰道：「你怎知他識破我們？」

屠奉三道：「先是燕飛提醒我，所以我特別派出得力手下前往偵察，發覺其中軍帶備大批削尖的粗木幹，立知不妙，所以喚你出來透透氣。」

慕容戰一震道：「好盧循！分明要在小谷外設置木寨，建立堅強的據點。」

屠奉三嘆道：「此招異常高明，若給他們在邊荒集和小谷間的高地設置木寨，配合比我們強大得多的軍力，勢將隔斷我們與邊荒集的呼應，更截斷邊荒集的退路。」

慕容戰點頭道：「那時我和你將進退兩難。難道死守小谷，坐看邊荒集的失陷嗎？不過若出谷攻擊，則正中對方下懷。」

屠奉三斷然道：「我們絕不容此事發生，否則此仗我們肯定輸得很慘。」

慕容戰道：「老哥你有何應付良方？」

屠奉三從容笑道：「唯一方法是以快打慢，以快騎的機動性剋制對方的步兵。」

慕容戰聽得眉頭大皺道：「對方正是要引我們離谷作戰，當然是步步爲營，且會盡量經平野之地行軍，令我們沒法伏擊偷襲。」

屠奉三道：「要擊退他們肯定沒法辦到，不過若我們只是想燒掉對方的木材，卻是大有可能，對嗎？」

慕容戰大笑道：「好計！」

兩人同時朝邊荒集瞧去，綠燈緩緩降下，升上紅燈，指示敵人進入警戒線內。

「小姐！你是否在擔心燕公子呢？」

觀遠台上，紀千千立在西南角處，凝視遠方平野丘原。

敵人的火把像無數的螢火蟲，緩緩移動，顯示敵人的兩支部隊，一支移往集外西面，一支正朝南門推進。

紀千千幽幽道：「我在擔心每一位出征的戰士。」

小詩低聲道：「小姐是統帥嘛！大可不讓燕公子去冒險。」

紀千千別首瞥愛婢一眼，柔聲道：「詩詩不再害怕了嗎？」

小詩垂頭道：「和小姐在一起，小詩甚麼都不怕。」

紀千千想起高彥，想到小詩仍被蒙在鼓裡，暗嘆一口氣道：「正因我是統帥，才不得不讓燕飛對付孫恩。過往乾爹說起孫恩，曾多次指出孫恩那種擒賊先擒王的戰術，往往可把一場大戰役的形勢完全扭轉過來，卻又毫無應付的良方。光是那種心理上的威脅，足令任何與他對敵的人睡不安寢。別人不曉得孫恩的厲害，但我身爲謝安的乾女兒，怎會不清楚？」

小詩天眞的道：「爲何不多找幾個身手高強的英雄好漢，助燕公子去對付孫恩呢？」

紀千千苦笑道：「孫恩不論道術武功，均臻達鬼神莫測的層次，多幾個人少幾個人並沒有分別，反易洩露行藏。眞止可以幫得上忙的，又要領軍應付敵人。」

小詩駭得花容失色，顫聲道：「孫恩這般了得，燕公子怎辦好？」

紀千千柔聲道：「你又害怕了！告訴你吧！在我尚未認識燕飛前，我已曉得天下間若有一個人能對抗孫恩，肯定是燕飛無疑。這是乾爹和玄帥一致同意的，你聽過有人的劍會鳴叫示警嗎？我親自聽過。孫恩的功法根本不是凡人能應付的，而邊荒集只有燕飛不是凡人，他的劍法已達到通玄的境界。所以當卓名士提出由他自己去對付孫恩，我反建議由燕飛去負此重任。邊荒集沒有另一個更好的選擇，我也沒有選擇。戰爭向是如此，縱使沒法肯定勝負，仍要盡力而爲，不計後果。」

剛說到卓名士，卓狂生來到兩女身後，沉聲道：「情況不妙，向我們西面推進的天師軍，似乎想截斷我們與戰谷的聯繫。」

紀千千平靜的道：「請卓先生派人在紅燈正西掛起黃色燈籠，但不可高於紅燈。」

卓狂生微一錯愕，把命令傳下去。

黃色燈籠緩緩升起，指示小谷方的友軍主動對付敵人，由於比紅燈為低，表明邊荒集不會派兵援助，所以屠奉三等必須自行設法。

小詩趁卓狂生去辦事，湊到她耳旁低聲道：「小姐眞威風，指揮若定，詩詩感到小姐信心十足，可以應付任何風浪。」

紀千千心中苦笑。

她終於體會到謝安在淝水之戰前所承受的沉重壓力，謝安憑「鎭之以靜」的方法感染建康軍民，她現在唯一方法，也是裝出臨敵從容的態度。

沒有人比她更清楚徐道覆的才智，如他不是如斯出眾，亦難打動她的芳心。

卓狂生回到她身旁，朝往西推進的火把陣瞧去，敵人兵分三路，活像三條火龍，且沿途處處布防，小心翼翼，步步為營。

道：「徐道覆不愧是將帥之才，先令自己立於不敗之地，絕不急於建功。」

紀千千不知想起甚麼，語調出奇地溫柔，輕輕道：「這是他一貫以靜制動的作風，盡量引人盡展所長，再從你擅長的東西窺見破綻，一舉擊破，令人沒有翻身的機會。」

卓狂生同意道：「小姐對他確實非常了解，小姐的話更令我明白為何我們一方不可輕舉妄動，否則正中對方下懷。只恨戰谷一方卻不能坐看對方成功在谷集間設立據點，他們將被迫出手。」

紀千千輕鬆的道：「屠奉三和慕容戰是我們聯軍最出色的將領，手下荊州軍和鮮卑戰士更是久經戰陣的精銳，若他們辦不來的事，我們出去也是白賠，反予敵人可乘之機。放心好了！我有信心他們有破敵之計。我們唯一應做的事，是牽制敵人在南方布陣的大軍，如他們敢施援另一支部隊，我們或有主動出擊的機會。」

卓狂生欣然道：「謹遵小姐指示。我剛得到一個新消息，兩湖幫大有可能背盟撤退，返回南方。」

紀千千愕然朝他瞧來，大訝道：「消息從何而來？」

卓狂生瞥小詩一眼。紀千千機伶的隨便找個藉口，把小詩支使到議堂去爲她取披風。

卓狂生壓低聲音道：「消息來自娓后。」

紀千千一呆道：「她竟可潛入集內來嗎？」

卓狂生苦笑道：「實不相瞞，夜窩族裡有我們的人，與娓后有一套秘密通消息的方法。請小姐爲我們隱瞞這方面的情況，因爲娓后已親自宣布解散逍遙教。我們的人會融入邊荒集，成爲忠誠的分子。我眞的不想他們仍背負著逍遙教的包袱。」

紀千千聽得倒抽一口涼氣，任遙對邊荒集眞是處心積慮，幸好功虧一簣，被孫恩殺死，否則邊荒集肯定難逃任遙的魔掌。

欣然道：「千千遵命！」

卓狂生道：「娓后曾與郝長亨碰頭，告訴他帝君被孫恩所害一事。郝長亨曉得後頗有退意，一方面是不願助長孫恩的氣燄，更害怕聶天還是孫恩下一個目標。」

又道：「娸后指出，郝長亨對慕容垂另外召來赫連勃勃非常不滿，深感與慕容垂和孫恩這類人合作，等若與虎謀皮。照娸后估計，除非聶天還是不折不扣的蠢材，否則會退出此戰。」

紀千千皺眉道：「郝長亨又好得多少，我最鄙視的正是他這種口是心非的偽君子。若高彥眞是被尹清雅害死，燕飛絕不會放過他。」

卓狂生道：「郝長亨的確是卑鄙小人，不過我們現在無暇和他算賬。少一個敵人總比多一個敵人好。我們是否須在潁水的防守上重新布置？」

紀千千道：「假若郝長亨只是故作姿態，我們豈非中他的奸計？」

卓狂生道：「我也想過此一可能性，所有地壘弩箭機陣可以保留，但檑木刺陣卻可移往碼頭上游。如此不論敵人由南北水道殺至，檑木刺都可以痛擊敵人。」

紀千千喜道：「此計確是可行，請卓先生全權處理！」

見卓狂生仍呆瞧著自己，猛然醒悟道：「千千仍是不慣作統帥，立即給你令箭手諭。」

此時手下來報，龐義求見。

卓狂生哈哈笑道：「原來是我們邊荒集最偉大的建築大師駕到，我有個提議，移動檑木刺陣的重任，可交由他處理，他會幹得比任何人都好。」

紀千千道：「快請龐老闆。」

手下領命去了。

此刻的邊荒集，受到最嚴密保護的人是紀千千，不論誰想見她，都要經身分的核實和她本人或卓狂生的允准。

龐義一肚子氣的來到兩人身前，後面還有取來披風的小詩。

小詩爲紀千千披上披風之際，龐義滿腹牢騷的道：「燕飛那小子又要我去巡視集內的防禦布置，可是我提出改良的意見，卻沒有人肯聽我的話，說甚麼必須出示由千千小姐親發的令箭，否則把一台投石機移歪少許都不行。他……嘿！沒甚麼！」

他的粗話差點衝口而出，幸好記得小詩在場，立即住嘴。

卓狂生道：「這叫軍有軍規，你稍安毋躁，小姐正準備發出令箭，讓你去把檑木刺陣移到集的東北方，碼頭區上游處，好用來鎮守集東整道河段。」

龐義仍然滿肚怨氣的道：「檑木陣正是令我最光火的，他……嘿！竟如此浪費我的木材。我不是捨不得，而是明陣怎及暗陣，若給敵人探子看到，肯定先把檑木陣拆掉。河道旁這麼多暗位斜坡竟不會利用，如讓我來布局，肯定教敵人懵然不覺，直至大難臨頭。若人人清楚看到，陷阱還算陷阱嗎？」

紀千千取來令箭，送到他手上，道：「有了這枝令箭，龐大哥愛怎樣改動都行。我們會升起一盞小藍燈，表示發出了一根令箭。當龐老闆把令箭交回來，藍燈會立即除下。」

龐義低頭審視入手沉重、長只半尺的小令箭，吁一口氣道：「是黃金打製成的，肯定是邊荒集最貴重的箭。」

卓狂生笑道：「剛新鮮出爐，保證沒有人能假冒，還不快去辦事？」

龐義立即神氣起來，匆匆去了。

徐道覆陣兵於邊荒集南面半里處，東倚潁水。

此時他布的是以防守為主的疊陣法，把五千步兵分為前後兩陣，每陣三列。

第一列是槍盾手，當敵人衝至陣前方與敵拚殺，不准後退。

第二列是箭手，第三列是強弩手。

三列合成一陣，當敵人殺至，槍盾手會坐到地上，好讓第二列跪下的箭手和第三列站立的弩手射殺敵人。

第二陣以同樣的三列戰士組成，當第一陣射盡箭矢又或體力不支，立即以第二陣補上更替。

兩翼則各以五百騎兵護衛，進可攻退可守。

這陣法不利衝鋒，可是若敵人堅守不出，此陣會發揮奇效，特別是對付沒有高牆可恃的邊荒集聯軍。

每次作戰，徐道覆均是準備充足，不會冒進。

天師軍並非尋常的軍隊，而是「天師」孫恩的信徒和戰士，人人悍不畏死，故能以少勝多，屢敗晉軍。

可是今晚徐道覆與往常臨陣的心情大不相同，連他也有點不明白自己。

是否因為紀千千？

還是因為摸不清對方主持大局的人，沒法從對方一向的行事作風和性格擬定針對性的策略？

他真的弄不清楚。

在到達邊荒集前，他一直有信心可以挽回紀千千對他的愛，事實證明他錯了。

說到底錯不在他，而是紀千千受謝安荼毒太深，使她無可救藥。

既然他得不到紀千千，是否亦該由他親手毀掉她？

他爲此想法生出不寒而慄的感覺。

每次遇到吸引他的美女，他均會全心投入，施展渾身解數去得到她的心，然後是她的肉體。

對於此類愛情遊戲，他一直樂而不疲。

可是當紀千千叫破他的身分，他不得不離開的一刻，他心中不僅充滿怨恨，更感到從心底湧出來的倦意。

究竟是怎麼一回事？

或許只是一時的情緒波動？

他弄不清楚。

唯一清楚的是在殘酷的戰場上絕不許感情用事，他必須像往常一樣以勝利爲最高目標，直至邊荒集屈服在他的征戰下。

張永在他身旁提醒道：「是時候了！」

徐道覆從迷思中驚醒過來，道：「擊鼓！」

「咚！咚！咚！」

戰鼓敲響。

另一邊的周胄笑道：「我看荒人只是在故弄玄虛，幾個時辰可以弄出甚麼花樣來呢？」

徐道覆凝望烏燈黑火的邊荒集，至乎高懸其上的風燈，沉聲道：「此仗絕不是我們先前想像般容易，更不可輕敵。」

眾將轟然應諾。

徐道覆大喝道：「全軍推進！」

號角聲起。

以步兵爲主，騎兵爲副的天師大軍，開始向邊荒集堅定而緩慢的推進。

第二十六章　軍事天分

燕飛在密林裡潛行數丈，隱隱聽到有人說話，更生出似曾相識的感覺。

這片密林位於小谷的西南方，離開戰場的範圍。

燕飛心中奇怪，若躲在林內說話者是逃離邊荒集的荒人，理該不會引起自己的感應。想到這裡，察覺到前方有人藏身於樹木上，似是爲林內說話的人放哨，林內深處燈火閃閃。

他好奇心更盛，展開身法，借林內伸手不見五指的黑暗，無聲無息地悄悄推進，避過多處哨崗，倏地眼前開闊，密林內竟有一片方圓七、八丈的空地。

燕飛閃到一株大樹後，往下蹲低，從樹旁一堆矮樹叢的間隙往空地窺探。

詭異的情景，盡入眼簾。

空地的中心，放著一盞風燈，燈旁一方平滑的大石上盤膝坐著一名頭紮高髻的女子，身穿寬大的道袍，可是不知如何的，他總感到道袍裡的身體肯定苗條而豐滿，動人非常，偏又沒法解釋爲何會有此印象。

從自己所在角度瞧去，只看到她少許側面輪廓，已令他感到此女有異乎尋常的美貌，充滿誘惑。

一個人站在她前方，雙手下垂，神態恭敬，赫然竟是漢幫的軍師胡沛。

當燕飛往她望去，她似生感應，雖然沒有任何行動的先兆，但燕飛知道不妥，忙伏貼地上。

果然此女別頭朝他藏身處瞧過來，瞄了一眼，目光又回到胡沛身上。

燕飛暗叫厲害，他不敢趁她別過頭來之際看她，所以無緣窺她全貌。要知此等高手，已臻達通玄的境界，不用聽到任何聲息，即可生出警覺。

由於有曾被任遙察覺的前車之鑑，一路潛來他是非常小心，屏止呼吸不在話下，更收斂精氣的外射，把心臟的躍動減至似有若無，所有這些工夫都不是白做的。

她究竟是誰？

胡沛的聲音在林內的空間響起道：「今次大師兄陰溝裡翻船，二師兄又被孫恩攔途截擊，令我們多年來的布置前功盡棄。現在唯有寄望邊荒集之戰侵略者和守衛者兩敗俱傷，我們或尚有可乘之機。」

甚麼大師兄、二師兄，燕飛聽得一頭霧水，仍沒法弄清楚此女的身分。

像如此武功的女子，天下間不會有多少個。

女子低沉而充盈磁性的悅耳聲音油然道：「天地之間，莫不有數。有功必有劫，大功業更有大劫難，小沛不必把一時成敗放在心上。你大師兄的失敗是必然的事，佛爺一向不看好他，只是覺得他尚有可用之處，方虛與委蛇。勃勃他過於自恃，驕橫難制，剛愎自用，竟敢不依我們的計畫行事，罪該萬死。」

燕飛心中劇震，終曉得胡沛口中的大師兄是赫連勃勃，又從「佛爺」的稱呼，猜到此女爲「大活彌勒」竺法慶的髮妻尼惠暉。

尼惠暉現身此處，以「十住大乘功」名震天下的竺法慶會否也在附近呢？

胡沛道：「小徒亂了方寸，請佛娘賜示。」

尼惠暉從容不迫的柔聲道：「此戰不論誰勝誰負，勝敗雙方均會傷亡慘重，邊荒集則肯定元氣大傷，須一段長時間方能回復舊觀，繼續發揮作爲南北交易樞紐的妙用。孫恩和慕容垂更不能長期磨在邊荒集，我已訓示國寶，著他封鎖潁水，我要聶天還有家卻不得歸，孫恩的回程也不會是順風順水的。」

燕飛暗罵自己糊塗，放著大大一個與彌勒教勾結的王國寶，竟猜不到他是胡沛口中的二師兄。此時他才曉得王國寶曾率兵到邊荒集來，且被孫恩擊退。

胡沛道：「邊荒集發展至眼前形勢，全因孫恩趁任遙追殺劉裕之際下手刺殺任遙。這個劉裕亦不可小覷，竟能從孫恩手底下逃生。」

燕飛暗舒一口氣，因終於聽到一個好消息。

尼惠暉道：「邊荒集現在的情況不容我們插手，我們亦樂於坐山觀虎鬥。小沛你留在邊荒，看情況隨機應變，我須立即趕返北方，向佛爺彙報情況，由佛爺決定下一步的行動。」

燕飛知不宜久留，悄悄退後。

若非有重任在身，他定要試試尼惠暉如何了得，現在只能在心裡想想。

尼惠暉又繼續說話，道：「燕飛究竟是怎樣的一個人？」

聽到自己的名字，退往另一棵樹後的燕飛停了下來。

胡沛答道：「燕飛確不簡單，從建康回來後，像變成另一個人似的，只可以用深不可測來形容，祝天雲便給他耍得團團轉。」

尼惠暉沉聲道：「不論他有三頭六臂，比起孫恩仍要差上一截，孫恩肯定不會放過他。孫恩最憎恨的人是謝安，燕飛與謝安的關係正是燕飛的催命符。」

燕飛不想再聽下去，繼續退走。

紀千千、卓狂生和小詩立在觀遠台上，聽著「咚咚」鼓響，瞧著南方敵人大軍聲勢浩蕩、陣容鼎盛的朝南門推進。

小詩雖口說不怕，可是看到火把光映照下的敵勢，駭得花容失色，說不出話來。

卓狂生也眉頭大皺，他雖然學富五車，智慧過人，卻不長於軍事。見到敵人陣勢完整，本身充滿威懾的力量，比對起邊荒集各自爲戰的方式，登時心中打鼓，亂了方寸。

天師軍比之赫連勃勃的匈奴軍，明顯地高上不止一籌，從而看出徐道覆精於兵法陣勢，絕不像赫連勃勃急於求勝的躁急冒進。

卓狂生道：「該掛上第二盞紅燈哩！」

一盞紅燈，表示敵人進入警戒線。

兩盞紅燈，準備作戰。

三盞紅燈，全面開戰。

紀千千優閒的道：「這支部隊該由徐道覆親自率領，切合他爲人行事的一貫作風。」

小詩焦急的道：「小姐啊！卓先生在提醒你呢！」

紀千千伸手過去，拉著她的手，笑道：「又說不害怕，現在卻慌張了！詩詩不用怕，他只是在試探我們。」

小詩心神稍定，訝道：「試探我們？」

紀千千點頭道：「確是在試探我們，看我們如何反應。不要看他們來勢洶洶，只是裝個駭人的模樣，他們很快會停下來。不信的話，走著瞧好了。」

卓狂生呆看著她，心忖她的軍事天分就像被埋在禾草裡的珍珠，現在禾草被移開，她這方面的光芒不住顯露，盡現其軍事才華。

一輪急驟的鼓聲後，敵人推進至離集外第一重防線的二千步處忽然停下。

小詩差些兒鼓掌叫好，嚷道：「真的停下了！」

卓狂生欣然道：「徐道覆終究曉得我們不是好惹的。」

紀千千微笑道：「他一方面試探我們的深淺，另一方面是牽制我們，使我們不能支援西面的戰事。」話猶未已，西面小谷處蹄聲轟隆，喊殺震天。

卓狂生讚嘆道：「小姐確有先見之明，預知徐道覆會牽制我們，所以知會小谷方面我們不會出兵夾擊敵人，否則此時便要進退失據。」

小詩道：「敵人既試探出小姐你的厲害，下一步會幹甚麼呢？」

紀千千沉聲道：「立即掛起第二盞紅燈。」

小詩和卓狂生愕然以對。

騎隊一隊接一隊從小谷開出，百人作一組，利用地形衝擊騷擾已推進至小谷前方位置的天師軍。慕容戰領二百人繞個大圈，從後方偷襲敵人運送木材的隊伍。

對於邊荒周圍形勢，他和手下戰士瞭如指掌，從敵人行軍的路線，便曉得何處是突襲的最佳地點。

在此種開闊的平野丘林，他們的騎射之術更能發揮得淋漓盡致，以速度控制主動，尤其對付的是行動遲緩推送木材的輪車隊。

只要以雷霆萬鈞之勢，突破對方翼軍的攔截，他們可以穩妥地完成任務。

法寶是由紀千千發明的火油彈。

箭矢射來。

慕容戰舉盾擋箭，領著手下奔進右方疏林去。

大喝道：「兄弟們隨我來。」

轉眼奔上一座小丘，收盾取弓拔箭，守在丘上的一組敵人在火把光下纖毫畢露，他們卻像從黑暗裡鑽出來奪命的幽靈騎士。

敵人紛紛中箭倒地。

眨眼衝上丘頂，丘坡下橫亙著敵人的木材車隊，數以百計的敵人立即布陣迎戰，守得隊形整齊，軍容鼎盛。

慕容戰暗叫厲害，狂喝道：「兄弟們！火油彈伺候。」

後方各持一個火油彈的騎士搶前而來，火油彈沒頭沒腦的從高處往敵人投去。

第二十七章　勝利關鍵

孫恩負手傲立於鎮荒崗上，俯瞰以邊荒集爲中心的廣闊戰場。

天上雲層疊疊，月兒時現時隱，長風一陣一陣的颳過大地，邊荒蒼茫肅殺。

自懂事以來，孫恩一直在逆境中奮進，自強不息，從沒有鬆懈下來。人愈懂事，愈清楚自己所置身的時代，是自古以來從未出現過的亂世。

諸胡橫行，群邪亂舞。

異族的武力和文化入侵，漢族本身的腐敗和分化，形成惡性的循環，把中土的美麗山河推進水深火熱的絕境裡。飽受戰火摧殘荼毒的土地和民眾固是一無所有，於現時此刻擁有繁榮和安全的人也只是在苟且偷安。沒有人知道會在哪一刻失去一切，朝不保夕的心態折磨著每一個人。

幸福和快樂不斷在萎縮，只有最具權勢、高高在上的一小撮人方可以霸佔僅餘的資源，其他的均被踩在下層，受著各方面的剝削和壓迫。

孫恩自小立下大志，誓要把天下統一在他腳下，一切依他的見解和意念來改變革新。

要達致如此遠大的目標，他必須拋開婦人之仁，以鐵一般的意志和信念，無所不用其極地完成以天師道統治中土的千秋大業。

在他前方兩里許處大火熊熊燃燒，照得邊荒集外西南方一片血紅，顯示他的天師軍受到挫折，不過他仍絲毫不以爲意，因爲一切早在他算計中。

身為天師軍至高無上的領袖，他早看透全盤戰局。

孫恩對自己的性格有深切的自省和了解，他並不是個細心和有耐性的人，且厭煩細節，故此一切行軍打仗的事，均由兩個門徒負起全責。他是策略的擬定者，而非執行者。

當大軍穿越大別山的一刻，他孤身上路，獨闖建康，於最關鍵的時刻現身謝玄眼前。

勝利已牢牢掌握在他手裡，因為他掌握到此役致勝的契機，就是殺死一個人。

邊荒集因赫連勃勃慘敗而引發天翻地覆的變化，令邊荒集進入空前的團結，也使他知道戰爭不會是順利的。

然而一切將會扭轉過來，當荒人銳氣消失，邊荒集種種缺點和破漏會逐一浮現，在南北聯軍絕對優勢的兵力消磨下，邊荒集的防禦將土崩瓦解，沒有人可以改變戰爭的必然發展。

他感應到燕飛。

這是一種沒法解釋的感覺。

五年之前，他達致道家夢寐以求的「出陽神」境界，道術大成，擁有常人無法想像的靈機妙覺，自感超然於眾生之上，直至他遇上燕飛。在此之前，他心中唯一的勁敵只有「大活彌勒」竺法慶。當在建康見到燕飛，他方知於竺法慶之外還有堪作他對手的另一個人。

他與燕飛有微妙的精神連繫。

在建康，當他一眼朝他們三人瞧過去，他能察覺到謝玄身負重傷，劉裕則有異乎常人的稟賦，就是沒法看穿燕飛。亦因此他放棄刺殺謝玄的唯一機會。

在燕飛目光和他眼神交觸的一刻，他感應到燕飛的道心。現在他正以同樣的道法，測探到燕飛的所在。

孫恩隱隱感到這種玄之又玄的感應是相向和互動的，時隱時現；隨著距離的遠近增強或遞減，更會受雜念影響。當燕飛心中有他時，這種感覺最清晰；可是若燕飛的心神移往其他事物，微妙的連繫會立即中斷。

若非如此，他早趕去對付燕飛。

忽然間，對燕飛的感應又再漸趨強烈，具體而清晰。

孫恩目光投往邊荒集，第二盞紅燈正緩緩上升。

他名懾天下，糅集武學與道術、貫通天人阻隔的奇功異法「黃天大法」全面運轉，進入「精若雷電，明曜八域，徹視表裡，無物不伏」的至境。

燕飛不單是邊荒集的第一高手，且是其自由精神的最高象徵。倘能將他擊殺，首級示眾，邊荒集聯軍的士氣將立即崩潰。

孫恩立下決心，絕不容燕飛活著離開，不但因爲關乎邊荒集之戰的勝敗，這更是統一天下大業的關鍵。何況容許一個有可能在道法上超越自己的人存在於世上，將會是天師道最大、最根本的威脅。

江文清雙目異采漣漣，神情卻靜如止水。面對的雖是比自己遠爲強大的敵人，仍沒有絲毫懼意。她自幼受江海流悉心栽培，務要令她能繼承大江幫的水上霸業。江海流不單是南方最優秀的水戰軍事家，更可能是當時天下最擅長水戰的第一人，集古今水戰之大成，又能另闢新局。江文清得他眞傳，現在終於到了派上用場的關鍵決勝時刻。

江海流慈和的聲音，彷彿在她耳旁循循誘導。她對江海流印象最深的一番話，是江海流向她表述爲何會選擇鑽研水戰之術。

令江海流矢志爭霸於水上是因漢末時名傳千古的「赤壁之戰」，使他領悟到水軍也可以起到決定戰爭勝負的重要作用。而事實也證明他是對的，當江海流逐漸建立起大江幫的霸業，便受到桓玄之父桓溫的重視和安撫。在桓溫的大力支持下，大江幫數十年來雄霸長江，令兩湖幫沒法將勢力擴展到洞庭、鄱陽兩湖之外。

不過今天形勢終於逆轉過來，主因之一是江海流已失去桓家的支持。所以眼前此戰至關重要。若江海流不幸全軍覆沒，此戰將是她江文清振興大江幫的首場戰役，可勝而不可敗。否則大江幫將從此一蹶不振，永無翻身之望。

「水戰之道，利在舟楫。練習士卒以御之，多張旗幟以惑之，嚴弓弩以守之，持短兵以捍之，設堅柵以衛之，順其流而擊之。」

江文清發出指令，戰鼓齊鳴。

兩艘雙頭艦一前一後同時靠往右岸，正在東岸休息候令的鮮卑戰士仍不知該如何反應之際，十多枚火油彈已從兩艦的投石機拋出，有若從天降下。

「蓬！蓬！蓬！」

火油彈不論撞人或撞地，立即爆裂，火油四濺，既濺往人身，也灑遍附近草野樹叢。

大多數人仍弄不清楚發生甚麼事的當兒，數十枝火箭從江上射來，登時冒起無數火頭，各火頭迅速蔓延成燎原之勢，近百敵人走避不及，陷身火海而成火人，這雖未能對敵人造成嚴重的打擊，也已造成極大的混亂。

「砰！砰！」

江文清的帥艦倏地改向，從右岸彎往上游河道中心處，連續攔腰撞翻對方兩艘倉卒應戰的破浪舟，把混亂從東岸延往河上敵船。

火油彈、箭矢、強弩、弩箭機同時發動，兩艘雙頭艦有如猛虎入羊群，大開殺戒，肆意殺傷破壞。

火燄黑煙熊熊冒起，隨雙頭艦的進攻不斷往上游蔓延。

若換作是兩湖幫而非黃河幫，此刻必拚死阻截兩艘雙頭艦，以令其沒法衝往上游去，顧忌的是兩頭艦不用拐彎掉頭的獨家戰法。

一時情況混亂至極點。

黃河幫的破浪戰船紛紛離岸，在上游處散開迎戰，仍在綁紮木筏的戰士因毫無還擊的力量，早紛紛跳返岸上去。

雙頭艦上戰鼓聲一轉，變得急驟迅快。

江文清卓立指揮台上，江上濃煙瀰漫，他們兩艦所到之處，確實擋者披靡，不過她卻清楚曉得好景難再。

攻其不備的戰術只能在初戰得利，對方的破浪戰船分布於長達三、四里的穎水河段，泊岸的木筏更廣布七、八里。

現時他們已深入敵陣半里的水程，陷入敵船重圍之內；一旦對方守穩陣腳，敵船將如蟻附羶的圍上來，其力量可把他們碾成碎粉。

戰爭才剛開始。

兩岸戰號聲起，江上戰鼓猛擂，敵人發動反擊。

岸上鮮卑戰士蜂擁地跳進緊靠兩岸的木筏去，以火箭朝他們還擊，岸上高處也不乏箭手，只要他們的雙頭艦靠近岸邊，便立即予以無情的攻擊。

兩艘雙頭艦靠攏，並肩逆流而上，風帆降下，全賴槳櫓催舟，在河的中間處疾駛。

四艘破浪船迎面殺至，弩箭、巨石、火箭漫空投至。

江文清發下命令，鼓聲又變，兩艦立即分開，避過一輪矢石，同時擲出十多顆火油彈，其中七彈分別命中對方三艘戰船。

火箭隨之，三艘破浪船立即著火焚燒，敵人倉皇跳船逃命。

「起火啦！」

江文清往後瞥一眼，原來已降下的後帆被敵人火箭命中起火，也弄不清楚是哪方射來的箭。

「轟！」

一塊巨石從前方投至，正中船首側舷處，登時木屑飛濺，整艘船往左傾側，好一會兒方回復平衡。

戰士忙於救火的當兒，由直破天指揮的雙頭艦已被敵方順流而來的三艘破浪船截住圍攻，多處起火。

江文清神色冷靜，一聲令下，她那艘雙頭艦拐一個彎，轉向直衝正面攻擊直破天的其中一艘破浪舟攔腰撞去。

西岸蹄聲驟響。

直破天的雙頭艦較接近西岸，正趁江文清來援的當兒，指揮己艦從缺口突圍。不知如何此陣蹄聲特別令他生出警覺。

別頭瞧去，從指揮台往西岸掃視，一隊十多人的騎士正沿岸飛馳，領頭者長得威武如天神，縱是首次相遇，直破天仍一眼認出對方是威震天下，被譽爲胡族第一高手的慕容垂。

不知爲何，雖然慕容垂離他仍超過三十丈的遠距離，又隔著河水，可是直破天卻感覺到慕容垂正鎖定自己爲目標，在馬上彎弓搭箭。

以他悍不畏死的獨家心法，亦生出危險的戰慄感覺，曉得在氣勢上遜對方一籌，忙躍離指揮台，落往下層的甲板，由左右兩舷的擋箭柵牆保護。

這種防火擋箭柵是以堅木製成，覆以生牛皮，塗上防火藥，更開有箭孔，供船上戰士向敵發箭，乃大型戰船上必然的裝置。

可是當直破天落在甲板上，柵牆隔斷了慕容垂的視線，他仍感到慕容垂的注意力緊鎖著他，陰魂不散似的。心叫不妙時，右方護柵異響傳來，令人無法相信的事在他眼前發生。勁箭破柵而來，望他頸項射至。疾如電閃，勢似驚雷。

直破天的感覺便如在千軍萬馬的戰場上與慕容垂單打獨鬥，誰都幫不上忙，他更不明白慕容垂的箭法，如何可以準確至如此神乎其技的地步。

當然更沒有餘暇去思索其他種種問題，狂喝一聲，手上獨腳銅人揮舞。

「叮！」

勁箭沒有如願地被擊飛，反是斷成數截，箭頭粉碎。

直破天全身劇震，半邊身子隨擋箭的手腕痠麻起來，差點拿不住銅人，始知此箭乃慕容垂全身功力所聚，他等若和慕容垂隔空隔牆地硬拚了一記。

心中叫糟，另一枝箭無聲無息地透牆續至，他明明掌握到敵箭的來勢，卻偏是力不從心地任箭矢透胸而入，帶起一蓬鮮血，再穿背而出。箭上的勁氣，震得他五臟俱碎，連死前的慘呼也沒法及時喊出，頹然倒地。

在另一艦上的江文清此時已與友艦會合，忽然驚覺直破天躍往甲板，曉得不妙，同時發覺慕容垂在西岸飛騎連續朝直破天落身處發出兩箭，駭然之際，不能逆改的慘事已發生了。

直破天艦上戰士齊聲驚呼，亂成一團。

江文清仍未曉得直破天是生是死，高呼道：「撒灰投彈！」戰鼓一變，由急轉緩。

一桶桶的石灰從船尾撒出，隨風飄散，送往下游和兩岸。僅餘的二十多個火油彈，則全部投擲到從前方順流攻至的敵艦。在任何敵人均以爲兩艘雙頭艦會繼續往上游闖的當兒，江文清卻下了撤退的決定。沒有直破天的支持，她再堅持北上只是自尋死路。從友艦打出的旗號，她得悉直破天當場慘死，她卻沒有時間悲痛。

今次的任務被慕容垂雙箭摧毀，再不能對敵人構成後顧之憂的威脅。換言之潁水上游已牢牢操控在敵人手上，而於途中攔腰偷襲的願望亦告落空，因爲敵人勢將提高警覺，偷襲再不成其偷襲。

雙頭艦忽然放緩速度，接著改進爲退，船尾變爲船頭，順流溜進石灰漫空、視野模糊的河段去。

威風。

慕容垂踞坐馬上，暗自調息。剛才兩箭耗用他大量真元，不過他仍感大有所值，因已盡挫敵人的

宗政良和鐵士心同時馳到他身旁，陪他目送兩艘雙頭艦從容退走。

慕容垂淡淡道：「不用追！」

鐵士心忙發下命令。

宗政良道：「若我沒有看錯，大王射殺的該是大江幫三大天王之首的直破天。」

慕容垂沉吟不語。

鐵士心和宗政良都不敢說話，深恐驚擾他的思路，僅看著兩艦消失在下游河灣處。

慕容垂搖頭失笑道：「我們差點輸掉這場仗！」

鐵士心點頭道：「由這裡到邊荒集，潁水有多條支道，若讓敵人艦隊藏身任何一條支道，待我們經過時突然攔腰襲擊，確實可讓我們傷亡慘重。」

慕容垂淡淡道：「以士心的精明，怎會讓敵人如此輕易偷襲得手呢？」

宗政良愕然道：「難道大王竟是指整場戰爭？」

慕容垂目光投往潁水盡處，道：「對！我指的是邊荒集的爭奪戰。你們幾曾見過殺傷力如此大的火油彈？邊荒乃天下人才薈萃之地，單是這樣的火油彈，足教我們吃盡苦頭。更令我生出警惕的是對方不拘成法、靈活多變的戰略。如讓這兩艘敵艦直闖入我們的大後方，我們將如芒刺在背，時刻受制，更會被截斷糧路，後果不堪想像。」

鐵士心和宗政良均沒他想得那麼周詳，聽得心中佩服。

慕容垂朝鐵士心瞧去，沉聲道：「我們改變作戰策略，士心你留守木寨，不但要加強這裡的防禦力，還要在對岸另建一座木寨，夾河呼應。」

鐵士心一呆道：「這個……」

慕容垂唇角飄出一絲笑意，好整以暇的道：「士心你不單是我們的後援中心，更是此戰成敗的控制者。我們去後，你把木筏拆散，以之在上游合適處築起攔河大木柵，逐步截斷水流。你是水利的大家，這方面不用我教你怎麼做吧？最要緊是不能讓荒人發覺潁水水流量忽然減少。」

鐵士心劇震道：「大哥竟是要以潁水淹灌邊荒集！」

慕容垂長笑道：「正是如此，當河水氾濫湧進邊荒集，將是邊荒集失守的一刻，即使神仙下凡也救不了可憐的荒人。與我慕容垂作對的人，絕不會有好的下場。」

第二十八章 戰場酒令

徐道覆頭皮發麻地瞧著第二盞紅燈緩緩升起，一時間竟忘記發出已暗下決定由前陣試攻的命令。左方兩里許處的大火愈燒愈烈，隨風勢大有向東南蔓延之勢，若沒有人救火，直可燒個數天數夜，至燒無可燒，又或天降甘霖。

張永在他左旁道：「我們辛苦砍下來的木料被燒著哩！」

右邊的周胄皺眉道：「怎麼可能呢？木料均塗上防燒藥，即使中了對方的十字火箭，仍不應這麼容易燒成眼前的樣子。」

十字火箭是一種特製的箭矢，於離箭鋒兩寸許處有小橫枝，原本用於水戰上，命中對方易燃的帆布時不會穿透而仍能附於其上，繼續焚燒。後來這種方法被推廣應用於陸戰，於「十字」處綁上浸濕火油的易燃物料，增加燃燒的火勢與時間。

徐道覆聽兩人口氣，曉得兩人對盧循的「辦事不力」暗表不滿，只不過不敢宣之於口，來個直接指責。

這批木料的確是他的心血。

從前晚開始，他著人伐木，又趕製防火藥塗於木料上。對戰前的準備工夫，徐道覆從不苟且，不過辛苦兩天的勞動成果竟付之一炬。

在天師軍裡，孫恩高高在上，受到從眾視爲天神般的敬畏崇拜，沒有人會質疑他最高領袖的地位。

而盧循和徐道覆兩人，則以前者較不得人心，一來因他殘忍不仁的作風，再則因他好大喜功，視手下爲利用的工具。

反之徐道覆深明爲帥之道，懂得收買人心，論功行賞，與手下將士共榮辱甘苦。

徐道覆搖頭道：「我們是低估了敵人，區區火箭絕不能造成如此大的破壞。該是火器一類的東西，不用命中目標，卻可使烈火廣被蔓延，波及整個運送木材的輪車隊。」

說罷目光再投往高懸的兩盞紅燈，心中充滿古怪的感覺。

對方何以像他肚內蛔蟲般了解他的性格呢？當他看到木材起火，心中立即被激起不肯屈居於敵人勝利下的鬥志，準備改變主意，派出前陣強攻南門，既爲試探敵人的虛實，更要爭回一口氣，振起己方受挫的士氣。

究竟是何人下令升起此盞紅燈？

邊荒集內何人如此明白自己？

徐道覆渾身一震，雙目射出痛心的神色。

張永和周胄發覺有異，愕然朝他瞧來。

徐道覆倏地回復冷靜，一字一字的沉聲道：「後撤半里！立即執行！」

張永和周胄聽得面面相覷，說不出話來。

小詩嚷道：「退兵啦！」

卓狂生訝道：「這小子很機伶，像知道我們將派出應變部隊，用火油彈燒得他出世升天似的。」

邊荒集南面的敵軍正有組織地徐徐後撤，兩翼騎軍不動，後陣掉頭走了千步，然後止步立陣，前陣這才起行。等到前後陣會合，才輪到機動性強的騎軍。如此過程不住重複，全軍迅速後移。

西南面的大火卻有蔓延的趨勢，喊殺聲明顯減少。從小谷方面打出的友軍燈號，已知屠奉三和慕容戰已挫折敵人，令敵人無法在集谷間建立據點，截斷聯繫。

紀千千美目淒迷地瞧著南面敵人不斷後移，輕柔的道：「他的確知道我會出集突擊，且從小谷方面的火勢判斷出我們有特製的火器，足可在他們護衛重重下仍狠狠打擊他們。」

卓狂生不解道：「聽小姐的話，徐道覆似已曉得在高台上指揮大局者是小姐你而非其他人。對嗎？」

紀千千淺嘆一口氣，幽幽的道：「我是故意讓他曉得與他對敵的人是我。若要勝他，我也要勝得光明正大，大家總算曾經相交一場。」

卓狂生苦笑道：「在兵家的角度來說，當然是兵不厭詐，敵人知得愈少愈好。不過小姐並非尋常兵家，邊荒集更非普通城池，例外反是常事。小姐能否啓我茅塞，爲何只升起一盞紅燈，徐道覆便能由此猜到是你在發號施令？小姐又如何曉得他就此猜到是你呢？」

紀千千一對明眸射出緬懷的神色，語氣卻沒有顯露任何情緒的波動，只像述說早被忘懷的陳年舊事般道：「在建康能夠作我行酒令鬥急才的對手沒有幾個，徐道覆是其中之一，雙方互有勝負。這遊戲最有趣的地方是不容相讓，否則將不成遊戲。爲了增加樂趣，我們鬥的不僅是詩文樂曲，更旁涉天下人事。攻守間自然會摸清楚對方的性格作風。我故意在他發動前先一步升起紅燈，是向他表明我猜中他心意。他忽然改進爲退，亦是表明他猜到是我，知道我必然另有圖謀。」

卓狂生嘆道：「這麼說，小姐是把與徐道覆的鬥酒令搬到戰場來，希望先醉倒的是他吧！」

此時龐義又回來了。

眾人大訝，難道只這麼兩刻的工夫，他竟完成了遷移檑木刺的大任？

龐義神色凝重地來到三人面前。

卓狂生以詢問的眼光盯著他，皺眉道：「發生甚麼事呢？不是兒郎們怕辛苦，連小姐親發的令箭也不遵行吧！」

龐義搖頭道：「誰敢違背小姐軍令？只是我瞧著潁水，愈瞧愈心寒，趕回來向小姐說出我恐懼的原因。」

紀千千嬌軀一顫道：「龐老闆是怕慕容垂重施古秦猛將王翦之子王賁決水灌大梁的故技，以潁水灌邊荒集吧？」

小詩劇震道：「我不懂水性呢！」

龐義愛憐地瞧著小詩，正要說話，卓狂生皺眉道：「這不是一、兩天內可辦得到的事。」

龐義道：「我們可以動用建築第一樓的現成木材，他們也可把一半筏子拆散來應急。以慕容垂征戰經驗的豐富，肯定不會拱手讓出潁水上游的控制權。一旦久攻不下，當然不會和我們客氣。那時甚麼檑木陣、地壘弩箭、火油彈都要泡湯。洪水來後，我們將不堪一擊。」

卓狂生容色轉白，駭然道：「有道理！爲何先前我們從沒有人想及此點？」

龐義道：「這叫當局者迷。我剛從集外折返，所以只算小半個局內人。現在邊荒集內人人想到的都是今晚如何應付敵人的夾擊，哪還有閒情去想這之外的事。」

續道：「剛才我立在潁水岸旁，想像著檑木刺順流衝擊敵船的痛快，忽然想到若來一場暴雨，河水氾濫，檑木刺豈不是會被水漂走？就在這時，我想到水灌邊荒集的狠招，愈想愈覺不妙，忍不住立即趕回來和你們商量。」

卓狂生道：「若他們有此異舉，必瞞不過宋孟齊和拓跋儀水陸兩方的人馬。」

旋又自我解釋道：「當然，若慕容垂把他們逐離該區，便大有可能行此絕計。我們很快可以弄清楚。」

紀千千咬著下唇，沉吟片晌，點頭道：「龐老闆的顧慮大有道理，即使慕容垂現在沒有如此想法，久攻不下時亦會生出此意。我們唯一應付之法，是立即作好準備。龐老闆有甚麼好的提議？」

龐義見自己的想法獲得認可，興奮起來。道：「邊荒集的樓房是不怕水浸火燒的。當然矮的房舍仍會被洪水淹沒。幸好夜窩子的樓房兩層、三層比比皆是，我們首先把物資移往樓房上層，同時設立洪水警報系統，一發現不妥，立即全體撤往高處避災。」

卓狂生皺眉道：「如此做法確實可以減輕我們的損失，可是集內的牲口又如何？所有障礙均會被沖走。若敵人趁勢撐筏來攻，一下子便可深入我們腹地，讓我們輸掉此仗。」

龐義胸有成竹的道：「我剛才說的只是第一重工夫，第二重工夫是於東北牆內以鎮地公加沙石包設立堅固的防水線。洪水並不能持久，我們捱過第一輪沖擊便大功告成。」

卓狂生道：「爲何不把防水線推展至東牆外的岸旁呢？」

龐義道：「一來因難度大增，愈接近水道水力愈猛，防水線的堅固度須大幅增加。敵人若要以水灌邊荒集，必須在上游設重重水柵，發動時同時啓放，方有足夠水勢一舉摧毀我們所有防禦工事。邊荒集雖置身潁水西岸平原，但地勢仍有高低之分，愈近西面地勢愈高，所以洪水沖來，轉眼便退。我有信心若依我的方法，可以抵擋敵人的水攻。」

小詩輕輕問道：「檑木刺陣豈非沒有用武之地嗎？」

龐義在小詩面前表現出英雄氣概，昂然道：「我龐義辛辛苦苦砍下來的東西，怎肯輕易的浪費掉。我會把部分檑木刺改置於防水線處，敵人不來則已，來則肯定要吃大虧。只要在防水線後豎起高塔，布以弩箭機，敵人將吃不完兜著走。」

卓狂生呼一口氣道：「這可不是一夜間可完成的龐大工程呢！」

龐義道：「截斷水流亦非一晚可以辦到的大工程，便讓我們和敵人來個人力物力的大比拚。哼！荒人是永不言屈服投降的。」

紀千千欣然道：「如此有勞龐老闆了！」

龐義一呆道：「我須動用所有可抽調的人手才行，一枝令箭可以辦到嗎？」

卓狂生笑道：「讓我陪你去壯膽子如何？可順道知會我們的各方大將，使他們得以安心。」

紀千千急道：「那剩下人家一個，怎應付得來呢？」

卓狂生長笑道：「小姐請放心，怎會有你應付不來的事呢？」

言罷偕龐義下樓去了。

拓跋儀瞧著宋孟齊兩艘受創的雙頭船順流逃脫，仍未曉得直破天已被慕容垂所殺，縱使無功而回，心中仍在佩服宋孟齊的勇氣和水戰之術的超卓。

他生性高傲，極少看得起人，尤其不把漢人放在眼裡。不過宋孟齊以兩船正面挑戰對方全師的壯舉，他暗忖換作自己亦未必有此膽量，故不由對宋孟齊另眼相看。

丁宣來到他身旁，低聲道：「起火後火頭會向東南蔓延。邊荒集外半里之地的樹木雖已被砍光，但濃煙隨風南被，對邊荒集多少會有點影響。」

拓跋儀一言不發的注視慕容垂和黃河幫聯軍的動靜，著火焚燒的破浪舟沉的沉，解體的解體，煙霧漸趨稀薄。

丁宣循他目光瞧去，一震道：「慕容垂在玩甚麼把戲？」

十多組各約百人的騎兵隊，緩緩從敵陣馳出，來到最前方，似在等待指令。

對岸的騎兵隊開始分散推進，步兵仍在靜候。

最奇怪的是黃河幫的戰士反往後移，從最前方變成轉到大後方。

敵人兵員的調動，隱隱透出神秘的感覺，耐人尋味。

拓跋儀神色凝重地道：「剛才慕容垂沒派人追擊宋孟齊，我已生出不祥的預感。」

丁宣道：「或許是慕容垂看破水道有伏兵，又或被火油彈燒怕了。待重整陣勢後，再從水道南下。」

拓跋儀搖頭道：「該不是這麼簡單，照我看慕容垂是要改變策略，暫緩攻打邊荒集，待取得穎水上游的絕對控制權後，才會全面發動攻勢。」

丁宣道：「他不是和孫恩約好在子時進攻邊荒集嗎？」

拓跋儀道：「戰爭最重要是取得最後勝利，因勢變化是常規而非例外。唉！我們偷襲敵後的妙計怕再行不通了，放火燒林反會幫對方一個大忙，立即撤去所有布置。」

丁宣領命去了。

拓跋儀暗嘆一口氣。慕容垂不愧是北方的奇才，其應變的靈活，天下間怕只有拓跋珪一人可堪比擬。可是如論實力，兩人便相差遠了。若讓慕容垂取得邊荒集的控制權，利用邊荒集財力物力以狂風掃落葉的勢道攻陷洛陽和長安，北方將再無可與之對抗的力量。那時他們拓跋族唯一保命之道，是逃進大草原去，再沒有另一個辦法。

他拓跋儀現在該怎麼辦才好呢？

慕容垂爲何要黃河幫的人留守木寨？難道竟看穿自己偷襲的意圖？

號角聲起。

敵人在前方集合的騎隊，沿潁水漫山遍野的朝他們藏身處推進，後面還跟著一隊千人步軍，擺明要廓清途上任何伏兵。

當慕容垂完成布置，邊荒集潁水上游所有主水道和支水道均有敵方戰士駐紮把守，沿岸一帶亦會在敵人監視之下。那時慕容垂可以從容對邊荒集用兵，而邊荒集將陷於死守和捱打的局面。

敵人的火把光把前方數里之地照得亮如白晝，縱使他和宋孟齊有偷襲的勇氣，但其氣勢則只會如以卵擊石，自取滅亡。

原先他以爲慕容垂會全速行軍，他便有可乘之機。現在好夢成空，以他的才智，一時間亦方寸大亂，進退兩難。

敵人的推進緩慢而穩定，每到河岸高處，就有人留下把守。如此戰術，明顯是要建立防禦線，肅清前路。

丁宣又回到他身邊，駭然道：「我們該怎麼辦？」

拓跋儀想起燕飛，想起邊荒集，勉力壓下獨善其身的自私想法，沉聲道：「若你是我會怎麼辦？」

丁宣苦笑道：「我或許會有多遠逃多遠。事實證明了天下沒有一座城池是慕容垂攻不下的，何況沒有城牆的邊荒集？」

拓跋儀道：「那我豈非要變成不義的懦夫？」

丁宣道：「我們可派人回去通知燕飛和夏侯將軍這裡的情況，讓他們早作準備。我們則繞往敵人陣後，伺機偷襲，或許尚有成功機會，總好過撤回邊荒集等死。」

拓跋儀搖頭道：「繞往敵後絕不可行，敵人會封鎖方圓數里之地，生人難近。若要在旁伺機而動，只有撤往西邊高地，居高臨下監察情況。」

丁宣點頭道：「亦是可行之計。」

拓跋儀苦笑道：「這想法非常誘人，可是我卻沒法作出這樣明智的選擇。邊荒集是不容有失，何況我最好的兄弟正在邊荒集內。」

丁宣垂首道：「一切聽儀帥的吩咐。」

拓跋儀雙目神光電射，一字一句地緩緩道：「我已決定與邊荒集共存亡，我拓跋儀寧可戰死沙場，也不願做苟且偷生的逃兵。」

丁宣現出尊敬的神色道：「丁宣誓死向儀帥效命。」

拓跋儀目光投往已逼近至半里的數十條火龍，微笑道：「我們與慕容垂的戰鬥，將於今晚在邊荒開始。這是我們兩族沒法改變的宿命！誰勝誰負，由老天爺來決定。」

拍拍丁宣，匆匆離去。

第二十九章　吐露心聲

燕飛立在樹巔處，觀察形勢。

最醒目的是小谷東南一里多處的燎原之火，隨風勢化爲兩條火龍，一朝潁水方向蔓延，一朝鎮荒崗的方向燒過來。

他深切地感受到邊荒集團結起來的驚人力量。

火油是邊荒集著名特產之一，單是火油商便有十多家，儲存大量的火油。若非如此，縱使有紀千千的靈心巧智，仍無法將她的異想天開變爲現實。

林火明顯對敵人不利。

他們可避過火頭，卻無法避過林火所產生的大量濃煙，唯有移往上風處，其工事兵更沒法進行伐木立寨的任務。

邊荒集一盞紅燈高懸，先前升起的第二盞紅燈已經除下，顯示敵人暫且撤退。

與天師軍的鬥爭，已轉移到小谷和邊荒集間據點的爭奪戰，現在他們佔了少許上風，可是往後的發展卻殊不樂觀。當敵人捲土重來，在對方優勢的兵力下，且是有備而來，當然不容易應付。

燕飛的目光移往鎮荒崗，煙屑遮天蔽月，黑壓壓一片，遠方天師兩軍的火把光尤其對比出這邊的暗無天日。

忽然間，他清楚強烈地感應到孫恩的存在，更曉得對方亦感應到他。

燕飛拍拍背上的蝶戀花，騰身而起，投往兩丈外另一棵大樹的橫幹，足尖一點，往鎭荒崗全速掠去。

孫恩正在等候他。

與天師軍之戰的成敗，再不是決定於邊荒集的攻防戰，又或在谷集間據點陣地之爭，而是決定於鎭荒崗，他和孫恩誰生誰死的一戰之上。

在這一刻，他把生死榮辱全置於腦海之外，金丹大法全力展開，心中只有一個清晰的目標，其他一切再無關痛癢。

江文清強忍悲痛，把白布拉上，蓋好直破天的遺體。

陰奇在她身後輕輕道：「宋兄節哀順變，直老師的血債，我們必會爲他討回來。」

在戰爭中，生命不再屬於個人。每個人只是一顆棋子，即使貴爲統帥大將，也只是一顆棋子，隨時會被對方吃掉。

想起直破天生前種種往事，江文清的心在滴血。以前她老覺得直破天崇尚以武力解決一切的行事作風不太合她的性情。可是當永遠失去他時，方曉得他強硬的作風，有如一帖又一帖的振奮劑，對自己有積極鼓舞的奇效。

他走了。

奪去他性命的是有胡族第一高手稱譽的慕容垂，使她連復仇的心念都難以興起。而陰奇也知自己說的純是安慰的空口白話。

陰奇續道：「對方的兵員正沿潁水推進，看情況是要收潁水於控制之下，並沿水道設立軍事據點。我們該怎麼辦呢？」

江文清感覺著雙頭船隨江浪飄蕩的情況，腦袋卻是空白一片。問道：「陰兄有甚麼好主意？」

陰奇嘆道：「縱然慕容垂和孫恩實力相若，因前者佔有上游之利，故遠較後者難應付。現在看慕容垂所採策略，擺明不會冒進，我們實力薄弱的戰船隊，再難發揮作用。」

江文清勉力振起精神，沉聲道：「慕容垂改變戰略或另有詭謀也好，至少我們已延誤了他行軍的速度。希望千千能把握機會，先擊垮孫恩的天師軍，這樣我們該仍有一線勝望。」

陰奇一呆道：「聽宋兄語氣，我們似乎是全無抗衡慕容垂的力量。坦白說，我不大同意此點，因爲邊荒集已建立起強大的防禦工事，足可抵抗數倍於我們兵力的衝擊。」

江文清淡淡道：「陰兄剛指出對方佔有上游之利，若久攻不下時，慕容垂會怎樣利用上游的優勢呢？」

陰奇劇震色變道：「宋兄是指他會以水灌邊荒集？」

江文清苦笑道：「火攻水淹，一向是兵家慣技。慕容垂乃天下著名的兵法家，怎會不知此法。我堅持冒險闖關，穿往敵後，正是要令慕容垂前後受脅，沒法施展此一厲害戰術。現在卻是徹底失敗，再難有回天之法。」

陰奇開始佩服江文清的才智，點頭道：「我倒沒有想及此點，如此我們是否該立即趕回邊荒集，好發出警告，看該不該立即撤往小谷？」

江文清道：「若我們全體回師，將把潁水上游的控制權拱手讓出。」

陰奇皺眉道：「然而我們還可以幹甚麼呢？」

江文清雙目精芒閃閃，道：「我只可以說出隨機應變四個字。派人回去報告情況是當然之事，不過陰兄願不願留下，任由陰兄選擇。」

陰奇沉吟片晌，嘆道：「我雖不是貪生怕死的人，但卻從來不會因任何理由去做沒有把握的事。可是不知如何，到了邊荒集後，我卻發覺自己變了。嘿！我的老大也變了，這是否邊荒集的魔力呢？」

江文清道：「如此陰兄是決意隨我共進退了？」

陰奇長笑道：「這叫捨命陪君子。即使最無情的人，有時也會做點有情的傻事，對嗎？」

慕容戰策馬馳上高丘，來到屠奉三馬旁，後者正凝望邊荒集，若有所思。

屠奉三聞蹄聲朝他瞧來，笑道：「天師軍似乎不如我們想像般的難纏，我差點可以把盧循和他的人斷成兩截，如非盧循親自迎戰，我們可能已擊潰盧循的人。」

慕容戰傲然道：「說到馬上騎射功夫，天師軍再操練十年也沒法追及我們，我最擅長的是在草原林木區的戰術，配合千千小姐發明的火器，盧循可全身而退實屬僥倖。」

屠奉三啞然笑道：「你的眞性情流露出來啦！這才是我未到邊荒集前認識的慕容戰，悍勇無敵，視生死若等閒。我更曾想過與你合作，選你的原因不單因你是拓跋族的死敵，更因你是邊荒集最有資格作我屠奉三夥伴的人。豈知燕飛忽然歸來，隨他來的尚有紀千千，立即把我擬定好的計畫完全打亂。現在更發展成這樣子，使我眞正體會到甚麼叫『始料未及』。」

慕容戰微笑道：「我就是這麼的一個人，連燕飛我都要試他兩刀方始心息。你老哥似乎是滿懷感觸，是否因以前從來算無遺策，今趟發覺並非次次都能料事如神，所以生出對命運的疑懼？」

屠奉三沉吟思索，好半晌方答他道：「我沒有恐懼，反大感興趣。或許因爲我從未遇過強如燕飛、孫恩、慕容垂等對手，現在卻是好戲當前，實乃人生快事。坦白告訴我，你有把握贏燕飛嗎？」

慕容戰苦笑道：「若我認爲自己能勝過燕飛，我會代替他去找孫恩晦氣。那次燕飛根本沒有全力出手，卻令我失去一向以來必勝的信心。所以我只可以深不可測來形容燕飛的劍術。」

屠奉三點頭道：「燕飛確非等閒的高手，他無時無刻不處於最警覺的狀態，同時又是最閒逸的狀態。那種絕對放鬆和絕對醒覺的完美結合，令他渾成一體，無懈可擊，乏隙可尋。是一種我從未在任何人身上見過的境界和武功層次。」

慕容戰動容道：「我便沒能像你般可以將燕飛看得如此通透，由此可測知屠兄的深淺。唉！我現在開始爲燕飛擔心，因爲以你的厲害，在『外九品高手』中只能屈居第三，那孫恩豈非高明至難以想像的地步？」

屠奉三道：「一日未動手見高低，甚麼排名先後只是多事之徒的把戲。不過若我說從不把排名放在心上，亦是騙你。至少我會感到如能擊殺孫恩，攀上榜首，肯定是一種成就和榮譽。至於是福是禍，則是難以預料。孫恩的位子可不是易坐的。」

慕容戰道：「假若燕飛擊敗孫恩，我們等若擊垮了天師軍，當然足以額手稱慶，那時主動權將在我們手上。可是若燕飛不幸落敗，對我們會造成怎樣的打擊呢？此事即將揭曉，卻似沒有人想過這問題，好像燕飛必勝無疑的樣子。」

屠奉三嘆道：「不是沒有人想過這個問題，而是人人都在心內思量，卻不敢說出來。難道要我們的卓名士去向千千小姐求教，問她若燕飛落敗身亡，我們有何應變手段嗎？你忍心對紀千千這麼殘忍嗎？」

慕容戰臉色微變道：「原來你並不看好燕飛，嘿！」

屠奉三往他瞧來，壓低聲音道：「你有想說卻又沒有說出來的話。你是否想問我屠奉三爲何不提出反對？說到底若燕飛留在邊荒集內，孫恩當沒法奈何他，對嗎？告訴我，既然你也不看好燕飛，爲何亦沒有反對？」

慕容戰苦笑道：「我對孫恩的了解肯定不如你清楚，且我性愛冒險，千千此著行險一博，正對我的脾胃。直到此刻，我對燕飛的信心才有點動搖。」

屠奉三沉聲道：「我很少會對別人說出心內眞正的想法，今次爲釋你之疑，好攜手並肩作生死之戰，只好破例一次。」

慕容戰奇道：「你不反對燕飛去冒生命之險，竟是有理由的嗎？這個我眞的百思不得其解。」

屠奉三苦笑道：「不但有理由，這個理由還是相當迂迴曲折，而或許我是所有人中唯一明白千千小姐爲何作出此決定的人。」

慕容戰動容道：「只聽屠兄這幾句話，便曉得屠兄不是隨便找些廢話來搪塞，願聞其詳。」

屠奉三目光掃視盧循大軍布陣的所在處，這支由五千天師步軍組成的部隊，已重整陣腳。兩條火龍，往鎭荒崗蔓延的火頭愈燒愈烈，有不住擴大之勢。另一條火勢卻減弱，或許是遇上河流，又或被敵人成功制住火勢。

吁出一口氣道：「我和南郡公一直承受著無形而有質的沉重壓力，壓力的來源說出來你老哥或會嗤之以鼻，不過對我和南郡公來說卻是有若芒刺在背。」

慕容戰皺眉道：「甚麼壓力如此厲害，竟可令屠兄和貴上爲此憂心？」

屠奉三又再苦笑道：「就是謝安天下聞名的觀人之術。」

慕容戰愕然道：「謝安選賢任能的本領確有一手，聽說苻堅在淝水之戰前也豪言在平定南方後，任謝安爲吏部尚書。不過這和燕飛的出戰孫恩有何關係呢？」

屠奉三道：「你們不是南朝人，對謝安的觀人之術只是道聽塗說，很難明白其中竅妙。我們荊州桓家卻是深受困擾。謝安的觀人之術，豈止是選取賢才那麼簡單，苻堅是知其一而不知其二。謝安的觀人之術，乃中土源遠流長相人生死禍福之法，貫通天人幽微，玄妙異常。像謝玄便是由他自小栽培提拔，至有今天的淝水之勝。他幾乎從未看錯過人，只有王國寶是唯一例外；原因或是他沒法作出別的選擇，爲了維繫與王家的關係，雖明知對方是卑鄙小人，也只好犧牲女兒。不過別忘記他一直力阻王國寶攀上重要的位置，現在更把女兒帶往廣陵。」

慕容戰道：「我一向不信相人禍福壽夭之說，不過謝安用人的確有一手。這與你們有何關係呢？」

屠奉三嘆道：「謝安既是風鑒相人的高手，當然曉得誰成誰敗，可是他卻沒有對南郡公另眼相看，還處處掣肘，自然地會使南郡公想到謝安看他不上眼，如此牽涉到難測的命運，你說這不是壓力是甚麼？明白嗎？」

慕容戰恍然道：「明白了！不過我仍不相信謝安可以一眼看透別人的命運。」

屠奉三微笑道：「信或不信均不重要，因爲謝安會否看錯人，即將揭曉。」

慕容戰一震道：「燕飛？」

屠奉三頷首道：「淝水的大勝，可說是出乎所有人的意料之外。使我想到當年謝安肯東山復出，全因有謝玄這著厲害棋子，使他曉得事有可爲。謝安像預知將來的發展般，一早便預作部署，全力支持謝玄成立北府兵，在軍權上對司馬道子不讓半步。到大秦軍南來，名義上雖以謝石作統帥，實質由謝玄全權指揮，毫不含糊。最奇怪的是他仍不容南郡公插手，照道理有南郡公助陣對謝玄該是有利無害，謝安偏一口拒絕。由此可見謝安不同一般相家俗流，確有超乎常人的見地。」

慕容戰朝他打量，沉聲道：「屠兄說過肯與我們並肩作戰，內中別有原因，當時卻不願解說，現在是否已把原因說出來哩！」

屠奉三道：「這的確是其中一個主因。我這個人雖然一向不信邪，卻不會與存在的事實作對。謝安確有一手，你看他一進一退多麼漂亮，亦可看出他曉得司馬王朝再沒有希望。他現在挑選燕飛到邊荒集來，不論時間和形勢上的配合均是巧妙絕倫，創造出邊荒集空前團結同心抗敵的奇蹟。你敢說他看錯人嗎？」

慕容戰道：「我明白了！千千是謝安的乾女兒，當然比任何人更清楚乾爹看人的本領，因而信心十足，指定要燕飛負起最重要也是最危險的任務。唉！現在我也希望他老人家今次沒有看錯人，否則大家都要吃不完兜著走。」

屠奉三道：「所以你現在該明白雖然我仍不認爲燕飛可以勝過孫恩，卻不反對燕飛出擊，因爲若燕飛命不該絕，這確實是最好的戰略。」

慕容戰道：「屠兄的思考深入而複雜，若不是由你親口解說，恐怕我永遠不會明白。事實上我以爲你會忽然改變主意，很大原因是爲了千千。」

屠奉三老臉一紅，再苦笑道：「實不相瞞，這也是原因之一。」

兩人你看我我看你，忽然齊聲大笑。

慕容戰喘著氣道：「這叫苦中作樂嗎？我忽然感到非常暢快。」

屠奉三道：「眼前情況確實精采，我從未陷身眼前這般情況過，予我新鮮刺激的奇妙感覺。」

「咚！咚！咚！」

盧循的部隊敲響戰鼓，開始推進。

兩人收拾心情，目注敵陣。

慕容戰訝道：「似乎是向小谷推進。」

屠奉三從容道：「盧循始終不及徐道覆，我猜他眞是動了氣哩！」

慕容戰精神大振道：「希望他眞的是冒進來攻，那會是我們的機會。」

屠奉三道：「一切依定計進行如何？我的好戰友！」

慕容戰笑道：「還有別的更好方法嗎？我去哩！」

言罷拍馬去了。

屠奉三仰望層雲厚壓的夜空，心忖自己如此向人透露心聲，實是前所未有的事。究竟是因爲自己看重慕容戰對他的評價觀感，所以解釋一番；還是因邊荒奇異的感染力，他自己也說不清楚。

不過令他改變的眞正原因，他並沒有全盤吐露。

說不出來的是重壓於心頭的懷疑。

桓沖之死實在來得太突然和令人難以接受。

第三十章　陰差陽錯

小詩低聲道：「小姐是否又在擔心燕公子呢？」

紀千千目光投往鎮荒崗，淺嘆一口氣，欲語還休。旋又對小詩道：「坦白告訴我，是否到此刻你仍不理解我的決定呢？」

小詩垂首道：「詩詩怎敢哩！」

紀千千柔聲道：「我從沒有把你看作是下人，有甚麼不敢的。乾爹曾說過，成功的統帥，必須同時是一個有情和無情的人。平時必須對手下將士有情，使兵將甘於效命。可是在戰場上，則必須絕對無情，一切以最後勝利爲目標。每個人只是一只棋子，每只棋子都有其作用和特性，依此針對敵人的形勢作出最佳的布局，不可以感情用事。所以戰爭的本質正是殘酷和無情，不單指對敵人，亦包括己方的將士。」

小詩花容轉白，低聲道：「小姐你做得到嗎？」

紀千千淒然道：「我做得到嗎？剛才卓館主便怪我沒有貫徹兵不厭詐的金科玉律。」

小詩道：「小姐爲何又肯讓燕公子去冒此大險呢？」

紀千千輕輕答道：「若每個人都是一只棋子，燕飛正是我手上最厲害的一只棋子，否則此戰必敗無疑，天下間沒有一支部隊，能同時應付慕容垂和孫恩的夾擊，即使玄帥也不行。」

小詩以蚊蚋般的聲音問道：「小姐可以把燕公子當作一只棋子嗎？」

紀千千伸手撫著她肩頭，秀眸一眨一眨地看著她道：「當然辦不到。所以我起了一課乾爹親傳的大六壬。掌中起課，課名迴環，三傳辰子申，是一倒轉的水局，主變化波盪，可以覆淹萬物。」

小詩色變道：「那怎麼辦好呢？豈非敵人可借潁水淹沒我們？」

紀千千柔聲道：「不是這般看的！我是以自身起課，水代表著我，此卦吉兆在第三傳，申為水的生地，迴環正是死而復生之意。所以不論發生任何事，不論聽到甚麼消息，只要未經證實，絕不可輕易相信。我和你都要堅強地活下去，撐到最後生機迴環重現一刻，苦盡甘來。你要答應我哩！」

小詩再弄不清楚紀千千與她說的究竟是事實，還是鼓勵她堅強活下去的誆語，熱淚泉湧，含淚點頭。

劉裕從沉沉的打坐裡醒轉過來，一時間生出不知身在何處的古怪感覺。

好半晌才發覺正坐在疾行的馬車廂內，接著想起王淡眞。

心中一痛。

自己是否做了最蠢的事？天下間還有甚麼比她更重要？

他可能是整個南方唯一曉得南朝已完蛋了的人。沒有了邊荒集，沒有了謝安、謝玄，而孫恩則因得到邊荒集而立即坐大，弄得南方四分五裂。最後的得益者絕不會是任何一個南人，而是與孫恩瓜分邊荒集的慕容垂，他將會以旋風掃落葉的方式，先統一北方，再透過邊荒集侵略南方。

此時南方因陷入內鬥不休的泥淖中，根本無力抗拒慕容垂，遂被他逐一擊破。中土終逃不了落入胡人之手的宿命。

這一切將會在未來數年內發生。而自己則沒有花十年八載時間，休想有機會攀上北府兵統帥的寶座。既然如此，除了等死外又可以幹些甚麼呢？

現在最明智之舉，就是立即當逃兵，帶著心愛的人兒逃到天之涯海之角，忘記以前所有的事，不聽任何人間的消息，過著簡單而快樂的生活，直至天之終、地之極。

與眼前的情況相比，那眞像一個永遠不可能擁有的美夢，可事實上這肯定是個錯覺，只要他願意，夢想立即可以成眞。

自己現在應不應立即去找王淡眞說心事呢？若到廣陵後他將永遠失去這唯一的機會。

幸福就在眼前，只待你去摘取。

劉裕心中像燃著了一堆柴火，正要付諸行動，馬車忽然明顯放緩。

劉裕暗吃一驚，難道又遇上棘手的事？

慕容垂在將士親隨簇擁中，沿穎水策馬飛馳，登上西岸一處高地，前方高空處隱見一點紅光。

慕容垂勒馬停下。

宗政良趕到他身旁，道：「那就是邊荒集。嘿！眞奇怪。竟不見任何燈火，卻懸起紅色燈籠。」

高弼來到慕容垂另一邊，極目注視，道：「還有另外數盞燈，都不及那紅燈大而亮。」

慕容垂從容道：「此燈離地近二十丈，位於邊荒集核心處，若我沒有猜錯，古鐘樓已變成邊荒集的指揮台。此著非常高明，邊荒集再非無險可守。」

高弼道：「我們何不陳兵邊荒集北面所有高地，設立照明火把，既可建立據點，又可以對荒人造成強大威脅，同時向南方友軍交代。」

慕容垂欣然道：「好主意，此事由高卿全權負責。」

高弼領命去了。

此時鐵士心派人來報，潁水主水道已在絕對的控制下，兩條小支流則由破浪船布陣封鎖。而鐵士心開始在邊荒集上游三里許處堵截儲集河水。

宗政良興奮的道：「邊人肯定想不到我們有此一著。」

慕容垂唇角飄出一絲笑意，搖頭道：「勿要低估敵人，剛才那兩艘雙頭船力圖闖往上游，正是因爲清楚被我們佔據上游的威脅力。大江幫一向在江流打滾，熟悉各式水戰，當然想到以水灌邊荒的戰術。往邊荒集偵察的兩艘破浪船回程時沒有遇上敵人，顯示敵人仍藏在支流的隱秘處，伺機出擊，也反應出他們看破我們的計畫。」

宗政良道：「看破又如何？水火之力均非人力所能抗拒，荒人只有眼睜睜瞧著洪水淹至的分兒。」

慕容垂道：「邊荒集地勢由西而東往潁水傾斜，如荒人於夜窩子西面設置防水線，可令河水難以波及防線內的地方。」

宗政良愕然道：「那我們豈非徒耗人力？」

慕容垂胸有成竹的微笑道：「我們耗費了甚麼人力呢？攻打邊荒集，以我們的兵力已是足夠有餘，若讓士心和其手下參戰，配合上會有很多問題。與其讓他們閒著，不如讓他們負起堵水之責。任何城池的攻防戰均是消耗戰，看看誰先筋疲力盡。只要洪水能爲我清洗邊荒集西岸所有防禦，我們到達東岸的一萬步兵可以迅速渡河，配合騎兵從西北多處衝擊，邊荒集如何抵擋？此戰我們是勝券在握，問題在我們怎樣把傷亡減至最低，又不讓敵人半個漏網而已！」

宗政良恭敬道：「政良受教。」

慕容垂道：「你人雖聰明絕頂，卻因奉我之命多年來獨來獨往，對領兵打仗缺乏經驗。我今次特別召你來此，正是要給你歷練的機會。且你身爲漢人，又熟悉南北風土人情，征服邊荒集後，便交由你全權處理，我會在各方面予你支援。」

宗政良大喜謝恩。

慕容垂續道：「你現在持我信物，到邊荒集南面找孫恩，告訴他我們進攻的計畫，不用隱瞞任何事。只要能重重包圍封鎖邊荒集，當我軍成功渡河之時，將是全面進攻的時刻。我要從四面八方攻入邊荒集去，一旦能佔據鐘樓，邊荒集便會土崩瓦解，沒有人可以改變荒人的命運。」

宗政良跪地領過信物，策騎去了。

馬車緩緩停下。

劉裕探頭出去，隱見前路火光耀目，車隊與一支巡軍相遇。

兩騎朝他的方向緩步而至，後面跟著十多名北府騎軍，由王上顏伴著的人叫彭中，是北府兵的校尉，與劉裕稔熟，還曾一起逛過青樓。

劉裕心忖怎會這麼巧，兩人來到車窗旁，彭中笑道：「果然是裕少，誰有本事弄傷你老哥呢？」

劉裕心中苦笑，懶洋洋的道：「孫恩夠這本事嗎？」

彭中失聲叫道：「孫恩？」

登時惹得附近的王府家將們，人人朝他們瞧來。

王上顏識相的道：「我到後方去看看。」

剩下彭中在車窗旁，劉裕問道：「廣陵情況如何？」

彭中嘆道：「我們和朝廷的關係愈趨惡劣，司馬道子竟想調走我們一支水師去守建康，被玄帥斷然拒絕。現在眾兄弟人人心裡作好準備，只要玄帥一聲令下，沒有人不肯賣命的。」

劉裕問道：「離廣陵還有多遠？」

心中想的卻是如何可神不知鬼不覺的和王淡眞在途中開溜。北府巡兵的出現雖增加了難度，幸好沒人會有防範之心，只要王淡眞乖乖合作，他仍有把握辦到。

彭中答道：「快馬跑兩個時辰便成。唉！」

劉裕心不在焉的問道：「爲何唉聲嘆氣？是否剛輸掉餉銀？沒錢逛窰子？」

彭中道：「去你的娘！是安公病倒哩！」

最後一句話像一盆冰寒的水照頭澆下，劉裕全身打個寒顫，失聲道：「安公病倒了？」

彭中點頭道：「安公前天在後園栽花，忽然暈厥，到我離城時仍未醒過來。大家都不看好安公的情況。」

劉裕羞慚交集，彷如從美夢中甦醒過來，面對殘酷的現實。

自己還算是男子漢大丈夫嗎？謝安怎樣待自己？謝玄如何一力栽培他？而他劉裕卻在謝安、謝玄最需要人手的時間，因畏死畏難想做開小差的開溜，攜美私逃。

他不但會令謝玄傷心失望，更使謝玄沒法向王恭交代。王淡眞乃建康世家大族的著名美女，此事必定引起高門的公憤，指責謝玄管教無方，尤其劉裕還是謝家另眼相看的人。其後果的嚴重，誰也難作估計。

這種行爲，是對謝家落井下石。

還有對孫恩和聶天還的仇恨呢？

他可以逃避人世，但可以逃避來自內心深處的譴責嗎？

彭中訝道：「你的臉色爲何變得這般難看，安公或許可以吉人天相，忽然又好轉過來呢！」

劉裕正經歷最強烈的內心掙扎，喘息著道：「你們留下來。」

彭中摸不著頭腦道：「留下來？」

劉裕知自己語無倫次，搖搖頭似要把紛亂的思緒搖走，沉聲道：「我是說你們負責護送王小姐到廣陵去，我則騎馬趕返廣陵，到廣陵後再找眾兄弟好好喝酒。」

彭中點頭道：「好！我讓一匹好馬出來給你。」

接著湊近點壓低聲音道：「廣陵可不同建康，你回去後得盡量謙虛低調。聽說上頭很多人不滿玄帥對你大力提攜，認爲你在資歷和功勞上仍不夠看。」

劉裕暗嘆一口氣，道：「上頭很多人是指哪些人呢？」

彭中進一步降低音量，耳語道：「最不服的當然是以何謙爲首的派系將領。不過據聞劉爺亦在妒忌你，只有孫領認爲玄帥沒有看錯人。」

劉爺便是北府兵參軍劉牢之，是劉裕的頂頭上司，軍中慣以劉爺來稱呼他。至於孫領就是劉牢之麾下大將孫無終，劉裕是由他一手提拔，可算是劉裕半個恩師。

劉裕早猜到會有此情況，更令他感到若要在北府兵混下去，不得不借助曼妙對司馬曜的影響力。順口問道：「你和其他兄弟又怎麼看我劉裕？」

彭中肅容道：「在軍中誰不服你老哥。你更是淝水之戰的大功臣。不過上頭的人怕你攀過他們的頭，所以故意貶低你的功勞。若我不是站在你這一邊，根本不會提醒你。」

又再放輕聲音道：「玄帥看人或許仍會有偏差，可是安公看人怎會看錯？現在人人都在心底支持你，只要你再幹幾手漂漂亮亮的事出來，誰還敢說餿話。」

劉裕心中升起希望，謝安的影響力可不是說笑的，自己或許仍有一線機會。

想到這裡立即坐言起行，從車廂鑽出來。

彭中吩咐手下讓出戰馬，關心的道：「你的傷勢如何？聽王管家說，他們是從路旁把你抬上馬車的。」

劉裕飛身上馬，笑道：「你看我像受過傷的人嗎？」

彭中笑道：「只要我把你從孫恩手底下逃生的消息傳開去，保證可轟動廣陵。你該怎麼謝我？」

劉裕心情稍有好轉，哂道：「酒可以請你喝，嫖則必須自費，這是規矩。」

眾北府兵齊聲哄笑。

劉裕心忖自己乃最明白他們好惡的人，不像久居高位，與他們疏離脫節的劉牢之或何謙。淝水一戰早奠定他在軍中的地位，謝安的首肯更是自己能否坐上北府兵大統領的關鍵。

謝安的看法，不但可以影響北府兵，更可以影響民眾和高門權貴。

只要自己不犯天條。

想到這裡，暗抹一把冷汗。

一失足成千古恨，自己差點因兒女私情誤了大事，辜負了所有人的期望。

蹄聲響起。

王淡眞在十多名家將隨侍下往他們馳來，神色平靜，似沒有發生過任何事。

眾人連忙施禮致敬。

王淡眞客氣地回禮，盡顯高門貴女的修養氣度。

最後目光落在馬上的劉裕處，訝道：「劉大人爲何不留在車內休息呢？」

劉裕差點敵不過她明亮的眼神，道：「請小姐見諒，我要先一步趕回廣陵，彭中將會沿途爲小姐打點一切。」

王淡眞嬌軀微顫，其他人都沒注意到，只有劉裕看在眼裡，差些兒又改變心中壯志。加上一句道：「安公病倒了。」

王淡眞「呵」的一聲，驚呼失色。

劉裕曉得再不離開，大有機會永遠回不到廣陵去。

拍馬前行。

轉瞬奔遠百多步。

在車隊前方的過百北府騎兵，見到劉裕齊聲歡呼致敬，向他們心目中的英雄喝采。

劉裕揮手道別，健馬放開四蹄，沿驛道縱情飛馳。

突然而來的熱戀，又突然之間結束。

孤身上路，正是他目前處境的最佳寫照。王淡眞將會成爲他生命裡最難忘的傷情片段，前路則是漫長而艱苦。

沒有人可以幫助他，只有倚靠自己的努力，他的理想方可有一絲實現的機會。

第三十一章　鎮荒之戰

燕飛倏地收止，昂然立於被譽為南方第一人，高踞外九品高手榜之首，數十年來聲威有增無減的「天師」孫恩身後十許丈處。

孫恩負手卓立，雙目情深無限地俯瞰整個邊荒戰場。

喊殺聲從小谷方向潮水般陣陣傳過來，同時一道火龍隨風勢朝鎮荒崗的所在蔓延，大有愈燒愈烈、不住擴展之勢，而此中戰亂人禍的驚人破壞力，尤令人心頭吃緊。

在邊荒集南面的徐道覆部隊，又再敲響戰鼓，吹起戰號，向邊荒集南門聲勢浩蕩的推進。今趟與上次不同的是前兩排均是以兩手持著高及人身的防火革盾的步兵，顯是有備而來，針對的是邊荒集威力龐大的火油彈。至於能否奏效，當要再看雙方戰術上的較量。

在邊荒集北方地平遠處，隱見點點火把光，代表著慕容垂大軍如期殺至，漫山遍野均是鮮卑慕容的常勝部隊。

孫恩將一切看在眼裡，心中感到無比的滿足。

邊荒之戰恐怕不是一夜半天可分出勝負，可是他和挑戰他的年輕超卓劍手，生死勝負肯定可在十數招內清楚分明。

燕飛在後方抱拳施禮道：「荒人燕飛，請孫天師賜教！」

孫恩仰天一陣長笑，沒有回頭，欣然道：「近十五年來，從沒人敢孤身一人挑戰我孫恩。燕飛你的確志氣可嘉，令本人非常欣賞。我本打算先讓你任刺十劍，作為鼓勵。不過聽了你這兩句話後，感覺到你已臻無勝敗、無生死的境界，不得不改變主意，只任你刺三劍，方動手殺你。」

燕飛凝望著他的背影，微笑道：「何須天師相讓，大家全力出手對攻，豈非更是痛快？」

孫恩啞然失笑道：「你在劍法上或許已臻登峰造極的境界，但在武道上仍是嫩了點兒。我所謂任你刺三劍，絕不是故意讓你，只是要讓你曉得『黃天大法』那虛實相生，最善避重就輕的移閃之術。而當你三劍均刺不中時，你的信心肯定會崩潰，那時我將可於數招之內取你性命。明白嗎？」

燕飛暗叫厲害，曉得孫恩正向自己展開攻勢，施展心理壓力。但他心神卻絲毫不為所動，淡然自若的道：「若燕飛不能於三招內令天師還招自保，顯是力有未逮。今次厚顏來向天師求教，是自尋死路，無話可說。」

要知像他們這種級數的高手之爭，精氣神緊鎖交纏，眞氣交鋒更是無所不用其極，只要一方稍有縫隙破綻可尋，對方的攻擊在氣機牽動下將如暴漲的怒潮，破開所有堤防，無孔不入地直至滲透淹沒一切。所以若孫恩確能任燕飛放手強攻而安然無恙，肯定不止勝燕飛一籌半籌，燕飛的落敗乃必然之事。

孫恩故意明言任燕飛刺三劍，假若非是使詐，當是自恃極高，有把握以此戰術，先摧毀燕飛無隙可尋的強大信心，然後施展全力把他一舉擊殺。

燕飛不是不想立即出手，因為即使在孫恩背後出招，也沒有偷襲的意味可言。可惜卻是無法出手。

孫恩雖是悠然自得地站在那裡俯瞰河原荒集，竟予人一種超然於物外的道法禪境，使人無法掌握虛實，沒法有隙可尋。

單憑如此功力，燕飛便從未在任何敵手身上發現過。

孫恩已融入天道和自然裡，與天心冥合，他就是宇宙，宇宙便是他，貫通天、地、人三才之隔，再不是任何常法能加以規限。

這就是孫恩悟破天人之變而成的黃天大法，孫恩藉之以縱橫天下，馴服無數拜倒於他腳下的信徒。

他的力量是自然的力量，可以用之畫符唸咒蠱惑人心；顯異能、行奇事。

燕飛心中叫糟，曉得自己對孫恩生出如此印象，不論是否錯覺，總是受其黃天大法所剋制，若不能平反這觀感，此戰有敗無勝。

孫恩柔聲道：「好一個自尋死路，正好是到邊荒來發財的人的最佳形容。淝水之戰令邊荒集成為天下必爭之地，而你們荒人仍財迷心竅，懵然不知大禍將至。」

燕飛金丹大法全力運轉，心神進入古井不波、空靈通徹的通明境界，盡力從對方的說話尋找可以打開對方心靈的缺口，只要時機一現，他的蝶戀花會立即出鞘。只有將孫恩從他的道境扯回來，方有可攻擊的目標。

他在尋找孫恩的破綻，孫恩也在尋找他的破綻。

勝敗只是一念之差，沒有任何轉圜的餘地。

燕飛哈哈一笑道：「天師此言差矣！直到天師下手殺死任遙之前，邊荒集確如天師所言般，仍沉迷於自身的矛盾和利益衝突中。可惜天師雖成功除去任遙，卻讓劉裕和任青媞安然逃去，致令陰謀敗露。現在鹿死誰手，尙是言之過早，天師以爲然否？」

這番話本應像一把利刃般，可以戳破孫恩的信心。不但因孫恩殺任遙會帶來不良後果，更因孫恩沒法把劉裕和任青媞留下，令任遙死訊洩出。

可是完全出乎燕飛意料之外，孫恩發出震天長笑，狀極歡暢。

燕飛心知不妙，且曉得自己已落在下風，因他並不明白孫恩有何値其得意的地方。

笑聲忽止。

孫恩目光移往潁水，悠然道：「小鳥雀怎會明白鯤鵬之志。邊荒集各勢力團結一致，正合我們聚而殲之的構想，一舉粉碎邊荒所有反抗的力量。讓我告訴你八字眞言，然後燕飛你當曉得勝敗早成定局，沒有人能夠改變。」

孫恩緩緩轉身，其旋轉的動作自有一股於變化中永恆不變的意味，就像天地的運轉，日月的轉移，星斗的更替。

燕飛更清楚主動權已操控在對方手裡，原因在自己沒法勘破對方的黃天大法，且因辯論屈處守勢，只能待對方說出八字眞言的催命符咒。

孫恩雙目神光迸射，神態閒逸瀟灑，不負南方第一人的至譽。欣然微笑道：「成也潁水、敗也潁水。燕飛你明白嗎？」

燕飛表面雖冷靜如故，心中卻不由一震，道：「天師是指以潁水灌邊荒集嗎？」

孫恩大笑道：「孺子可教也，不過你只猜到一半。我已把致勝之法派人知會慕容垂，邊荒集絕捱不過三天。」

燕飛終於心頭劇震，心神失守。

正知糟糕透頂之際，孫恩已變成幾道如實似虛的人影。

「鏘！」

蝶戀花出鞘。

燕飛是不得不攻，因爲攻守再不由他掌握。

由孫恩正面面對著他的一刻開始，燕飛感到一種沒法形容的奇異力量將他攫個正著。那不是一般的眞氣或勁力，那感覺就像置身茫茫怒海裡，除了巨浪的可怕感覺外，整個人就像被封鎖在一個永遠不能脫身出去的力場內。

他終於領教到黃天大法驚天地、泣鬼神般的威力。

明白到任遙死前的可怕經歷。

燕飛的手握上蝶戀花。

從未曾有過的感覺倏地蔓延全身，金丹大法閃電間又提升至最巔峰的境界。蝶戀花再不是他的愛劍，而是身體的一部分，且是整個人靈覺的延伸外展。

鎮荒崗依然故我，他已從幻覺的囚籠脫身出來，重新掌握孫恩。

蝶戀花化爲有生命的靈物。

同一時間，他明白了孫恩的話，明白了成也潁水、敗也潁水的含意。

邊荒集因潁水的交通而成水陸樞紐，此事天下皆知，故成也潁水。

敗也潁水，因爲對方不單可用潁水灌淹邊荒集，破去西岸邊荒集所有防禦設施，更可以隨時隔絕江水，使抵達東岸的胡人由變淺或被抽乾的河床迅速渡河，攻入東牆。邊荒集在這種情況下，是不可能抵擋得住四面八方而來的壓力的。

如在平時，這個想法會如青天霹靂、猛雷轟頂般教他方寸大亂，不過此刻蝶戀花在手，金丹大法正處於巔峰狀態，外間任何事物，只像石上流泉，不會有絲毫影響。

蝶戀花如脫韁之馬，筆直朝孫恩射去，大有在戰場上勇往直前，置生死於度外的氣勢，偏又靈動空徹，無跡可尋。

在劍鋒相對下，孫恩忽然凝定剎那的光景，然後往左方閃去。

驚人的事發生了。

當蝶戀花出鞘的一刻，燕飛成功擺脫孫恩施諸他身上精氣神的無形枷鎖，他的金丹大法同時鎖定孫恩，隨氣機出擊。心忖只要孫恩連第一劍都沒法不還手，信心崩潰的肯定是他而非自己。

可是當孫恩往左移去，劍鋒離他只有半丈許的當兒，孫恩黃天大法的力場竟然沒有隨他移走而生出變化。換言之他若依氣機的感應，只會刺在孫恩原本的空位。究竟他要信自己的眼睛還是蝶戀花的感覺呢？

燕飛一聲長嘯，蝶戀花忽然加速，劍嘯聲充塞荒崗之頂，氣勁波浪般起伏衝擊，朝孫恩剛才站立之處，也是力場的源頭直擊而去。

孫恩面露訝色，顯然燕飛的高明出乎他意料之外。他雖往左挪移三步，事實上他仍以微妙手法在操控力場的核心，假如燕飛改向他有形的實體攻來，那他無形的實體可以立即要了燕飛性命。

倘若燕飛命中力場的中心，便與直接擊中他並沒有分別，他不能不還手擋架，因為雙方的氣機感應已鎖緊鎖死在一起。

孫恩發出一陣長笑聲。

劍鋒離「它」只有三尺。

孫恩往右閃去，力場終出現變化，隨他轉移。

蝶戀花也改向，如影隨形的追去。

眼看刺中，力場倏地消失得無影無蹤，孫恩已從他的上空翻往他背後兩丈許處，迅如鬼魅，狡若靈猴。

如此可在剎那間斂消眞氣，燕飛想都沒有想過。登時一劍刺空，更沒法隨感應繼續追擊。

孫恩不還手已這般厲害，若還手豈非沒法抵擋。一劍無功，立即動搖了燕飛信心。如三劍全失，這場決戰確實不用再打下去。

燕飛原地拔起，背朝地面，橫空而去，蝶戀花化出千萬劍芒，從上而下斜擊孫恩背心。兩丈距離眨眼即過，孫恩猛然旋動，鬚髮衣衫飄舞，一陣陣強大的氣旋隨著每一下迅急轉身浪潮般往燕飛衝擊而至，其中又包括無數氣勁的渦漩，使人像感覺到天地混沌時的紛亂，沒有一件事能掌握，意志稍有不穩，人便會立即陷進錯亂的境地。

如此功法，已不限於物質的層次，而是能直抵心神，影響燕飛的精神狀態。

燕飛卻是不驚反喜。

早在握上蝶戀花的一刻，他已知自己在道心上不會輸孫恩多少，欠的只是道法上的火候。孫恩要在精神上影響他，肯定是徒勞無功。他故意幻化出多重劍影，正是要孫恩誤以爲他沒法掌握其虛實相生的方位。他的劍雖不能鎖上孫恩的氣場，卻可以鎖上他的精神。

劍光斂去。

燕飛雙腿稍曲，凌空小翻，立足實地，接著灑然轉身，一劍平平實實，沒有任何花巧的往孫恩橫掃過去。

此著變化大出孫恩意料，忽然間他感到燕飛那化腐朽為神奇、大巧若拙的一劍，就像沙場上千軍萬馬橫捲衝殺而來，根本是避無可避。那種感覺奇異至極點，只有當局者方能明白。

孫恩大喝一聲「好」，全速飛退。

力場並沒有隨他轉移，而是分裂為無數中心，每一個都是那麼實在和具威脅，似在伺機而動。可以將眞氣玩至如此境界，確是駭人聽聞之極。孫恩便是眞氣的幻術師，一切隨心所欲，沒有任何限制。眞假再難分辨。直至此刻，燕飛方明白孫恩所說「避重就輕」的含意。

當蝶戀花掃至一半，劃出的劍氣如狂風掃落葉般將所有力場分裂的核心摧破，劍鋒指向孫恩，忽然凝止刹那，燕飛一聲狂喝道：「天師中計啦！」

劍嘯倏起，化作電芒，人劍合一的朝孫恩破空刺去。

今次燕飛不單鎖死孫恩的精神，更鎖死對方的氣場，以及孫恩二而為一的氣源。

孫恩的長髮在頭頂拂舞，全身衣衫像迎著逆風般飄揚，形相凌厲可怕至極點，又像忽然拔高，現出天師的眞身。

剛才的一招，閃讓得過於勉強，終讓燕飛掌握到主動。

關鍵處在燕飛肯定了孫恩會堅持讓三劍的戰術，故能放手而為，料敵機先。孫恩失著處在誤以為能藉此影響燕飛精神，令對方生出幻覺，待到知曉不能成功時已錯恨難返。

當然不是說孫恩就此輸掉這場重要的決戰，他能使燕飛兩劍刺空，已明顯高燕飛不止半籌，最後一劍的失著，只是他沒法徹底地摧毀燕飛的信心。

孫恩再避一劍，並非全沒有辦到的能力，只不過接下來的情況會教他陷入挨揍和隨時落敗的劣局。

高手相爭，一旦某方落在下風，要平反並不容易，更遑論取勝。

孫恩長笑道：「痛快啊痛快！」

笑聲中閃電迎上燕飛，舉掌重擊命中劍鋒，精準得令人咋舌。

燕飛如給萬斤鐵鎚重重敲中劍尖，整條手臂痠麻起來，硬給震退。

孫恩雙目神光大盛，正要一不做，二不休，順手再予燕飛拂上一袖，豈知傳過來的眞氣先熱後寒，若任它入侵經脈，肯定會受重傷，因此沒法乘勝追擊。

燕飛終逼得對方硬拚，心中卻沒有絲毫喜意，持劍的手雖迅速回復感覺，卻已曉得孫恩的功力深如淵海，配合對方能讓自己兩劍的黃天大法，這一仗他實是有死無生。

問題在逃也逃不了。

燕飛一聲大喝，蝶戀花爆開一團劍花，向這恐怕天下沒有人能擊敗的武學巨匠攻去，生和死、勝或敗，再不存在於思域內。

兩道人影兔起鶻落，交換移位，氣勁交擊之音不住響起，在眨幾眼的工夫內，兩人劍來掌往，隨意變化，交換了十多招。

「噹！」

孫恩曲指敲中蝶戀花劍鋒，無可抗拒的巨力透劍傳來，燕飛胸口如受雷殛，全身氣血翻騰，往後挫退。

孫恩也往後先退三步，方重整陣腳，朝他掠去，一拳凌空擊出，笑道：「明年今日此時便是你燕飛的忌辰。」

「嘩！」

燕飛猛地噴出一口鮮血。

他已敗了，心靈反而空明一片，清楚地掌握到孫恩此拳有奪天地造化，鬼泣神號，等同宇宙的龐大威力。

燕飛長嘯一聲，蝶戀花全力反擊。他固受到對方重創，但孫恩亦已爲他所傷。只要能令孫恩傷上加傷，他的死仍然是有價值的。

孫恩的拳頭不住在前方擴大，顯示孫恩正鎖緊他的精神，雖只是一拳攻來，但整個天地宇宙都像在和自己作對似的，狂飆從四面八方捲旋而至，把他擠壓得只能在一窄小的空間內掙扎。

就在此時，尖叫聲在孫恩後方響起道：「孫恩納命來！」

孫恩面露怒色，拳勁忽然減弱少許。

劍拳相擊，燕飛差點拿不住蝶戀花，五臟六腑似翻轉過來，噴著血如斷線風箏般離地倒飛下崗，從崗坡直滾下去。

任青媞來了，更想重施孫恩舊招，於孫恩擊殺燕飛的緊張時刻，偷襲孫恩。

「蓬！」

燕飛重重掉在地上。

完了。

這個意念剛起，已感到給人從地上提起，迅速掠走。

燕飛憑著一點靈明，進入金丹大法陰陽相交的境界，這才失去神志。渾渾融融，再不曉得人世間的任何事。

第三十二章　眷寵不再

劉裕在午前時分抵達廣陵城外，戰馬已疲不能興，下馬入城。

到城門時立感氣氛異樣，守城的衛士人人哭喪著臉，沒有半點朝氣活力。

他們都認得他是劉裕，其中一名衛士雙目一紅，湧出熱淚，悲呼道：「安公昨晚去了！」

「轟！」

這個消息像青天起個霹靂，轟得他頭皮發麻，全身發軟。

縱使明知謝安捱不了多久，可是總有種不願去面對的心態。又似乎此事永遠不會發生，但卻已成眼前殘酷的事實。

南朝兩大支柱，江左的兩位巨人，桓沖已去，現在有天下第一名士之譽的謝安亦撒手歸西，團結南朝的力量終告冰消瓦解。

整個廣陵城愁雲籠罩，人民哭奔於道，沒有謝安的東晉，再不能保持清平興盛的好日子。

沒有謝安的支持，謝玄將變成孤軍作戰。他雖是無敵的統帥，卻缺乏像謝安般對皇室和高門權貴的影響力。司馬道子和王國寶之流將更肆無忌憚。

劉裕恍恍惚惚，行屍走肉般來到位於城中的刺史府，更感受到因謝安之死而來的悲痛哀傷。

他不知說過甚麼話，糊裡糊塗地被引進迎客室，也沒有人對他的忽然出現生出好奇心，就像所有人的心均因謝安的離開而死去。

不知坐了多少時間，一個熟悉的聲音在旁邊響起道：「劉裕！竟真的是你！」

劉裕神不守舍地循聲瞧去，一張似曾相識的臉孔出現眼前，好一會兒方認出是謝府家將梁定都。兩人呆視片刻，後者雙眼驀地通紅，淒然淚下道：「安公去了！」

同是一句「安公去了」，由謝府的家將親口道出，分外有不能改移、生死已定的威力。劉裕很想陪他痛哭一場，只是沒法哭出來。自離開邊荒集後，他一直像活在一個沒法脫身的噩夢裡。現實中的可怕夢魘和詛咒！

梁定都顯然也哭盡了淚水，以袖拭眼後強忍悲痛，道：「大少爺在書房，請你去見他。」

劉裕搖搖晃晃的站起來，任梁定都一把扶著，後者駭然道：「你沒有事吧？」

劉裕感到頭重腳輕，苦笑道：「我的臉色是不是很難看？」

梁定都表現出他愛嘔氣的性情，道：「現在誰的臉色會好看呢？」

謝玄坐在書房一角，垂首沉思。

沒見面不到十天，謝玄卻像衰老了十多年，兩鬢花斑，再無復淝水之戰時的英氣，顯示他的內傷不但沒有痊癒，且有急遽惡化的情況。

梁定都把他引到門外，著他自行進去。

劉裕的腦子仍充滿沿途來此所目睹謝府上下人等的悲痛情景，踏進書房內下跪道：「玄帥在上，劉裕回來哩！」

謝玄抬頭往他瞧來，一呆道：「你受了傷？快起來！」

劉裕像見著最親近的人，不由想起邊荒集，想起紀千千和燕飛等人，更想起最不該想的王淡眞，以及謝安的死亡，熱淚終奪眶而出，泣不成聲。

謝玄嘆道：「別哭哩！這豈是哭的時候。邊荒集失陷了嗎？快起來！」

劉裕勉強起立，強忍淚水，依謝玄指示在他左方的太師椅坐下。

謝玄現出一個心力交瘁的表情，強振精神的道：「說吧！」

劉裕感到身體陣寒陣熱，很不舒服。知道因心情鬱結和疲勞過度，致尚未完全復元的身體舊疾復發。不過此時哪還顧得了這麼多，硬撐著把整個情況，一五一十的交代出來。

謝玄聽罷皺眉道：「你難道看不穿這是個陷阱嗎？」

劉裕深感有口難言的痛苦。

他當然不能告訴謝玄，他要回來面稟謝玄的事，是曼妙便是司馬曜的新寵。因爲曼妙和任青媞與他的關係，已成爲他在謝玄隨謝安而去後在軍中掙扎求存的唯一本錢。所以他不得不在此關鍵上向謝玄撒謊，這是他第一次欺騙謝玄。而唯一能解釋自己親回廣陵的藉口是爲邊荒集向謝玄求援。

劉裕清楚感覺到謝玄對自己的不滿和失望，卻仍不得不硬撐下去，頹然道：「當我發覺自己看錯時，已恨錯難返。」

謝玄目光灼灼地仔細打量他，沉聲道：「當你逃離孫恩的魔爪，爲何不立即趕回邊荒集與燕飛並肩作戰？」

劉裕的心扭曲地痛苦滴血。這會成爲他生平之恨！死在邊荒集總好過傷害王淡眞；現在又被謝玄看輕和誤會。早知如此，不如與王淡真一走了之，甚麼都管他的娘。

謝玄是他劉裕最感激和敬重的人，現在卻要對著他說違心之言，心中的矛盾可想而知。

他聽到自己在說道：「當時我受了重傷，只能坐在小艇調息靜養，當任青媞離去且遇上聶天還的戰船隊，已錯失回頭的機會。」

謝玄仰望書房橫樑，淡淡道：「這並非英雄的行徑。」

劉裕腦際轟然一震，憤怨之情從心底狂湧而起。

謝玄並不相信他的話，不相信他確曾動過趕回邊荒集的念頭。只認爲他是貪生怕死的懦夫。

唉！

今趟眞是一切完蛋，謝玄再不會視他爲繼承人了。

謝玄會否心中在想，他劉裕只是找個藉口逃離險地？若是如此，自己眞的不應該回來。這時他心中想到的只有王淡眞。

在失去一切之後，只有這靈巧慧黠的美麗淑女，方令他感到生存是有意義的。

也難怪謝玄對自己失望，他託付自己的事完全泡湯，既保不住邊荒集，又沒法保護紀千千，更沒法阻止「大活彌勒」竺法慶南來復仇。

想到這裡，意識逐漸模糊，最後似乎聽到謝玄的呼叫聲從千山萬水的遠方傳來，然後逐漸消失，最後是絕對的虛無和黑暗。

劉裕逐漸甦醒過來，發覺自己躺在床上，身邊還有人坐著。

睜開眼睛，入目的是宋悲風的臉龐。

劉裕掙扎著坐起來，發覺全身腰痠骨痛，嘴裡有濃烈的藥材餘味。

宋悲風助他挨著床頭坐好，欣然道：「你終於醒來了！」

劉裕茫然道：「發生了甚麼事？」

宋悲風不厭其詳的解釋道：「你在書房與大少爺說話之際，忽然昏倒過去，你太累哩！致令舊傷復發。在這時勢，最要緊養好身體。我也在床上躺了十多天，這兩天才好一點。傷病來時，方明白甚麼叫英雄氣短。」

劉裕一點一滴重整昏倒前的回憶，駭然道：「我躺了多少天？」

他的精神逐漸好轉，體內眞氣亦可運轉無礙，痠痛迅速減退，只是仍有點虛弱，或許是因多天沒有進食。

宋悲風道：「你躺了足有十二天，明天便是安公大殮的日子，各地來奔喪的有百多人，唉！入土爲安也是一種解脫，有誰到頭來能免一死呢？自東山復出後，大人他從來沒有眞正地快樂過。」

劉裕失聲道：「十二天！」

宋悲風滿懷感觸，漫不經意地點頭應是。

劉裕一把抓著宋悲風衣袖，緊張的道：「有沒有邊荒集的消息？」

宋悲風目光迎上他焦慮的眼神，淒然道：「邊荒集淪陷了，我們從逃離邊荒集的人那裡得到支離破碎的片段，到現在仍弄不清楚確實的情況。」

劉裕頭皮發麻，放開抓著宋悲風的手，一顆心直沉至無邊的淵底，渾身寒颼颼的，沒法說出一個字來。

宋悲風道：「教人意想不到的是，指揮邊荒集聯軍反抗入侵的竟是千千小姐。他們非常勇敢，與慕容垂和孫恩的圍集軍激戰三天三夜後，敵人仍然沒法攻入夜窩子的最後也是最堅固的防線。且數次反擊，把強大的敵人逐出去。可惜到慕容垂放水灌邊荒集，破去潁水西岸的陣地，接著又抽乾河水，慕容垂麾下一萬養精蓄銳的步軍，迅速渡過乾涸的潁水，邊荒集方告失守。」

劉裕雙目湧出熱淚，道：「燕飛和千千等是生是死呢？」

宋悲風道：「直到此刻仍沒有人弄得清楚，集破時情況混亂至極點。千千小姐下令以爆竹驚嚇牲畜群，任牠們衝突逃竄，然後趁敵人陣腳大亂之際，四面八方的突圍逃亡。不過能逃返南方的荒人不足百人，可見其時戰況之慘烈。千千小姐和燕飛均不知所蹤。玄帥已派人到邊荒打聽他們的下落，若不是你病倒，你會是到邊荒的最佳人選。」

劉裕勉強忍著熱淚，慘笑道：「玄帥怎樣應付如此局面？」

宋悲風雙目神光一閃，道：「玄帥可以做甚麼呢？司馬道子已將此事攬上身，透過司馬曜傳旨明令玄帥和桓玄不准過問邊荒集的情況。現在建康的水師船隊駐紮在潁口，試圖封鎖邊荒集南方水陸交通。哼！邊荒集若可輕易被截斷與南方的交通，邊荒集便不成邊荒集了，不走水路便走陸路，邊荒集南方邊界綿延千里，誰可封鎖得住呢？」

又向劉裕道：「可以吃東西了嗎？」

劉裕頹然道：「我沒有食慾。」

宋悲風道：「怎都要吃點東西，否則如何恢復體力？你好好休息一會兒，我叫人送飯來，也要通知玄帥一聲，他很關心你的病情呢！」

聽到謝玄關心他，劉裕羞愧交集，但感覺上亦好了點兒，至少謝玄尚未完全放棄他。

劉裕在宋悲風的婢女小琦伺候下，吃過東西，不理小琦的反對，痛痛快快洗了個澡，離正午尚有半個時辰。

他居住的是刺史府後院東北隅，專供有身分家將和親衛住宿的榴園，有二十多間廂房。宋悲風的房間就在他隔壁，另一邊的鄰房依次是何無忌和梁定都。何無忌是劉牢之的外甥，因悍勇善戰被提拔爲謝玄親兵之首，與劉裕同爲副將，但當副將的資歷則要比劉裕深。在高門內等級分明，照現在居室的安排，他劉裕在謝家的地位，猶在何無忌之上。

偌大的榴園空空蕩蕩，只有兩名男僕在打掃房間。或因要預備明天的喪禮，宋悲風等也各忙各的去了。

小琦離開後，劉裕乘機調息練氣，靜心等待謝玄的召喚。

他同時下了決心，要把任青媞與他的關係和盤托出，再由謝玄決定該如何辦。他眞的不願欺騙謝玄。若謝玄認爲該揭發曼妙，便照謝玄的意思去做，只有如此他才可以減輕心頭的負擔。

豈知調息近一個時辰，過了午時，謝玄仍沒有派人來找他。劉裕又呆等一個時辰，仍是白等，禁不住心情低落，胡思亂想起來。謝玄是否再不看重他呢？換作以往的日子，不論謝玄幹甚麼事，總要他伺候在旁。可是現在自己昏迷了十二天，醒轉後謝玄卻沒有興趣看他半眼，是否表示謝玄對他已愛寵不再？如此他留在北府兵還有甚麼意義？

又想起被攻陷的邊荒集，心中的淒苦悲涼，只有自己承受著。足音響起。

劉裕精神大振，聽出來者有七、八個人，以這等陣勢，難道是謝玄紆尊降貴親來探望他？忙從椅內跳起來，從臥室走出小廳堂。

踏入門來是個三十多歲、身形高頎、長得頗爲清秀、穿了將軍服的漢子，後面跟著七名北府兵，見到劉裕，大喜道：「果然醒來哩！」

對方雖不是謝玄，但劉裕仍心中歡喜，忙施軍禮道：「副將劉裕，拜見孫大人。」

來的正是冠軍將軍孫無終，在淝水之戰前，他一直是孫無終的部屬，此時隨孫無終來者，均是他熟識的同袍兄弟和戰友，分外有親切感。

孫無終趨前一把抓著他雙肩，大喜道：「差點以爲小裕你永遠醒不過來呢！」

其他人也興高采烈的把他團團圍住，不是打他一拳，便是捏他一把，非如此不足表示心中興奮之情。

孫無終拍拍他道：「我早說以你的體質肯定可捱過這一關劫，來！坐下說話。」

拉著他到一邊坐下，其他人分坐各處，沒座位的便站著，小客廳登時鬧哄哄的。

孫無終道：「剛才我去見玄帥，曉得小裕你甦醒過來，所以立即領你的一班弟兄來見你。」

另一人道：「我們曾多次來探望你，每次你都是出氣多入氣少，病得剩下半條人命，又胡言亂語，教人擔心。」

此人叫魏詠之，乃孫無終手下最出色的人才之一，現爲校尉，與劉裕一向稱兄道弟。事實上劉裕在北府兵內人緣極佳，因他生性謙恭有禮，深懂與人相處之道。

劉裕暗吃一驚，自己不會在半昏迷裡大叫王淡眞的名字吧？忙問道：「我胡叫些甚麼呢？」

眾人齊聲哄笑，有人道：「既是胡言亂語，誰聽得清楚呢？」

劉裕放下心來，但又另起心事。

謝玄既清楚他醒轉過來，爲何卻不屑見他一面？孫無終還是自己要來見他，不是謝玄的指示。想到這裡，手足也冰冷起來，暗忖與謝玄親近的關係，應已告終。

孫無終道：「不要鬧哩！小裕大難不死，必有後福。我們立即和他到廣淮大街的醉月樓大吃一頓，賀他變回生龍活虎。」

魏詠之皺眉道：「安公大喪尙未舉行，家家哀悼，酒館食肆均沒有營業呢！」

孫無終道：「醉月樓是我的老朋友孔靖開的，找著他便有辦法。」

眾人大喜，扯著劉裕出門去了。

第三十三章　心有靈犀

燕飛從混沌裡醒轉過來。

他完全失去對時間的感覺和意念，千百年的時間可以只是彈指之間的長短。

被孫恩重創後他並沒有失去意識，卻斷絕了對人世間的接觸，人世只像一個遙遠的夢，不過他曉得自己最深愛的女人，正在那裡面對可怕的危險，這唯一的記憶令他堅持回去，絕不放棄，不可以就此死掉。

唯一可以救他的是金丹大法，且須是最高層次的金丹大法。

於是他陷進胎息的狀態裡，一切重歸先天的本體，與天地宇宙一同神遊，直至金丹運轉，令他不但立即霍然而癒，且整個人有煥然一新的暢美感覺。

燕飛暗嘆一口氣，心忖道：「終於回來了。」

他逐步地重塑受到孫恩致命一擊前的記憶。

忽然間，他明白爲何會輸給孫恩。

他及不上孫恩「心無罣礙」的心境，因爲他仍放不下紀千千。說句老實話，他與孫恩的差距並非遙不可及，而正是對紀千千那一點點的掛念，令他縛手縛腳，無法平反敗局。

幸好大難不死，更令一切都不同了，把踏進鬼門關半步那隻腳拔回來後，他的金丹大法終臻達初成的境界。

他的靈覺倍數般加強。

就在這一刻，他感應到紀千千。燕飛福至心靈，想到是因紀千千正強烈地思念他，故令他感覺到她。

下一刻，他感到自己宛若坐在車廂裡，正透過車窗看出去，外面是丘原的美景，有一株特別高的老松，形相古怪，成爲他如夢如幻般視野的焦點，其他一切模糊起來。

耳鼓似還聽到大隊人馬行軍的輪聲蹄響。

「千千啊！燕飛並沒有死！」

燕飛劇震一下，完全清醒過來。

壓在他身上厚達五尺的泥層，岩漿般向上噴發，燕飛整個人從泥洞中平升起來，回到光天化日下的現實，從容不迫的落在旁邊的草地上。

陽光從密林頂斜灑下來，已是日暮時分，蝶戀花仍安然掛在背上，身上泥屑紛紛落下。

他沒空去想誰把他送到這裡來？爲何會將他埋葬？因爲他清清楚楚知道邊荒集已失陷了，紀千千還被敵人擄走，強迫她北上。剛才的情景，是邊荒集北面里許外一處地方，他認得那株怪松。當他感應到紀千千的所在時，同時透過她的心靈看著同樣的景物。

高彥小子的預言沒有錯，第二次死而復生後，他眞的變成了半個神仙。

身隨意動，金丹大法自然流轉，他迅如鬼魅地掠出密林，來到密林外一處可望遠的高地。

環目四顧，邊荒集在東面地平遠處，離他至少有二十多里路。

燕飛一聲長嘯，朝邊荒集的方向疾掠而去。

不論對方是否有千軍萬馬，又或慕容垂如何武功蓋世，他誓要從對方手上把紀千千救回來。沒有人可以把他的至愛帶離邊荒，誰也不可以。

小詩的腦海仍塡滿邊荒集失陷前那三天夜以繼日的慘烈攻防戰，耳鼓不住響著戰士臨死前的呼叫，雖然已是十多天前發生的事。

與她們一起被俘的尙有近六千荒人，包括龐義在內，其他人則生死未卜。在整個攻防戰裡，雙方均傷亡慘重，眞正的數字恐怕永遠沒有人弄得清楚，合起來該有過萬之眾。

尤幸孫恩和慕容垂議定「建城分之」的協議，不單要重建城牆，還會以雙重的高牆分隔爲南北兩城，瓜分邊荒集。被俘的荒人因而被迫負起築牆的龐大工程，雖是苦不堪言，尙可苟延殘喘。

「啊！」

小詩駭然朝坐在前排失聲低呼的紀千千瞧去，後者別過俏臉迎上她的目光，花容雖慘淡，雙目卻射出自被俘以來從未出現過的生機。

車窗外觸目俱是精銳的慕容垂旗下騎兵，傍著長長的馬車隊朝北推進。每過一刻，她們便離邊荒集遠一點，更可能永遠沒有返回邊荒集的機會。

小詩俯前道：「小姐你沒事吧？」

紀千千神色茫然地搖頭，眼神又開始聚焦，壓低聲音道：「燕飛沒有死。」

小詩暗吃一驚，心忖難道小姐因對燕飛思念過度，精神出現問題？否則怎會無端端說出這句話。又或因慕容垂禁制她內功的獨門手法對她生出不良的影響？

小詩道：「小姐怎會曉得呢？」

紀千千低聲道：「這是沒法解釋的感覺，似乎是他在遠方某處向我呼喚報平安，我還感到他正在趕來的途中。有刹那光景我眞的感覺到他，感覺到他在我心裡。」

小詩不喜反憂，暗忖紀千千的情況可能比她想的更嚴重，這是思憶成病，且是最難療治的心病。燕飛去而不返，自然是有死無生，敗在孫恩手底。紀千千一直沒爲此說半句話，只是咬緊牙根作戰，直至大逃亡的一刻。

紀千千又道：「六壬課是不會錯的，乾爹更沒有可能看錯。唉！我也曾很擔心呢！」

小詩心中暗叫不妙，順著她語氣問道：「小姐擔心甚麼呢？」

紀千千湊到她耳邊道：「慕容垂今趟強擄我們主婢北歸，臨行前舉行離城禮，又要我們公然現身參與儀式，大張旗鼓，你不覺得異常嗎？」

小詩心中稍安，紀千千的思考沒有絲毫錯亂。搖頭道：「我以爲慕容垂是要逞威風哩！特別是向徐爺示威，因爲徐爺爭不過他。」

紀千千想起慕容垂不肯向徐道覆交出自己的對峙情況，道：「你太小看慕容垂了，他是我見過的人中最可怕的一個，另一個人是孫恩。像慕容垂或孫恩這種人，絕不會意氣用事。他是在設置陷阱，誘餌是我們。」

小詩一頭霧水的道：「詩詩不明白。」

紀千千道：「我想說的是，事情並非如我們想像般的悲觀。我們邊荒集的主力部隊已成功突圍逃走，並隱於邊荒某處重新整合兵員，令慕容垂和孫恩大感威脅。沒有一年半載，邊荒集的築城肯定沒法完成，而慕容垂和孫恩更沒法在邊荒集長期屯駐大軍，所以故意帶我們回國，引邊荒的兄弟在我們渡泗水前來救我們。過了泗水，他們將沒有機會。」

小詩又驚又喜道：「眞的會有人來救我們嗎？」

紀千千道：「這個是當然的。屠奉三、慕容戰、拓跋儀等豈是這般容易收拾，他們均是英雄之輩，定不容慕容垂帶著我們渡水回國。」

小詩擔心道：「可是小姐又說這是個陷阱。」

紀千千低聲道：「他來了！」

小詩靠回椅背去。

在十多名親兵簇擁下，狀如天神般威武的慕容垂策騎來到車旁，放緩馬速，與馬車並排前進。

紀千千此時心情大爲好轉，朝對方瞧去，這個只三槍便挑飛自己佩劍的高手，確有其能顚倒天下的懾人神采和魅力。

自從被生擒後，他一直是那麼溫文有禮，每一件事都先徵求自己的意向，並解釋不得不如此做的理由，令她直到此刻仍難對他生出惡感。

慕容垂微笑打招呼道：「小姐路途辛苦嗎？」

紀千千瞥他一眼，淺嘆道：「我想一個人獨自清靜一下。」

慕容垂不以爲意淡淡地道：「若小姐答應我不會傷害自己又或逃走，我可以解開小姐的禁制。」

紀千千不悅道：「你故意安排小詩和我一道走，我能逃到哪裡去呢？」

慕容垂有耐性地柔聲道：「情非得已，請小姐見諒。小姐可以說一句話嗎？」

紀千千把窗簾拉下，隔斷他的視線。

慕容垂哈哈一笑，與手下催騎去了。

孫無終等把劉裕送到刺史府正門外，刺史府大門車馬往來不絕，愁雲籠罩，尤其高懸門上的藍色燈籠，令人看得心如鉛墜。

劉裕想起剛才大碗酒大塊肉，生出偷雞作賊的罪惡感，待要繞往後門入府，卻給送客出門的宋悲風喚住，只好硬著頭皮迎上去。

宋悲風微笑道：「你的臉色依然不太好看，不宜喝酒。」

劉裕知他嗅到自己的酒氣，心忖以現在心情之差，沒醉個不省人事，已非常有節制力。孫無終的心情怕也好不了多少，喝酒誠然是唯一消愁的方法，但也是最不聰明的辦法。

劉裕心虛，唯唯諾諾的應著，想含混過去。

宋悲風抓著他手臂領他進入停滿車馬的前院，繞過作致祭場的主堂，沿廊道深進府內，低聲道：「司馬曜已下旨欽准安公大殮後遺體運返建康小東山安葬，由此可看出司馬曜仍一意在安撫我們，怕我們造反。」

劉裕心不在焉的問道：「玄帥找過我嗎？」

宋悲風搖頭道：「玄帥忙著招呼客人，恐怕諸事停當後方會找你，屆時他會告訴你人事上的新安排。」

劉裕知謝玄沒有找他，心中很不舒服，聞言錯愕道：「甚麼新的安排？」

宋悲風雙目射出同情的神色，輕輕道：「我先告訴你，是讓你心裡有個準備，大少爺要把你調往劉牢之旗下，作他的參軍。這是平調，副將的職級沒有改變。」

劉裕腦內轟然一震，曉得失寵成爲鐵一般的事實，謝玄再不要他隨侍在旁，他劉裕只是北府兵其中一名低級將領，差點是打回原形。

宋悲風道：「這邊走！」

劉裕行屍走肉、失魂落魄的隨他左轉入中院，迎面一群人走過來，他卻是視而不見，聽而不聞。

宋悲風的聲音在耳旁響起道：「孫小姐！淡眞小姐！」

淡眞之名入耳，劉裕如遭雷殛，抬頭望去。

一對明媚熾熱，其中又暗含幽怨的美眸迎上他的目光，似在投訴他的無情，又似譏嘲他膽子不夠大。

劉裕忘了施禮，呆頭鵝般看著以謝鍾秀和王淡眞爲首的七、八名仕女擦身而過，鼻裡仍留著她們芳香的氣息。

宋悲風冷眼旁觀，忽然又扯著他衣袖繼續行程，問道：「小裕你似乎和淡眞小姐不是一般交情，對嗎？聽說是淡眞小姐在路旁把你救回廣陵呢！」

劉裕豈還有答他的心情，見王淡眞似乎仍對他餘情未了，比對起自己事業的低沉沒落，分外有感慨。

含糊地點了點頭，只盼立即躲回房內去，痛哭一場，甚麼都好，只不要在大庭廣眾下丟人現眼。做人還有甚麼意思呢？

回到該快要遷離的居所，宋悲風道：「小裕坐下，我想和你說幾句話。」

劉裕無奈坐下，心忖說甚麼都沒有用，他比任何人更明白謝玄，一旦下決定，絕不會因任何人而改變，謝安是唯一的例外，但他已沒法左右謝玄。

宋悲風在隔几的椅子緩緩坐下，道：「小裕不用把我視作謝家的人。」

劉裕愕然道：「此話何解？」

宋悲風淡淡道：「我在為安公辦事前，曾和安公有個協議，當他百年歸老後，我將回復自由身，協議於明天生效，府內上下人等均清楚此事。」

劉裕聽得百感交集，他自己便沒有這種運道，一是繼續當軍人，一是做永被通緝的逃兵，沒有第三個選擇。

宋悲風微笑道：「所以你可以當我像小飛般的朋友，說話不用有任何顧忌，我更不會向大少爺洩露你不願他知道的事。」

劉裕生出異常的感覺，訝道：「宋大哥似乎特別關照我。」

宋悲風欣然道：「你猜到原因嗎？」

劉裕道：「是否因為我是燕飛的朋友？」

宋悲風道：「這或許是原因之一，卻非主因。」

劉裕攤手道：「我真的不明白。」

宋悲風雙目射出緬懷的神色，平靜的道：「安公在過世前，曾在我面前提起你。」

劉裕一呆道：「安公對我有甚麼看法？」

宋悲風目光閃閃地朝他打量，沉聲道：「他說你是天生統帥的材料，很有領袖的魅力，更可能是南方未來唯一的希望。」

劉裕苦笑道：「安公太抬舉我了。」

宋悲風搖頭道：「安公從不會抬舉任何人，只是以事論事，他看人從沒有出錯。」

劉裕頹然無語。

這番話若是在到邊荒集前聽到，他會非常自豪，現在卻非常刺耳。

宋悲風道：「你現在或許聽不進去，不過沒有關係，終有一天你會明白。順帶提醒你一件事，王恭為應付司馬道子逼婚，會於短期內把淡眞小姐許給殷仲堪之子殷士維，好斷絕司馬元顯的癡心妄想。希望你明白我告訴你此事的用心。」

劉裕整個人像給五雷轟頂，轟得手足冰冷，虛虛蕩蕩。

難怪王淡眞如此勇敢向自己表白情意，因為她根本不願嫁給殷士維。

殷仲堪乃東晉重臣，出任荊州刺史，與桓家關係良好，甚至可算是桓玄一方的人，他自然有資格不懼怕司馬道子。

宋悲風長身而起，嘆道：「人一出生，便不公平，我們可以做的，就是如何在身處的環境裡奮鬥出最佳的成績。一時的困境算甚麼呢？只有戰爭的年代方可以出名將，也只有亂世方可見明主。希望小裕永遠記著我這番話。」

劉裕忙起立相送。

整個院落靜悄悄的，其他人可能都到靈堂去了，劉裕頹然坐在門檻處，生出萬念俱灰的感覺。

若事情可以重演一次，他幾可十成十肯定自己會和王淡眞私奔。他怎可容忍她投入別人的懷抱裡去？

她不喜歡殷士維，一來他的爹與桓玄關係密切，更因他是高門大族的後裔，而王淡眞最厭惡的正是紈褲子弟。只是這個理由，足可令他作出任何犧牲，只要她幸福便成。他會全心全意的去愛惜她，其他一切再不重要。

可惜他已錯過機會。

現在他想走近點和她說句私話都不成。

足音傳來。

一名婢子腳步輕巧的沿廊道而至，見到劉裕不顧骯髒的坐在門檻處，皺起了眉頭，問道：「請問是否劉副將劉大人呢？」

劉裕此時連謝玄也不想見，亦沒想及若是謝玄找他，怎會不是派出親隨而是差個年輕小婢來。木然點頭。

小婢像怕被人聽到般俯身低聲道：「快隨我來，淡眞小姐在等你。」

劉裕倏地從地上彈起來，霎時間整個天地都不同了。

今趟他絕不會教王淡眞失望。

第三十四章　私奔大計

孫恩立在穎水西岸，看著長流不休的河水，心中百感交集。

就在河水被隔斷的那天晚上，邊荒集落入他和慕容垂的手中。他的耳旁似還響起古鐘樓連續撞擊的告急鐘聲，接著邊荒集不論攻集者或守集者，均陷入極度的混亂裡。

數以萬計的火牛、火馬、火騾，在煙花爆竹的驚嚇下，從夜窩子四面八方衝出來，破壞所有人爲的障礙，突出重圍而去。有本領和膽子的荒人，就那麼騎在狂牛、瘋馬背上，旋風般落荒逃去。缺此馭狂牛、狂馬奇技的只好在紀千千的命令下，棄械投降。

紀千千確實是有智慧的才女，能屈能伸，爲保住六千多人的性命，她本有逃走的機會，卻放棄了，與她旗下的荒民同甘共苦。亦因她的留下，使投降的荒人躲過被坑殺的劫數。她在受降的會議上不卑不亢地據理力爭，在孫恩心中留下了深刻的印象。

難怪謝安這麼愛去見她，道覆因她破例動了眞情，而慕容垂則視她爲最動人的戰利品。

他的感觸卻非因爲紀千千而起，只是因想著謝安，方聯想到她，想到她與謝安的關係。看著紀千千，便像看到他生平最大的勁敵，有天下第一名士之譽的謝安石。

在一個時辰前，他得到從建康傳來的確實消息，謝安於十多天前病逝廣陵，遺體會送返建康的小東山安葬。

「安石不出，將如蒼生何？」

現在安石已去，天下又會是怎樣一番的局面？

謝安是凝聚整個南朝的關鍵人物，他對高門大族的影響，是自漢朝以來沒有人可與之比擬的。有謝安一天，孫恩始終沒有攻打建康的勇氣。因爲他比任何人更清楚謝安運籌帷幄，決勝於千里之外的手段。苻堅正因低估了謝安，故有淝水之敗。

現在機會終於降臨。

同時他也在惋惜謝安的撒手西歸，謝安是個值得尊敬和了得的對手，沒有了謝安的中原，西山上的霞彩，似乎也要失去點顏色。

他必須立即趕返南方，部署號召全國的天師道大起義，進一步向謝玄施壓，能讓他內傷發作、一命嗚呼當然最理想。

只要能長期佔據邊荒集，他將穩操勝券。如他可以化身爲二，一個化身將會趕回海南，另一個化身留守邊荒集，如此天下可肯定是以天師道爲國教的新王朝天下。只恨他分身乏術。

他放心不下邊荒集，因爲他曉得燕飛還沒有死，還更強大了，現在正於集外某處窺伺他孫恩。

徐道覆和盧循此時來到他身旁單膝下跪敬禮，齊呼「天師萬安」。

孫恩目光往兩人掃去，淡淡道：「起來！」

徐道覆和盧循長身而起，前者的神色有點不自然。

孫恩目光落在徐道覆身上，微笑道：「聽說道覆昨晚喝下整罈雪澗香，醉得不省人事，須人把你抬回去，是否有這回事？」

徐道覆瞪盧循一眼，頹然點頭。

孫恩從容道：「任何人失去像紀千千這種能傾國傾城的美女，喝點酒很正常，不痛心才是反常。不過大丈夫生於如此亂世，一時的打擊只可以視作歷練修行，任暴風雨如何猖狂，我們仍要屹立不倒，方有洗雪恥辱的機會。我很明白慕容垂是怎樣的一個人，他比任何人更清楚，若強迫紀千千就範無異煮鶴焚琴的掃興事。所以只要你能在短期內征服南方，即可揮軍北伐，直搗慕容垂老巢以討回紀千千。道覆，這是你最後一次爲紀千千醉倒，再不可以有第二次。」

徐道覆聽得非常用心，雙目神光漸盛，到聽罷動容道：「道覆受教。」

天空暗黑下來，星兒開始現身。

孫恩像說著與己無關的事般，輕描淡寫的道：「我孫恩並沒有做皇帝的野心。將來統一天下，我道統的衣缽由小循繼承，得黃天大法的眞傳；皇帝的寶座由道覆坐上去，但須把天師道立爲國教，尊你大師兄爲國師。而爲師將避世修道，看看仙道福緣會否於今世降臨到我身上。」

盧循和徐道覆忙下跪謝恩。

孫恩是不得不先解決內部的矛盾，方可展開統一南方的鴻圖大計。兩大傳人現在利益一致，又有自己在上主持，當然關係良好，同心協力。可是若天師道勢力不住擴大，勢會出現權力的鬥爭。所以現在一舉爲兩人定位，既可激勵他們的鬥志和士氣，又可令兩人心中有著落。

「起來！」

兩人起立，神情雖異，均難掩心中興奮之情。徐道覆是因可做天下之主，盧循卻因得傳他夢寐以求的黃天大法。

孫恩道：「我和小循立即趕回南方，邊荒集交給道覆全權處理。邊荒集得來不易，守之也不容易，在城牆建成前，更是危機四伏。我們回去後會設法牽制南朝諸勢力，令他們無法北顧。」

接著續道：「我軍留下五千人駐守邊荒集，其他人由小循領兵還師。道覆必須拋開個人私怨，以大局爲重。當邊荒集回復昔日光輝，繼續成爲南北貿易的轉運中心，我們將如虎添翼，南方再無可與我們頑抗的實力。哼！背叛我的人終有一天會自食惡果，我們不用爭一時的意氣。」

兩人明白他最後幾句話是針對臨陣撤走的聶天還而說的。孫恩極少表達心裡的情緒，可見他對聶天還動了眞怒。

孫恩忽然嘆一口氣，目光移往邊荒集西面，道：「燕飛仍然在世，其精神更趨強大，更難掌握，更狡猾難測。」

兩人默然無語。

當晚孫恩重創燕飛，卻被任青媞由後偷襲，未能追上去補上結束他小命的一擊，還因而被燕飛反擊受傷。孫恩當機立斷，撇掉任青媞，親自追搜燕飛，卻是一無所獲。現在燕飛終於傷癒回來。

孫恩續道：「集破之日，紀千千巧施火牛、火馬陣後，堅守夜窩子，到天明時方投降，使我們沒法追擊逃離邊荒集的荒人。這批人數目當不過四千人，卻是邊荒集最精銳的高手。可肯定他們重整陣腳後，必會捲土重來。道覆須小心應付，絕不能輕忽視之。」

盧循道：「希望慕容垂引蛇出洞之計可以成功，讓我們可以安心建城。」

孫恩道：「荒人雖受重挫，卻未致一敗塗地。水能覆舟，亦能載舟，建城之事必須倚靠荒人，邊荒集的盛衰亦在於荒人的努力，但他們也是心腹之患。道覆須行親民之政，讓他們繼續享有以前的利益，邊荒集方可成爲統一的關鍵，否則只是讓我們多一個沉重的包袱。」

徐道覆恭敬答道：「道覆不會令天師失望。」

孫恩嘆道：「不過若事不可爲，道覆要以保存實力爲首選。」

盧循一呆道：「這情況怎麼可能出現呢？」

孫恩想的卻是燕飛，心中考慮自己應否拋開一切，在邊荒把他找出來加以擊殺，去此心頭大患。旋又放棄此念，因爲他必須立即趕回海南，如讓聶天還乘機偷襲，多年努力，將盡付東流。

仰天一陣長笑，飄然南去。

唱道：

「瀉水置平地，各自東北南西流。

人生亦有命，安能行嘆復坐愁！

酌酒以自寬，舉杯斷絕歌路難，

心非木石豈無感？吞聲躑躅不敢言。」

歌聲隨他遠去，迴蕩於潁水兩岸。

看著孫恩漸去的背影，兩人心頭一陣激動。孫恩憑歌寄意，不但宣洩因謝安之死引發的感慨，更觸撫徐道覆因失去紀千千而來的傷情，暗含鼓勵。

謝安的逝世，標誌著一個新時代的來臨，南朝將失去以謝安爲核心的凝聚力。新的時代將屬於天師道。

盧循和徐道覆各想各的。後者想的是奮起振作，如此方有機會洗雪紀千千被強奪的奇恥大辱。

燕飛立於小谷外的高地，遙望邊荒集。

古鐘樓上飄揚著慕容燕國和天師道的旗幟，向所有荒人示威，更代表著荒人和他們所結下解不開的深仇。

燕飛並不喜歡以武力解決問題，可惜在這胡漢大混戰的時代裡，武力是唯一解決問題的方法。

他感應到孫恩，感覺比以前強烈清晰，他甚至知道可以透過這種心靈的連繫，召來孫恩再定勝負，但眼前他必須把紀千千擺在最重要的位置。

後方的小谷只剩下戰爭驚心動魄的痕跡，一切已事過境遷。

月兒由潁水對岸升起來，從月兒的圓缺，他估計出自己的胎息療傷應在十日以上，心中湧起再世爲人的奇異滋味。

「叮！」

北面里許外一座密林傳來兵器交擊的清脆聲音，燕飛意動氣至，全速往聲源處掠去。

劉裕隨小婢穿廊過園，來到刺史府西北角，越過竹林後，一座兩層的小樓出現眼前，環境清幽，彷若遠離塵俗。

劉裕想不到刺史府內有這麼好的地方，尤其想起即將見到心中玉人，心情更是開朗。

小婢在背後輕推他一把，示意他自己到小樓去。

劉裕此時尚未弄清楚小婢是謝鍾秀還是王淡眞的人，如是後者的婢女，那他們若眞的私奔，必須帶她一起離開，否則會給王恭處死，他怎忍心發生如此情況？

道：「姊姊如何稱呼？」

小婢低聲道：「我不是姊姊，叫甚麼名字你不用理會，最好是把我忘記。明白嗎？」說罷匆匆離開。

只聽這幾句話，便知她是謝鍾秀的心腹愛婢，所以曉得事情的嚴重性。

謝鍾秀肯在此事上幫王淡眞的忙，可見她對王淡眞很夠朋友，因他兩人若私奔，對謝家是有害無利。

劉裕收拾心情，昂然舉步，直入小樓。

「呵！你來哩！」

劉裕推開門，仍未有機會說話，王淡眞挾著一股香風投入他懷裡去，比對起她一貫的守禮自持，此時的熱烈實教他沒法預料。

王淡眞用盡力氣摟緊他，喘息道：「你騙不過我的，我從你的眼神看出來，你是關心淡眞的。」

滿懷軟玉溫香，動人的廝磨，血脈和心跳的和鳴，天地旋轉起來，劉裕的堤防徹底崩潰，敗得比苻堅的淝水之戰還要徹底，整顆心完全融化了。

她成爲他對將來唯一的希望，爲了她，甚麼都可以拋棄，何況他已是一無所有。

劉裕以腳將門關上，抱起她來到小樓一角，將美麗的她壓在牆上，尋上她香唇，縱情痛吻。

這位艷名稱著建康的高門仕女用盡氣力和熱情強烈反應，若他想得到她的身體，肯定不會遇上任何反對。

唇分。

兩人四目交纏，一切盡在不言中。

「哎唷！」

王淡眞狠狠在他肩頭咬了一口，嬌癡的道：「有段時間我眞想把你千刀萬剮，差點氣死人哩！」

劉裕痛得甜入心肺，眼神射出堅定不移的神色，道：「淡眞想清楚了嗎？」

王淡眞生氣地道：「想不清楚的是你，在路上遇到你前，我早計畫逃往邊荒集找你們。幸好皇天有眼，教淡眞遇上你。」

劉裕愕然道：「那時你尚未知我是怎樣的一個人，竟已看上我嗎？」

王淡眞調皮地聳肩道：「你很難明白嗎？在北府兵中你是個活的傳奇，沒有你，淝水之戰鹿死誰手，尚屬未知之數。」

劉裕對她所存的疑慮一掃而空，沉聲道：「我們須離開廣陵。」

王淡眞道：「我們不但要離開廣陵，且須今晚走。」

劉裕失聲道：「今晚？」

王淡眞跺腳嗔道：「爹明早將抵達廣陵，到時我身不由己。他更清楚我不想嫁給殷士維那沒有半點男子氣概的傢伙，訂親前後會叫人看緊我。」

又道：「你曉得此事嗎？」

劉裕點頭表示清楚。

王淡眞歡喜地白他一眼，會說話的眼睛像在告訴他：「算你哩！也有關心人家呢！」

劉裕皺眉道：「我眞不明白令尊，殷仲堪與桓玄關係密切，而桓玄一直對皇位虎視眈眈，和殷仲堪攀上姻親關係，有甚麼好結果呢？」

王淡真道：「我不理爹的事，只要能和你在一起便成。唔！你可以對人家壞一點，我對循規蹈矩的生活早厭倦透頂。」

劉裕差點控制不了自己，卻知時地均不宜，深吸一口氣道：「我究竟會如何使壞，包保小姐很快會領教到。好！我們就在今晚有多遠逃多遠，你有甚麼計畫？」

王淡眞閉上美眸，玲瓏浮凸的酥胸高低起伏，誘人至極點。輕喘著道：「此事沒有人曉得，包括鍾秀在內，她只以爲我和你說幾句私己話，或秘密偷情，因她也看殷士維不順眼，更怨恨我爹和殷仲堪修好。」

劉裕終弄清楚謝鍾秀在此事上擔當的角色，不禁對高門仕女的叛逆大膽爲之咋舌。也理解到仕女們對買賣式的政治婚姻的極度反感。

事實上謝家諸女的婚姻多是苦難而非幸福，謝鍾秀感同身受，助閨友一臂之力是自然而然的事。至於謝鍾秀發覺兩人私奔會如何，他此時再無暇顧及，可肯定的是她絕不會洩露自己曾間接參與，縱使被發現眞相頂多也只是被責備幾句。有謝玄在，誰都奈何不了她。

王淡眞湊到他耳邊道：「今晚初更時分，我會借詞休息，偷偷溜到後園藏在後門旁的桂樹林內等你，由那一刻開始，我便是你的人，一切由你作主，你要好好待淡眞……呵……」

劉裕封上她濕潤的紅唇，良久後方放開她道：「即使是天王老子攔路，也阻止不了我劉裕去會你。我會令你成爲世上最幸福的女人。今晚我們攀城離開廣陵，你將不再是高門大族的女兒，而我也不再是北府兵的副將。你想清楚了嗎？不會後悔嗎？」

王淡眞意亂情迷的道：「劉裕呵！淡眞永遠不會後悔的。爹有七個女兒，少一個有甚麼要緊呢？他從來沒有尊重過我的意願。」

劉裕費盡九牛二虎之力才強迫自己離開她動人的肉體，沉聲道：「我們得回去了！緊記今晚初更之約。」

王淡眞搶前和他纏吻，接著依依不捨地悄悄離開。

看著她美麗的身影，劉裕曉得自己作出最明智的決定，只有這樣，做人才有意義。

第三十五章 男兒之諾

慕容垂和心腹大臣高弼立馬潁水西岸高丘，監視車隊朝著被他們稱之爲「邊荒北站」，由黃河幫築建的木寨進發。

他們的行軍路線盡量東靠潁水，如此敵人若要偷襲，只能從西面來攻，遠較敵人可從任何方向攻來容易應付多了。

今次護送紀千千的兵員達七千之眾，清一色是騎兵，分前、中、後和左翼衛四軍，更早一步於沿岸高地設置哨衛，不論進攻退守，均靈活如臂使指。只要對方一意爭奪紀千千，慕容垂有把握將敵人一網打盡，除去邊荒集的心腹大患。等到其他區外勢力欲插手邊荒集之時，邊荒集已搖身變成一座能防攻、防洪的堅固城池，由他們和天師道共同監管。

建城牆對荒人來說是天條禁忌，他和孫恩當然不會尊重任何邊荒集的慣例。

際此戰爭的年代，人口是最重要的資產，慕容垂本計畫從邊荒集擄走大批年輕婦女，可惜集內婦孺早先一步撤往幽谷。小谷被攻陷時對方四散逃往邊荒，令他計畫落空。

不過計畫成功與否再不重要，因爲眼前其中一輛馬車，載的是最令他心動的絕世美人兒，不論才智美貌，均使他迷醉顛倒，征服她是人生最大的樂趣之一，不亞於統一天下的偉大功業。

甚麼是愛情？恐怕沒有人能有確切和不受質疑的答案。慕容垂只曉得紀千千給他的感覺是神奇的，沒有任何東西可以代替。猶如一抹陽光破雲射進暗無天日的灰黯天地去，又或似一股暖流注入冰寒的汪洋。一切都不同了。

紀千千令他體驗到從沒有過的波動情緒，把他帶進一個全新的世界。他雖曾在生命的不同階段擁有不同的美女，可是紀千千卻令他嘗到初戀的滋味。

慕容垂啞然失笑。

高弼訝道：「大王因何事如此開懷？」

慕容垂欣然道：「我在感嘆世事之難以預料，出人意表。」

高弼更摸不著頭腦，道：「大王爲何忽然有此感嘆呢？」

慕容垂目光掃視潁水對岸，輕鬆的道：「當日任遙帶徐道覆來找我，商議合作征服邊荒集的行動，於一次喝酒聊天的情況下，提起紀千千。」

高弼恍然，原來當自己在想如何應付突襲的當兒，慕容垂卻滿腦子想著紀千千。不過連他高弼也不得不承認，當目睹過紀千千的絕代芳華，腦袋確很難容納其他事物。

慕容垂道：「徐道覆說紀千千乃南朝之寶，代表著中原文化藝術的驕人成就，且有沉魚落雁之容、傾國傾城的美態。他雖閱人千萬，卻沒有任何美女可與她媲美。」

高弼終於明白慕容垂之所以在攻打邊荒集前，已把紀千千視爲戰利品，皆因在聽到徐道覆說這番話時，早已動心。

慕容垂嘆道：「徐道覆提起紀千千，或許是酒後眞情，也不無炫耀之意。不過他絕未想到紀千千竟會到邊荒集去，而令我生出爭奪之意。你說世事是否難以預料呢？」

接著雙目射出海樣深情，投往在疏林中時現時隱，載著紀千千主婢的馬車，喟然嘆道：「我慕容垂縱橫天下，卻從沒有想過愛情可以在焚城燎原的激烈戰火裡發生，現在忽然嘗到其中滋味，上天待我的確不薄。」

高弼無言以對。

慕容垂懷疑的道：「你在想甚麼？」

高弼心中正在想慕容垂對一個仇恨他的美女動情，且「善待」投降的荒人，不像以往慣常的每攻佔一地，必盡情掠奪牲口、壯丁、女子而去，也不知究竟是吉是凶。他當然不敢說出來，於是胡亂找個話題道：「我在擔心鐵士心和宗政良守不住邊荒集，更憂慮和天師道的合作。」

慕容垂從容道：「紀千千是邊荒集的靈魂，我們把她帶走，荒人只是沒有靈魂的野鬼，不足成事。」

高弼道：「假設他們看破這是個陷阱，不來劫奪紀千千，邊荒集將永無寧日。」

慕容垂道：「他們一定會來的，若紀千千被我們帶回泗水北岸，荒人將永不能抬起頭來做人。我的看法絕不會錯。」

稍頓續道：「我對士心更有十足的信心，他不單武技高強，且謀略過人，辦事謹慎。我留他在邊荒集，更另有用意，是要他掌握南方的造船技術。當他成功建立起強大的戰船隊，北方應已落入我手中。那時南征的條件將告完備，統一南北，指日可待。」

高弼吁出一口氣，放下心來。

邊荒集已落入他們手上，天下還有能與慕容垂對抗的人嗎？

劉裕悄悄回到居所，心中仍像燒著了炭坑般的雀躍興奮。

他把高彥給他的小背囊拿出來放在几上，厚背刀擱到一旁，想起剛才將王淡眞摟個結實的動人感覺，一股熱血直沖腦門，渾身發麻。這是從未有過的感受，若這便是愛情，他願作任何犧牲去換取。一切來得如此突然，在幾日內他經歷了人生最低潮失意的時刻，可是現在所有付出均得到了回報。

偕美逃離廣陵的工具全在囊內，沒有人可以阻止他，更有信心憑他的本領，即使北府兵盡出，也永遠尋他們不著。

他會帶王淡眞逃到海外，找一處沒有人認識他們的地方，男耕女織，生幾個白白胖胖的兒子，再不願知曉外面的任何事。甚麼爭霸天下，管他的娘。

他的動作逐漸慢下來，取出索鉤後，停了下來。

「唉！」

自己眞能放開邊荒集兄弟們的血仇，袖手不理嗎？

他想理會又如何呢？

謝玄再不視他爲繼承人，北府兵高層諸將大多在妒忌他，建康高門又因紀千千的事仇恨他。即使曼妙每天在司馬曜耳邊爲他說好話，他仍只是北府兵內地位低微的小將領，可以有甚麼作爲呢？

更重要是他絕不能讓王淡眞失望，不可讓她落入別的男人手裡去。

她向自己作出毫無保留的奉獻，她以後的快樂和幸福，全在自己手上。

能令自己最心愛的女人幸福，是男兒偉大的成就。

自己已向她作出的承諾，是男子漢大丈夫至死不渝的承諾。他願意犧牲一切以實現承諾。

紀千千嬌軀一顫，容色轉白。

剛坐到她身邊來的小詩吃驚道：「小姐！你不舒服嗎？」

紀千千伸手抓著小詩肩頭，柔聲道：「燕飛又在召喚我，說他遇上高彥。」

小詩劇震道：「高公子？」

紀千千閉上眼睛，好一會兒才張開來，秀眸閃閃發亮，難以置信的道：「燕飛眞是個人間的奇蹟。他像是從人家心靈的最深處對我喁喁私語，是那麼的神奇！就像古代神話志怪裡的傳心術，以心傳心，不受任何限制。」

小詩本在擔心紀千千的精神出了亂子，卻被一句「高彥」吸引了注意，急問道：「高公子眞的仍然活著嗎？」

紀千千朝她瞧來，甜甜地笑道：「詩詩開始相信我不是在發瘋了！對嗎？」

小詩不好意思的道：「小姐啊……」

紀千千目光投往窗外，喜孜孜的道：「只要燕飛沒有死，不論我面對的是何種情況，生命已是完美無缺。告訴你吧！我有信心燕飛可以在渡泗水前將我們從慕容垂的魔掌裡救出去。沒有人能擋著他，因爲他再不是個凡人，而是大地遊仙式的絕世高手，他的成就將會超越當代所有高手。終有一天你會曉得我的感覺沒有失誤，不信的話就大家走著瞧。」

小詩心頭一陣激動，雖然她對紀千千與燕飛心有靈犀之說半信半疑，但紀千千忽然回復生機，整個人像正不斷發光發熱的模樣兒，正顯示紀千千因燕飛而死去的心復活過來了。

紀千千舉袖爲她拭淚，責道：「傻瓜！爲甚麼哭呢？我才是擔心得要死，因爲曉得你最沒有膽子，眞怕你給嚇出病來。現在不用擔心哩！燕飛來了！」

小詩泣道：「若小姐你眞的出了問題，我眞會給嚇壞的。」

紀千千心痛的道：「只是爲了你，我就不會容許自己出問題。不要小看本小姐，我有很堅強的意志，永遠不會向敵人屈服。」

小詩忍著熱淚，顫聲道：「若小姐要自盡，詩詩願意陪伴你。」

紀千千瞪大美目看她，失聲道：「你仍以爲我是思念燕飛成疾嗎？」

小詩淚流滿面，淒然搖頭，又點點頭。

紀千千沒好氣的道：「還記得我起的那課名爲迴環的六壬課嗎？生機終於迴環重現了！噢！」

紀千千現出凝神傾聽的神色，嚇得小詩收止哭泣，怕驚擾了她。

馬車繼續沿潁水北上，馬車四周的戰士高舉火把，映照著飽受戰火摧殘的邊荒，分外有種荒寒淒清的感覺。

紀千千閉上美目，嬌軀抖顫。

小詩嚇得手忙腳亂，正不知如何是好之際，俏臉血色褪盡的紀千千向她倚倒過來，小詩駭然摟抱著她。

紀千千在她耳邊以微僅可聞的聲音道：「與燕郎的心靈傳信極耗心力，我再沒法持續下去。剛才我把我們現在的處境傳送過去，希望他可以接收到吧！」

燕飛雙掌離開高彥背心，道：「感覺如何？」

高彥舒展筋骨，咋舌道：「嘩！你愈來愈厲害了！眞氣像一重又一重浪般湧過來，令我新傷舊患同時消除，現在我連老虎都可以赤手力搏。」

燕飛暗鬆一口氣，高彥剛才被黃河幫的巡兵追殺，幸好他及時從敵人的刀口下把他救起，逃到這裡爲他療傷。

道：「早警告過你，給頭小白雁差點害死了吧？」

高彥皺眉道：「你在胡說甚麼？小清雅怎會害我？我死撐著回來正是要找她，豈知邊荒集竟然失陷了。我從潁水秘道潛返集內，處處寸步難行。邊荒集的兄弟姊妹像囚犯般被看管著，我千辛萬苦才與龐義見上一面，他卻不肯隨我逃走。說甚麼逃一個敵人便會找十個人來問吊，嚇得人人你看管我，我監視你，誰都不敢逃走。」

燕飛皺眉道：「龐義沒告訴你郝長亨是大壞蛋嗎？」

高彥信心十足的道：「郝長亨是怎樣的人我不管，總言之小白雁是不會害我的，我還叫她自行逃命。知她已安然返回邊荒集，我不知多麼高興。」

又舉起擱在一旁的小背囊，道：「全靠這寶囊和護體戰甲，救回我一條小命。那個偷襲者眞卑鄙，偷偷在樹林裡鑽出來，我連人影都看不到就給他在後面轟了一掌。幸好小白雁爲救愛郎我死纏著他，使他沒法再補一掌，否則我定會一命嗚呼。」

燕飛無暇和他在誰偷襲他一事上糾纏，道：「你剛才想到哪裡去呢？」

高彥道：「龐義告訴我邊荒集失陷的那晚，千千以自己的性命作威脅，逼老屠、老卓等人率領主力精銳軍，憑火牛陣突圍逃生，自己則留下來牽制敵人。我現在正是要去找他們。潁水秘道仍未被敵人識破，我們可以從容由秘道潛回邊荒集，來個裡應外合，收復邊荒集。」

燕飛訝道：「屠奉三和慕容戰不是要死守小谷嗎？」

高彥道：「小谷在第二晚被徐道覆那傢伙攻陷了，屠奉三和慕容戰眞是了得，衝破敵人封鎖，返回邊荒集與大家共存亡。如非慕容垂抽乾潁水，一萬大軍從對岸跨過潁水來攻，邊荒集仍可捱得住。」

燕飛可以想像當時戰況的慘烈，血流成河的場面浮現腦際，再問道：「宋孟齊和陰奇有沒有回來呢？」

高彥道：「聽說他們一直以戰船在河道與黃河幫的水師纏戰，邊荒集失陷後再沒有他們的消息，應是凶多吉少。」

燕飛暗嘆一口氣道：「你設法找老屠他們，告訴他們慕容垂押千千主婢北上是一個對付他們的陷阱，要他們沉住氣不要冒險，我會設法拯救她們。」

高彥臉上現出古怪極至的神色，道：「我剛想告訴你這件事，你怎會知道得比我還清楚？你不是剛睡醒過來嗎？除千千外，人人都認爲你被孫恩幹掉了。據龐義說，孫恩在失陷那晚現身邊荒集，還孤身闖入邊荒集大開殺戒。唉！他的武功確實人力難以抵擋，我們高手盡出，仍被他幹掉幾個，夏侯亭和顏闖當場戰死，費二撇也被重創，孫恩卻從容離去。老屠指孫恩可能在殺你時爲你所傷，否則會有更多人送命。」

燕飛強壓下心中悲痛，沉聲道：「我沒空解釋爲何會知道千千的情況，現在當務之急是救回千千和詩詩。你依我所說的去做吧！救回她們後，我會和她們到小谷外等你們。」

兩人從地上彈起來，在滿天星斗下，長風徐徐吹至，令人精神一振。

高彥目不轉睛地打量他，閃著驚異的神色，道：「你整個人的神氣都不同了，不是二度酣睡後，終於變成神仙吧？」

燕飛沒好氣道：「去你的！我仍然是好人一個，和以前沒有分別。」

高彥興奮的道：「只要你沒有死，我們並沒有輸掉這場仗。你要小心點，慕容垂的槍法就算比不上孫恩，也所差無幾。」

燕飛微笑道：「成也潁水，敗也潁水，這是孫恩說的。我要慕容垂根本沒有攔截我們的機會。」

高彥拍拍他肩頭，喜道：「孫恩都弄不死你，我還有甚麼好擔心的。只要你能救回她們，這場仗我們等若贏了一半。我與龐義約定通信的手法，找到老屠他們後，我會回邊荒集報喜。哈！我去哩！」

看著高彥沒入西面林野，燕飛心中湧起萬丈豪情。

高彥說得對，這場邊荒集之戰仍是勝負未分，關鍵在能否把千千和詩詩救回來。

他已從紀千千那裡弄清楚她們主婢的處境，且擬定整個拯救行動。

天下再沒有人能阻止他的行動，即使慕容垂和他的千軍萬馬也沒法辦得到。

第三十六章　心內鬥爭

劉裕獨坐黑暗的廳堂裡，等待初更時分的來臨。

刺史府上下人等今晚會徹夜不眠，爲謝安守靈，接待從各地趕來弔唁的人。主堂一方及其鄰近房舍燈火通明，人來人往，這邊廂卻是烏燈黑影，冷冷清清。

不知謝家是故意冷落他，還是體諒他傷勢未癒，讓他休息。不論如何，他都有種被遺忘的感覺。在與王淡眞相約私奔前，他肯定會暗自神傷，此時卻是樂得沒有人理他。最好是王淡眞可以立刻起程，隨他遠走高飛。不過顯然王淡眞必須先作好安排，例如換過夜行衣，收拾簡單的行裝，支開隨從，免得一失蹤，便被人發覺出問題諸如此類。

她不會出岔子吧？

說不擔心是騙人的，劉裕一顆心懸在半空，不上不下。雖不住提醒自己不要瞎擔心的胡思亂想，卻禁不住向壞處鑽出種種可能性。那種患得患失的焦慮眞不好受。

尙有小半個時辰就是約定的時間，王淡眞會否依約前來呢？

想起這位平日高高在上、嬌貴動人的美女親口向自己表白，由私奔的一刻開始成爲他的女人，劉裕心中湧起無與倫比的狂喜，糅集苦候那一刻來臨的諸般焦憂，一時間心中不知何等滋味。

小背囊和厚背刀擱在身旁几上，劉裕強迫自己不要去想邊荒集，不要想謝玄，不要想王淡眞之外的任何人事。可是當日與燕飛、紀千千和高彥乘船遠征邊荒集的情景，卻不住浮現心湖，壓抑無效。

劉裕重重吐出心頭悶氣，心底下無奈地曉得，即使走到天之涯海之角，這樣的浮想和思念的情緒，仍會一直跟著他。

在淝水之戰時謝玄對他的另眼相看，他將永遠忘不掉。恍恍惚惚裡，他似聽到足音，仍是疑幻疑眞的當兒，梁定都的聲音在廊道處響起道：「劉副將！胡將軍來探你哩！」

劉裕暗吃一驚，忙跳起來先把背囊收在椅下，點燃壁燈。胡彬在梁定都帶領下進入小廳。

胡彬見到劉裕，欣然笑道：「我還以爲你仍躺在床上起不來，現在見到你生龍活虎的，終於放心哩！」

梁定都道：「胡將軍何須擔心，劉副將之前剛和孫將軍出外散心。」

劉裕心中暗罵梁定都，想到高彥不喜歡他是有一定的道理。

胡彬卻不以爲意，拍拍梁定都肩頭，道：「我和劉副將是好朋友敘舊，梁兄不用理會我們。」

梁定都施禮告退。

若在平時，劉裕會因胡彬給足面子來探望他而非常感激，此刻卻希望他愈快離開愈好，因爲他已失去與任何人說話的心情。

表面上當然不能露出任何蛛絲馬跡。

淝水之戰時，胡彬是前線壽陽的主將，是北府兵最響噹噹的將領之一。淝水大勝後，他的地位進一步鞏固，其影響力尤在孫無終之上，僅次於劉牢之和何謙。

因著劉裕對他有救命之恩，所以一直對劉裕非常照顧，更是北府兵裡支持謝玄重用劉裕的最重要將領。

對他劉裕是有一定的好感。

兩人隔几坐下。

胡彬容色轉爲凝重，低聲道：「劉副將現時的處境非常不妙。」

劉裕心忖妙與不妙，對他再無關重要，卻不得不好好應付，免令其生疑。故作驚訝道：「將軍何出此言？」

胡彬朝他瞧來，親切地道：「午膳後，我們十多個將領聚在玄帥的書齋說話，玄帥忽然提起你，並詢問我們對你的看法。」

劉裕的心抽搐了一下，有點呼吸困難的問道：「孫將軍在嗎？」

胡彬搖頭道：「他不在，不過朱序大將軍亦在席間，只有他和我爲你說好話。」

劉裕感到整個人麻痺起來，雖說私奔在即，但曉得這麼多人反對自己，心中仍非常不好受。

胡彬壓低聲音道：「雖然是非正式的會議，可是我這樣暗中告訴你其中內容，是違反軍規的。所以今晚我和你的對話，絕不可傳入第三人之耳。」

劉裕方明白爲何胡彬沒有親衛隨行，又支開梁定都，胡彬眞的非常夠朋友。道：「將軍放心，劉裕是怎樣的人，將軍該清楚。」

胡彬點頭道：「我若不清楚你是怎樣的一個人，今晚不會在這裡和你說話。當日你不顧生死地爲我擋著盧循，又不理盧循的威脅到邊荒集完成幾近不可能完成的任務，我便曉得你非池中之物，所以不用把一時的挫折放在心上，將來你定有一番作爲。」

劉裕心叫慚愧。

唉！

我究竟是怎樣的一個人，恐怕自己都弄不清楚。當私奔的事紙包不住火時，胡彬或會爲說過這番推崇他的話而後悔。

頹然道：「他們怎樣說我呢？」

胡彬道：「當時在場者除劉牢之、何謙和朱序三位大將軍外，尚有高素、竺謙之、劉襲、劉秀武和我五人。」

劉裕心想北府兵的高層將領幾乎全體在場，謝玄於此場合提起自己，益發顯得事情的不尋常。

胡彬續道：「玄帥扼要地說出你爲何會從邊荒集趕回來，又說及你受傷的過程，同時詢問各人對整個情況的意見。」

稍頓又嘆道：「依我看玄帥的意思是希望我們各抒己見，好擬定應付邊荒集失陷後的局面，豈知卻演變爲對你功績的爭論，甚至有人認爲玄帥該處罰你。」

縱然劉裕決定與王淡眞遠走高飛，一顆心仍直沉下去，手足冰涼，一時說不出話來。

胡彬道：「有人舊事重提，指出你沒有請示玄帥，自行與燕飛等到邊荒集去，是目中無人、一意孤行、恃功自驕。」

劉裕心中禁不住怒火騰升，沉聲道：「是誰說的呢？」

胡彬道：「誰說的並不重要，你更不要因此心生怨恨。無論如何，這代表軍內一種看法。我和朱大將軍都不同意，說你是因爲紀千千不得不同行，否則怎向玄帥交代？」

劉裕忍不住問道：「玄帥說甚麼呢？」

胡彬道：「玄帥雖沒有直接表態，不過我看他在此事上是支持你的。劉副將實在不必將這種事放在心上。記著只要有人的地方便難免有鬥爭，在我們北府兵內更是山頭林立，你受玄帥破格提拔，更令你成爲權爭的目標。不招人忌是庸才，你該感到高興才對。」

劉裕苦笑道：「高興？唉！我想玄帥現正因曾對我另眼相看而後悔。」

胡彬訝道：「劉副將竟然有此想法？這肯定是一場誤會。玄帥最後的結論是若要收復邊荒集，只有你一個人可以辦到，即使其他人在兵法上勝過你，也缺乏你對邊荒集的認識和與荒人的密切關係。」

劉裕愕然道：「玄帥眞的有這個看法？」

胡彬不悅道：「我爲何要騙你？我之所以要來和你說話，是希望你堅持下去，不要給人看扁了。」

劉裕整條脊骨寒颼颼的，心想難道謝玄眞的仍未放棄自己？問道：「玄帥是否準備反攻邊荒集？」

胡彬道：「當時各人紛紛請命，願率兵攻打邊荒集，均被玄帥一口拒絕，卻又沒有解釋原因。我們事後猜玄帥是要先看清楚形勢，方作決定。」

劉裕心中反舒服起來，因爲若謝玄決定派自己去收復邊荒集，而自己卻作逃兵，他的良心肯定永遠不安樂。

道：「玄帥是否準備把我調職至劉參軍下做個小參將呢？」

胡彬一呆道：「誰告訴你的？」

劉裕知他會爲自己保守秘密，坦然道：「是宋悲風告訴我的。」

胡彬欣然道：「看！欣賞你的人絕不會少。此正爲我最想通知你的事，好讓你心裡有個準備。玄帥此著非常巧妙，不單大大減低眾人對你的妒意，還使劉參軍轉而維護你。誰不知劉裕是我北府兵難得的人才呢？」

接著起立道：「我不宜在你這裡逗留太久，你好好休息。安公遺體運返建康後，我會和朱大將軍約你相聚，大家再好好聊天。」

送走胡彬後，劉裕神不守舍回到屋內，差點要仰天大叫，以宣洩心中的矛盾和痛苦。

胡彬雖說得好聽，事實畢竟是事實。

謝玄已不再視他爲繼承人，不再是心腹親信，甚至於不想見到他。

罷了！

他會和眼前殘酷的現實道別，帶著心愛的人兒遠走他方。不論身心，他均非常疲倦，沒法在北府兵劇烈權鬥的漩渦內掙扎下去。

「噹！」

初更的鐘聲從遠處傳來。

劉裕聞鐘音全身劇震，頭皮發麻。

私奔的時刻終於到了。

燕飛追上慕容垂的部隊，在敵人西面里許處趕越對方。

除非燕飛眞的變成神仙，否則絕沒有可能從西面硬攻救人。對方不但是北方最強橫的騎兵團，且有被推崇爲胡族第一高手的慕容垂親自坐鎮。一旦落入敵人重圍，他將是有死無生之局。

要救人，憑的仍是謀略和戰術。

他有一項敵人夢想不及的優勢，是他透過與紀千千的以心傳心，掌握到敵人的第一手情況。最精采的是當紀千千恢復精神，他可以精確無誤地曉得紀千千是在哪一輛馬車內。慕容垂亂敵耳目之計對他完全失效。

但在此刻，他與紀千千的連繫已中斷。

燕飛「颼」的一聲從一座密林掠出，來到其北面的平野。

風聲在後方上空響起。

燕飛倏然立定，暗責自己的疏忽，因把心神放在營救紀千千一事上，竟沒有留意沿途的情形。但亦心內舒服，曉得自己並沒有變成「異物」，仍是有血有肉的人，會因主觀或偏見而出現誤差。

不過當他的注意力集中到由後方樹頂凌空躍下的人，卻眞有神通廣大的感覺，達到「不以目視，只以神遇」的武道層次，清晰無誤地把握到對方的來勢、速度，以至於意圖。

「燕飛！天啊！你竟然沒有被孫恩殺死！」

燕飛旋風般轉身，與來人擁個結實，充滿劫後重逢的狂喜歡欣。

來者赫然是「邊荒名士」卓狂生。

兩人放開手，仍互拍對方肩頭，非如此不足以表示雙方共患難生死的激情。

卓狂生容顏憔悴，對他這種高手來說，顯然曾受過重創，至今仍未完全復元。

燕飛笑道：「你也沒有丟掉性命，我眞怕你一意與邊荒集共存亡，更怕邊荒集還沒亡你自己先丟了老命。」

卓狂生大笑道：「正如老程常掛在口邊的一句話，有賭未爲輸。嘿！你爲何沒死呢？孫恩武功之高，出乎我們所有人想像之外。你看來比以前又精進一重，究竟發生了甚麼事？」

燕飛扼要解釋，又告訴他途中遇上高彥，然後問道：「其他人呢？」

卓狂生搖頭道：「我怎麼曉得？」

燕飛大奇道：「你不是隨他們一起突圍嗎？」

卓狂生苦笑道：「在邊荒集誰沒有愛上紀千千呢？小弟正是其中之一，且單戀成疾，趁兵荒馬亂之際躲進我說書館的密室，苦待英雄救美的良機，卻始終無法下手，千千小姐和詩詩被慕容垂帶走，我只好溜出來，看看能否在中途出手營救。好哩！現在有你這保鏢王作拍檔，我的信心登時大增。」

燕飛心中感動，卓狂生不脫狂士本色，說得輕鬆，事實上卻是寧死也不肯讓慕容垂把紀千千帶回北方。以他一人之力去救紀千千，只是送死。

抓著他肩頭道：「我們必須雙管齊下，營救千千主婢的同時，也要部署收復邊荒集，否則如讓對方築起城牆，我們將痛失良機。我已著高彥去尋找老屠他們，營救千千主婢由我負起全責，當務之急是請你回邊荒集去，穩定我方受俘者的心。」

卓狂生皺眉道：「憑你一人之力，如何拯救千千小姐和詩詩呢？」

燕飛知道若不多少透露些內情給他，他肯定不放心。拍拍他肩頭道：「慕容垂現在北上的部隊中有兩列車隊，各由五十輛騾馬車組成，其中一輛載著千千主婢。這個撤軍行動亦是精心布置的陷阱，引我們突襲救人。慕容垂東靠潁水行軍，把兵力集中於西面。所以人多並沒有用，徒然自投羅網。」

卓狂生雙目不住睜大，難以置信地道：「你不是剛趕來嗎？我跟蹤了他們幾個時辰，仍沒有你這般清楚。」

燕飛微笑道：「開始對我有信心哩？唯一成功的方法，是利用潁水埋伏突擊，只要時機拿捏得準確，或有一擊功成的機會。」

卓狂生猶豫道：「你怎知哪輛馬車載的是小姐她們呢？」

燕飛哂道：「你忘了花妖嗎？這是我的專長，絕不會誤中副車。」

卓狂生終於心動，道：「眞不要我幫忙嗎？有我在也多個人從旁照應。」

燕飛道：「我和慕容垂並非要比拚實力，而是看誰跑得快。只要我和她們逃往潁水東岸，千軍萬馬亦奈我們莫何。我已擬好全盤計畫，該不會空手而回。」

卓狂生上上下下打量他片刻，終於同意道：「好！我設法潛回邊荒集去，雖然並不容易，要神不知鬼不覺更是難比登天。」

燕飛道：「剛剛相反，此事輕而易舉，否則我也不會要你去冒險。」

遂把潁水秘道清楚道出。

卓狂生聽罷大喜道：「原來如此，難怪當日你們能在苻堅的眼皮子下把邊荒集鬧個天翻地覆。我現在可肯定邊荒集氣數未盡，如你能帶小姐她們安然回來，我們等若贏回這一場仗。」

哈哈一笑，掉頭朝潁水方向掠去。

燕飛收拾情懷，繼續上路。

此際他的心情大為開朗，因為邊荒集聯軍只是受到重挫，而非一蹶不振。

他們之所以有捲土重來的機會，全拜紀千千之賜。

邊荒集一役，不但使荒人團結起來，更令紀千千成為精神和實質上的最高領袖。

第三十七章　取捨之間

馬車忽往右轉，駛上一道斜坡，如若方向不變，可以直落潁水去。

紀千千駭然睜開美眸，與小詩隔窗外望。

窗外漆黑一片，隱見人影幢幢，蹄音密集。

紀千千頹然挨向椅背，花容慘淡。

小詩大吃一驚，抓著她手臂呼道：「小姐！」

紀千千似是費盡力氣方勉強擠出點聲音道：「詩詩你探頭往後看看，再告訴我是甚麼情況。」

小詩依言把頭伸出車窗外，報告道：「車隊繼續前進，只有我們的馬車偏離了路線。」

紀千千道：「你看得這般清楚，是否因我們的馬車在高處，而車隊仍是燈火照耀通明呢？」

小詩點頭道：「小姐猜對了，若是在平地，我們這樣被大批騎士包圍著，會看不清楚的。」

紀千千道：「成哩！」

小詩把身體縮回座位裡，發覺紀千千像很辛苦的模樣，閉目不住喘氣，一時也不知如何是好。

馬車終抵丘頂，不旋踵開始下斜坡，潁水的水聲在前方淙淙作響。

紀千千嘆道：「慕容垂詭計多端，恐怕燕郎今趟要中他的計了！」

小詩惶恐道：「怎辦好呢？」

紀千千道：「我早從慕容垂要我們登上這輛與眾不同的華麗馬車，猜到是個陷阱。若我再次猜對，現在原先的車隊裡會出現另一輛和我們這輛一模一樣的馬車，使人誤以爲我們仍在車隊裡，而事實上我們將改爲乘船北上，且不會在敵人的北站逗留。噢！我很累！」

小詩撲在紀千千身上，慌得哭起來道：「小姐啊！我們怎辦好呢？」

紀千千伸手摟著她肩頭，柔聲道：「不用害怕，我要好好睡一覺。希望我可以及時醒過來，好通知燕郎慕容垂的奸計。」

馬車緩緩停下。

外面的騎士四散守護。

紀千千摟著她的手無力地下垂，看她的樣子，若不是疲極而眠，便是昏迷過去。

小詩生出可怕的感覺，似孤零零一個人陷身於猛獸群中，絕對地孤獨無助。

蹄聲傳來。

不須片刻，慕容垂的聲音在車門外響起道：「爲免千千小姐路途顛簸之苦，我特別安排小姐改爲乘船北上，可順道欣賞沿岸美景。請小姐下車。」

小詩顫聲道：「小姐她睡著了。」

火把燃亮，門開。

慕容垂鑽進車廂來，先向小詩展露友善的笑容，接著目光投往紀千千，銳利的眼神射出無限深情，充滿愛憐的神色。自責道：「是我不好，以禁制手法唐突佳人，幸好一切過去哩！」

小詩完全不明白他最後一句話是甚麼意思。

慕容垂向她道：「小詩姊請先下車。」

小詩急道：「小姐她需要人照顧呢！」

慕容垂柔聲道：「小詩姊放心。」

小詩無奈下車，發覺已抵潁水岸旁，靠岸處泊著三艘中型風帆。

兩名鮮卑戰士來到小詩身前，客氣的施禮道：「姑娘請隨我們來。」

小詩回頭望著車內，方察覺車內空無一人。

再朝潁水瞧去，慕容垂威武的背影映入眼簾，橫抱著紀千千，朝中間的兩桅風帆掠去。

小詩悲呼道：「小姐！」

待要追去，整個人被那兩名戰士抓著手臂，提得雙腳離地的朝泊在隊尾的風帆走去。

在這一刻，她忽然明白了慕容垂那句話的背後含意，縱使慕容垂解開紀千千的禁制，紀千千也會因她而沒法獨自逃生，又或自盡。

燕飛全速掠行，大地在他腳下不斷後退。他毫不費力地盡展身法，天上的星辰和大地的林野，似正爲他歌舞歡呼。

月兒爬上了深遠的夜空，高高在上灑下金黃的色光，丘原林野在四周延伸無盡，令他生出御氣飛行的暢快感覺，大大減輕心內沉重的負擔。

他有信心可趕在敵人之前，抵達由黃河幫建立的木寨。他會在離寨半里許處的潁水沿岸埋伏，以迅雷不及掩耳的手法突襲敵人，破馬車救出千千主婢。然後利用預備好的浮木在瞬間橫渡潁水。只要逃到對岸，便大功告成。

金丹大法在體內不住運轉，他產生出漸漸失去重量的奇異感覺。心神不住提升和淨化，彷似天地間只有他一個人在獨自奔跑，除紀千千外，其他事都忘得一乾二淨。

劉裕舉步出門，忽然心生警兆，止步戒備。

任青媞的聲音在後方道：「劉大人要到哪裡去呢？不是想回邊荒集去送死吧？」

劉裕心中叫苦，這是個不能不敷衍的難纏惡女，若給她曉得自己是去和王淡真私奔，肯定會全力破壞。因爲自己正是她不能失去的最後一個機會。

劉裕裝作若無其事的轉過身來，仍不由眼前一亮，暗讚一句確是尤物。

任青媞秀髮披肩，緊裹在漆黑夜行衣裡的胴體盡顯誘人的曲線，就像來自黑夜的死亡誘惑。從她的俏臉望去，再沒有絲毫因任遙之死而受到打擊的痕跡。

想起曾和她親熱過，且是生死與共地並肩作戰，確實別有一番滋味在心頭。

扮作面色一沉，不悅道：「你不要來管我的事。你可知這麼來找我，是會害死我的。」

任青媞笑臉如花地直抵他身前，仰臉瞧著他淡淡道：「若謝玄沒有受傷，宋悲風又未完全康復，我的確不敢來。哼！現在嘛……除你劉裕外，誰摸得著我的影子？我們不是好夥伴嗎？你裝出凶巴巴的樣子是爲了掩飾甚麼呢？可說出來讓青媞爲你分憂嗎？」

劉裕暗吃一驚，知道若不採非常手段，肯定打發不了她，給她纏上個許時辰就糟了。他也不忍讓王淡眞久候他。

現出苦澀的表情，道：「你愛怎麼想便怎麼想。我決定不幹了！現在立刻離開，逃到深山野嶺重過我樵夫的生涯。」

任青媞瞇起雙目瞧他好半晌，忽然「噗哧」笑起來，嗔道：「何須發這麼大的脾氣？你不想給人管便不管你吧！快告訴人家，你不是認眞的，只是說氣話。」

劉裕頽然在門檻坐下，沉聲道：「你可知謝玄不再視我作繼承人，還調我去劉牢之的營下？」

任青媞單膝著地的蹲下來，秀目亮閃閃地瞧著他道：「傻瓜！這是因謝玄自知命不久矣，爲你作出免禍的安排，讓劉牢之保護你。劉牢之是有野心的人，謝玄把你轉讓與他，將令他的威勢凌駕於何謙之上。所以劉牢之絕不會讓人傷害你。明白嗎？」

劉裕聽得頭皮發麻，道理如此簡單，因何自己偏不朝這個方向去猜測謝玄的心意？他捫心自問，當然心知肚明，自己是因爲戀上王淡眞，所以千方百計找藉口好逃避責任。不過甚麼都好，他劉裕絕不會放棄對王淡眞的承諾。

任青媞瞧著他皺眉道：「你在想甚麼？你是否眞是我認識的劉裕？」

劉裕沒好氣地瞪她一眼，心中想的只是如何不露痕跡地打發她走。道：「你倒想得簡單樂觀，縱使謝玄把劉牢之捧上北府兵統領的位置，他的才智聲望均與謝玄有一段距離，難以壓住司馬道子。一旦本身權位因我而受拖累，絕對會犧牲我來討好對方。你的曼妙以甚麼身分和拿甚麼藉口來爲我這小兵說好話呢？」

任青媞胸有成竹的笑道：「媚惑男人是曼妙的專長，她根本不用直接爲你說話，徒惹人猜疑。司馬曜爲人愚柔，卻比任何人更緊張自己的權位，曼妙對症下藥，向他指出朝廷之所以與謝家弄得如此惡劣，乃司馬道子一手造成。且道子過於專橫，又信浮屠，窮極奢侈，以致嬖臣用事，賄賂公行，早招朝中大臣不滿，所以司馬曜對司馬道子的寵信已大不如前。在曼妙的提點下，司馬曜內則以王珣、王雅兩人任朝中要職，分道子之勢；外以王恭爲兗州刺史、殷仲堪爲荊州刺史，對道子加以制衡。在這種情況下，道子縱然看你不順眼，能奈何得了你嗎？」

劉裕剛從孫無終處知道朝廷人事上的變動，卻沒有聯想過是與曼妙有關係，差點啞口無言。只好道：「任大姊對我的期望太高了！今次我一事無成地從邊荒集逃回來，邊荒集更落入孫恩和慕容垂之手，使謝玄對我的看法轉劣，我的地位已大不如前，恐怕有負大姊所託。」

任青媞雙目精光電閃，狠狠盯著他道：「劉裕你在搞甚麼鬼？男子漢大丈夫說過的話怎可以不算數？我可以捧起你，也可以一手毀掉你。你以爲可以說走便走嗎？你逃到天涯海角我都不會放過你的。」

劉裕哪敢眞的惹火她，苦笑道：「幹甚麼動氣呢？我只是就事論事，告訴你我所處的惡劣情況。沒有了邊荒集，我的影響力大幅下降。在北府兵裡，失去謝玄的支持我只是個地位低微的小將領。你給我點時間讓我想想好嗎？」

任青媞怒色稍緩，聲音轉柔道：「你以爲邊荒集完蛋了嗎？事實剛好相反。」

劉裕愕然道：「你別亂說話來安慰我。」

任青媞道：「我們曾是並肩出生入死的戰友，我要騙人也輪不到你。和你分手後，我潛返邊荒集去，趁你的好朋友與孫恩決戰之際，偷襲孫恩，還令孫恩受了傷。」

劉裕一震道：「燕飛？」

在這一刻，他首次忘掉與王淡眞的私奔之約。他的頹唐失意、壯志沉埋，起因正是邊荒集遭劫而來，更痛恨自己沒有趕回邊荒集與燕飛等一眾兄弟共生死榮辱。所以來到廣陵後遭到謝玄冷對，立即變得心灰意冷，再拒絕不了王淡眞的愛。

任青媞續道：「燕飛肯定沒有死，他雖被孫恩一拳震落鎭荒崗，仍有氣力自行逃生，希望他吉人天相，能避過孫恩的追殺。至於邊荒集的情況亦非如你想像般惡劣，紀千千成爲邊荒集聯軍的統帥後，表現之出色在敵我所有人意料外。於集陷之際，她以火牛陣突破敵人的重重圍困，使聯軍的主力成功突圍逃走，隨時有捲土重來之勢。只要你能說服謝玄予你一支精銳人馬，助邊荒集聯軍重奪邊荒集，你劉裕可將功補過，回復淝水之戰時的光輝。」

劉裕聽得目瞪口呆，道：「你來找我便爲這件事，對嗎？」

任青媞俯前湊到他耳邊道：「對了一半！我還要向你獻身，好以美色迷惑你。說出來你或許不相信，我仍是處子之軀，不信便抱人家到床上試試看。」

劉裕雖是心情動盪，仍忍不住嚥了一口涎沫，若可和此女攜手共赴巫山，的確是男人生平樂事。雖知蛇蠍美人碰不得，但偏因她此特色而有魔異般的強大誘惑力。加上此刻香澤可聞，說不動心是騙人的。

若沒有與王淡眞的私奔之約，事情會怎樣發展下去，連他自己都不敢肯定。

此際當然是設法拒絕，頹然道：「我只怕你獻錯身給我。這樣吧！讓我先去找謝玄談話，試探他對我的態度，明晚你再潛進來找我，屆時再商量如何。噢！」

任青媞封上他嘴唇，奉上第二個香吻，與上一次不同的是，這次全出於男女親熱的動機，蘊含火辣辣的情慾滋味。

唇分。

任青媞水汪汪的眼睛凝視著他，道：「不要滿懷心事好嗎？謝安看人是不會錯的，燕飛如是，你劉裕也如是。今晚眞的不要人家嗎？我會盡力討你歡心哩！」

劉裕差點失控，幸好他的自制力一向良好，嘆道：「無功不受祿，希望明晚可以告訴你好消息，我現在只希望靜心思索該怎樣和玄帥說話。」

任青媞再在他唇上淺吻一口，柔聲道：「你現在是世上我唯一可依靠的男人，千萬不要自暴自棄。人總會有失意的時候，不肯面對逆境者怎配稱英雄好漢？你曾救我一命，又是我報孫恩之仇的唯一希望，我絕不會害你哩！」

說罷盈盈起立，繞過他從正門閃出。

劉裕仍呆坐門檻處，心內思潮起伏。

怎辦好呢？

是否應爲王淡眞拋棄一切，置邊荒集的好兄弟們不顧，辜負謝玄對他的恩情？

他從未如此猶豫難決。

假如他失約，王淡眞會如何呢？

不！

他絕不能教王淡眞失望。

是否有兩全其美之法？唉！多想無益，見到她再說吧！

劉裕從地上彈起來，先肯定任青媞確已離開，方朝後院方向潛去。

徐道覆在親兵簇擁下，策騎馳入原是漢幫總壇的大校場。

盧循正於校場內射箭爲樂，連中三元，贏得熱烈的喝采聲。

徐道覆甩鐙下馬，與迎來的盧循走到一邊說話。

徐道覆臉色陰沉，道：「鐵士心和宗政良擺明欺負我們，只肯交出從荒人手中奪來的二千匹戰馬，牛、騾、羊各一千，又不肯讓我們點算牲口的總數目。哼！他們以爲我徐道覆是那麼容易受騙的嗎？」

盧循雙目殺機大盛，沉聲道：「慕容垂已去，我們怕他的娘。」

徐道覆搖頭道：「小不忍則亂大謀，鐵士心並不是好惹的，敢這麼做是看準我們不願和他扯破臉。」

盧循皺眉道：「明天我便要領兵回海南，你有把握獨力應付他嗎？」

徐道覆狠狠道：「諒鐵士心不敢太過分，在建起城牆前，我們必須互相容忍。最大問題是我們正處於下風，聶天還臨陣退縮，使我們在糧資供應上有困難，只有向鐵士心買糧，也因此我們沒有向鐵士心使硬的本錢。」

盧循道：「幸好我們也從荒人手上搶到大批糧食，足可支持至少一個月的時間。」

徐道覆問道：「一個月後又如何呢？」

盧循爲之語塞。

徐道覆歉然道：「大師兄請恕我心情不好。哈！古時韓信有胯下之辱，我現在的遭遇算甚麼呢？

邊荒集的糧食一向由南方供應，現在南方糧路被司馬道子、謝玄和桓玄聯手截斷，走私掮客又不敢到邊荒集來做生意。一天不把這個情況改變過來，邊荒集休想回復以前的風光，我們得到邊荒集又如何呢？」

盧循道：「所以天師指示師弟你必須採安民懷柔之策，現在我方明白箇中原因。」

徐道覆嘆道：「我們一天未能鏟除邊荒的殘餘勢力，一天不能放任投降的荒人。這道理我們和鐵士心都心知肚明，卻是苦無良方，只能被動地等待荒人不顧死活地來反擊。那時我們才有機會眞正控制邊荒。」

盧循也大感頭痛。

邊荒縱橫數百里，成功突圍的荒人化整爲零，藏於邊荒各處，靜伺反擊邊荒集的機會，確實很難應付。他們或許力不足以大舉反攻，但騷擾性的奇襲卻是綽綽有餘，如此勢令通往邊荒集的水陸交通危機重重，邊荒集變成一個孤集，還如何繼續發揮其南北水陸轉運貿易中心的特色作用？

盧循道：「希望慕容垂引蛇出洞的計畫奏效，荒人是絕不能容忍慕容垂把紀千千帶離邊荒的。」

徐道覆心忖我倒希望荒人成功劫去紀千千，怎都好過讓紀千千成爲慕容垂其中一位妃嬪。想是這麼想，口中卻道：「大師兄明天放心去吧！荒人殘軍的糧食不見得會比我們多，他們更急於奪回邊荒集。我或許會和鐵士心合力炮製決裂的假象，引他們冒失來攻，然後將他們一網打盡。」

盧循一呆道：「難怪天師委你以重任，如此妙計確不是我可以想出來的。」

徐道覆仰望夜空，心想紀千千應快抵北站，荒人殘軍是否已出手營救紀千千呢？

若天師道成就統一大業，自己便是中土的帝君，結束自晉室南渡以來的紛亂局面，成就可以媲美始皇嬴政，爲何自己心中卻沒有半點興奮之情。

是否因爲自己曉得儘管能登上九五之尊的寶座，可是如若失去紀千千，皇帝的寶座亦變得索然無味？

自己爲何會變得如此多情？

第三十八章　劫後重逢

燕飛以驚人的高速，靈活如神地在穎水西岸的疏林區朝穎水推進，避過三起敵人的先鋒軍，更要防於高處放哨的敵方戰士。從一株樹閃往另一株樹，快時迅捷若兔，停時像變成樹幹的部分，眼力稍差者，即使燕飛在他面前掠過，恐怕也只認為自己眼花看錯。

他感到體內的金丹眞氣已臻達收發由心的地步，只要腦內出現一個意念，他的身體會在現實裡鬼斧神工地演繹出來。不過他仍是有局限的，會因情緒上的波動，至未能經常保持在這種巔峰的狀態下。

他心中生出不安的感覺，偏又不知在甚麼地方出了岔子。他的憂慮不是沒有道理的，因爲他再接觸不到紀千千的心靈，再不能全盤掌握她的情況。

燕飛從一棵樹閃出，倏忽間以鬼魅般的速度横掠近二十丈的距離，然後蹲在一堆亂石旁，活像化爲其中一塊大石。

在後方高丘上放哨的十多名敵方騎兵，完全察覺不到燕飛潛到眼前來。

也難怪他們疏忽大意，因爲他們心中防的不是一個人，而是大批的邊荒集聯軍。

穎水就在眼前流淌。

在燕飛心中，流入邊荒的穎水河段，是天下最美麗的河流，而邊荒集則是世上唯一的樂土。

邊荒集將會回復昔日的自由和公義，對此他有著絕對的把握。

蹲在潁水西濱，燕飛的心神卻延伸到整個邊荒去，感覺著自然的偉大。

就在此時，他感應到右下方亂石灘處有人，且是個可怕的高手。事實上他看不到任何異樣的情況，也聽不到任何聲響，包括呼吸和心跳聲，只是「知道」右下方的黑暗裡，暗藏強大的殺機。

燕飛一個觔斗往下躍去，落到離岸崖十多丈的河灘。

金丹大法全面運轉，身體似失去了實質，可又更爲靈銳。蝶戀花與他合二爲一，物與物間的界限再不復存。

「燕飛！」

燕飛落在一塊正被河水沖擊的河旁巨石上，往聲音傳來處行雲流水般沒半點停留的掠過去。

兩道人影出現在靠貼岸壁的另一方巨石上，不能置信地呆瞪著燕飛。

燦爛的星空月夜，籠罩潁水的上方，予人一種如夢似幻的感覺，雖明知這並非一個夢。

燕飛落在兩人前方，欣然道：「我該說甚麼好呢？」

竟然是屠奉三和慕容戰。

兩人分別探手抓著他左右胳膊，如不是在敵人的勢力範圍內，保證他們會歡呼怪叫，現在則是兩副強迫自己安靜的古怪神情。

屠奉三搖頭道：「我直到此刻仍不能相信你沒有死。」

慕容戰則嘆道：「所以我們都要抓你一把，看看你是人還是陰魂不散的冤魂。」

燕飛反手抓著他們臂膀，心中湧起劫後重逢的動人情緒。至少在這一刻，三人間沒有半點戒心。對屠奉三這種人來說，根本是不可能這樣子的，卻偏是眼前的事實。

這使燕飛有點受寵若驚。

不過若明白邊荒之戰仍在如火如荼的進行中，這反是最自然不過的事，患難裡方能見眞情。

燕飛輕鬆的道：「孫恩也害得我很慘，害我躺到剛才日落時才醒過來。」

屠奉三道：「你怎曉得我們藏在這裡呢？」

燕飛坦然道：「這叫不謀而合，我也認爲你們挑的埋伏點是最佳的選擇，湊巧碰上你們。」

慕容戰驚異不定地打量他，道：「你可知現在的你不但沒半點受過傷的疲態，還給人煥然一新的感覺。究竟在你身上發生了甚麼事？你怎麼知道千千被慕容垂擄走的事呢？」

燕飛道：「此事說來話長，在途中我遇到高彥……」

慕容戰大喜道：「高彥竟仍然活著？」

燕飛當然不願意他們曉得自己有和紀千千心靈交感的異能，這會令他們心中不舒服，故拿高彥來搪塞，胡混過去。

轉入正題道：「你們看穿這是個陷阱？」

屠奉三苦笑道：「看穿又如何？又不能不踩進去，難道任由他帶走千千嗎？」

慕容戰肅容道：「我曾向千千作出承諾，只要我有一口氣在，定會保護她。」

燕飛道：「你們似乎沒有把握，對吧？」

屠奉三微笑道：「本來沒有半點把握，現在卻是有十足的把握，因爲我們邊荒的第一劍手來了。」

慕容戰雙目充滿希望的道：「只要你能感應到千千坐在哪一輛馬車上，合我三人之力，我怎都不信我們會失敗。」

燕飛點頭道：「對！我們只許成功不許失敗，一旦讓慕容垂帶著千千主婢越過泗水，我們將會輸掉這場仗。咦！我感覺到千千了！」

兩人只能瞪眼目不轉睛地盯著他，當然幫不上任何忙。

三人同時劇震，目光投往下游，一團曚光出現河道盡處。

屠奉三色變道：「不好！慕容垂竟然改由水路押走千千，是欺負我們沒有戰船。」

曚光迅轉清晰，隱見三艘風帆，正朝他們立處逆流駛至。最可恨是三艘船均靠著東岸行駛，且是燈火通明，照得兩岸清楚明白。

慕容戰沉聲問道：「哪一艘？」

屠奉三眉頭緊皺凝神打量正在半里許外全速駛至的三艘敵艦，認出是黃河幫的破浪船，這種中型風帆輕巧靈活，風力配合船槳的動力，縱是逆水而行，仍是迅快異常。

誰都知道邊荒集聯軍今晚若要突襲救人，只有於慕容垂的部隊抵北站前發動。所以這三艘船若能全速越過北站，等若脫離了險境。

燕飛閉上眼睛，道：「她在中間的戰船上。」

屠奉三道：「不可能從水裡突襲的，際此船即要駛越木寨的當兒，敵人正處於最高度的戒備狀態下。在我們登船前，已被亂箭射死。」

慕容戰點頭道：「慕容垂肯定會和千千同乘一條船，他的北霸槍當然不易應付，其親衛團更是精銳中的精銳，人人武功高強。尤以永遠貼身保護他、人稱『八傑』的八個高手特別難鬥。我們若一擊不中，將永遠失去機會。」

燕飛也在頭痛，這時倒眞的希望變成神仙，可惜仍未達此境界。他雖然功力大進，靈覺驚人，但尙未有必勝慕容垂的把握，何況敵人在人數上佔壓倒性的優勢。

難道就這麼眼睜睜的瞧著慕容垂攜美而去？

屠奉三當機立斷道：「我們潛過對岸，拓跋儀和百多名兄弟正在對岸等候我們。」

慕容戰同意道：「對！我們憑快馬抄小路去追截他們，這樣有把握多了。」

燕飛恍然，他們和自己打的是同樣的主意，救回千千主婢後，渡穎水從對岸逃遁，故而拓跋儀於對岸接應。

聽到拓跋儀仍然活著，燕飛心情大是不同，道：「我們去！」

三人無聲無息地投進水裡去，迅速從河底潛往穎水東岸，在他們登岸前，三艘破浪船在他們後方駛過。

從這裡逆流北上，約須兩天航程抵達泗水，而他們只有一次突襲的機會，錯過了可能將永遠失去紀千千。

劉裕愈接近後院，心情愈是興奮，此時他已將所有其他事拋在腦後，心中只想著王淡眞，除此之外均無關重要。

在此之前，男兒大業是他的一切，從沒有想過會爲一個女人放棄目標和理想，但王淡眞卻把他改變過來。

謝玄是否如任青媞所猜測的故意冷落他，仍是未知之數，卻敢肯定如自己失約，王淡眞大有可能因太失望而出亂子做傻事，那他將萬死不足以辭其咎。

逃離廣陵後，他可以帶淡眞到邊荒集去，看看可否碰上邊荒集的兄弟，再作打算。如此自己的心會安樂一點。

穿過進入後院的半月門，院內樹木蒼蒼，柔和的月色灑照著院內的水池石山、橋亭流水，配上夏蟲鳴唱的合奏，有種出塵的超然氣氛。

劉裕提高警覺，小心翼翼朝後門方向推進。轉眼間來到位於院心的竹林前，一條碎石小徑穿林深入，令人生出尋幽探勝的興趣。

於淝水之戰後，他曾隨謝玄回廣陵此府小住，謝玄最愛帶他到竹林內的小亭閒坐聊天，所以他對後院的環境非常稔熟。

過亭穿林後，便是與心愛人兒約定終生的地點了。

劉裕的心灼熱起來，加快腳步。

方亭出現眼前。

劉裕渾身劇震，頭皮發麻，不能相信自己一雙眼睛般呆瞪前方。

亭內有一人悠然安坐，正凝望著他。

竟然是謝玄。

以劉裕的機智和靈活多變，一時亦完全失去方寸，心亂如麻，不知如何應付眼前局面。他可以耍走任青媞，但對睿智如謝玄，卻是黔驢技窮。

他和王淡眞私奔的事肯定已洩露出去，否則此時應在靈堂招呼賓客的謝玄，不會在這裡恭候他的大駕。他想到宋悲風，想到謝鍾秀，洩密者不出他們兩人。

謝玄雙目射出複雜深刻的感情，語調卻非常平靜，淡然自若道：「小裕坐！」

劉裕發覺自己雙腳自然移動，把他帶到謝玄身前。

「噗！」

劉裕雙膝著地，熱淚盈眶道：「小裕有負玄帥栽培之恩。」

反手一掌，往天靈蓋拍去。

除一死謝罪外，他再想不出另一個解決的辦法。謝玄絕不會寬恕自己背叛他，他更愧對謝玄。沒有了王淡眞，他也不想活了。

謝玄像早知他會如此般閃電探手，抓著他的手腕。

劉裕力氣消失，軟弱的可怕感覺從心中湧起來，襲遍全身。

謝玄放開他的手，柔聲道：「你再多試一次，這趟我絕不會阻止你。」

劉裕剛從鬼門關處繞回來，已失去了自盡的勇氣和決心，泣道：「玄帥！」

謝玄雙目神光大盛，一點不似受傷的樣子，沉聲喝道：「別再哭哭啼啼了！給我像個男子漢般抹掉眼淚站起來。我不會阻止你去會淡眞，只要求你靜心聽我說幾句話。」

劉裕心中生出微弱的希望，又心知肚明自己很難如此面對面地背叛謝玄而去，在矛盾得想死的淒苦心情下，緩緩起立。

謝玄道：「坐！這是命令！」

劉裕只好在他對面坐下，隔著石桌垂頭無語。

他可以說甚麼呢？

謝玄目光投往竹林上的夜空，平靜地道：「我將活不過百天之數。」

劉裕劇震頭，失聲道：「玄帥！」

謝玄迎上他充滿驚駭的眼神，從容道：「生死有命，不是人力所能改變。我能在死前遇上你，是一種微妙的機緣。」

劉裕仍說不出話來。

謝玄閒話家常地輕鬆道：「北府兵多的是戰績彪炳的勇將，爲何我獨看上你劉裕，你可知道其中緣由嗎？」

劉裕茫然搖頭。

謝玄道：「因爲你有劉牢之和何謙等人欠缺的英雄氣質。記得我曾向你說過，只有成爲北府兵的英雄，你方可令手下將士爲你賣命。」

劉裕慚愧垂頭，頹然道：「玄帥太抬舉我了，我根本不配玄帥的讚賞。我只是個臨陣退縮的懦夫。」

謝玄柔聲道：「若你是懦夫，怎敢孤身到邊荒集去，又於幾近不可能的情況裡，完成我交託給你的任務呢？」

劉裕慘然道：「我只是運氣好罷了！」

謝玄拍桌笑道：「這是我看上你的第二個原因，就是因爲你有出奇好的運勢。上慣戰場的人都曉得運氣是最重要的，風晴雨露莫不是運氣。」

稍頓續道：「你能遇上燕飛，便是一種難得的運氣。當然你本身的條件也非常重要，若你不是英雄好漢，燕飛是不會與你攜手合作的。由淝水之戰開始，我一直在栽培你，我看人是不會錯的。建康一役，雖然沒有大興干戈，你已表現出一方霸主的英雄氣魄，兵不血刃的奪下石頭城，教人讚賞。」

劉裕慚愧道：「小裕不好，令玄帥失望。」

謝玄點頭道：「你從邊荒集這般逃命似的逃回來，確教我失望了一陣子。」

劉裕愕然道：「一陣子？」

謝玄微笑道：「很快你便會明白我這句話背後的原因。」

劉裕呼吸急促起來，喘著氣道：「我現在該怎麼辦？」

謝玄好整以暇的答道：「現在你有兩個選擇，一是從我身邊走過去，與淡眞遠走高飛，從此隱姓埋名，追求只羨鴛鴦不羨仙的生活；一是隨我離開，永遠不再見淡眞。再沒有第三個選擇。」

劉裕心中感動，他明白謝玄的爲人，說過肯讓他走，便不會違諾阻攔。對謝玄來說，這肯定是一種犧牲。紙包不住火，當王淡眞與他私奔的事洩露出去，謝玄和謝家都要承擔此事的嚴重後果，其損害是難以估計的。

謝玄尚有百日之命，自己怎可以如此不仁不義，於此時此刻對謝家落井下石。

劉裕痛苦得五臟六腑扭曲起來，不住喘息。

謝玄現出一絲苦澀的表情，語調仍保持平和，道：「你自己或許不知道，你劉裕不但是我最後的希望，更是我們漢族唯一的希望。」

劉裕頹然道：「玄帥太看得起我了！小裕何德何能？我能在北府兵內保住小命，已非常不錯。對北府兵統領之位，我是想也不敢想。」

謝玄輕描淡寫的道：「這兩句話不是我說的，是安公臨終前的遺言。」

劉裕失聲道：「甚麼？」

謝玄深深地凝視他，沉聲道：「我死後桓玄必起兵造反，加上孫恩和兩湖幫之亂，南方將陷入水深火熱的大亂局。北府兵中沒有一個人可以應付如此巨變，那時你的機會便來了。在太平盛世裡，若沒有人提拔，你會不得志。可是在戰火連綿的時代，只要是眞正的人才，便有冒起的機會。不要小看自己，你現在已成爲淝水之戰的英雄，在年輕一輩的北府兵裡有舉足輕重的影響力，故如此招人妒忌。」

劉裕道：「玄帥……我……」

謝玄微笑道：「我把你調職到劉牢之旗下，只是個幌子，事實上我另有重任委託於你，小裕有興趣知道我託你去辦甚麼事嗎？」

從這番話劉裕敢肯定宋悲風向謝玄說過話，道：「玄帥賜示！」

謝玄淡淡地道：「我要你去收復邊荒集。」

劉裕愕然以對。

第三十九章　痛苦抉擇

燕飛等三人濕淋淋從水裡登岸，不停留地竄進岸旁密林內。

拓跋儀迎上來，不理燕飛衣衫盡濕，一把將他抱個結實。大喜如狂的道：「我們的小飛竟然沒死，老天爺有眼。」

燕飛抓著他肩頭推開少許道：「沒時間說話了！我們必須趕在敵船前先一步抵達蜂鳴峽。」

慕容戰點頭道：「對！蜂鳴峽河道淺窄，水流突急，又多亂石，是最好偷襲的地點。」

蜂鳴峽離此約八十多里，是以其凶險而著名的河峽，即使資深的船家，在那截長達半里的河段亦不敢掉以輕心。

屠奉三躲在密林邊緣遙觀敵舟情況，道：「不用急，敵人放緩船速哩！」

三人來到他兩旁，瞧著三艘敵船緩緩靠向東岸木寨新建成的碼頭。

慕容戰精神大振道：「若他們在木寨逗留，我們便在天明前半個時辰去劫寨。」

屠奉三搖頭道：「機會很小，慕容垂沒理由逗留於此，照我看他們只是補充糧貨裝備，然後繼續北上。」

拓跋儀摟著燕飛肩頭道：「你不是和孫恩決戰嗎？」

燕飛道：「此事容後稟上，我們其他的兄弟在哪裡呢？」

慕容戰答道：「我們當日逃出邊荒集，各自渡河，約好在巫女丘原內會合。只有藏在那裡，方能避過敵人的大舉搜捕。」

燕飛心中叫絕，難怪敵人摸不到他們的影子，原來躲在這滿布沼澤的絕地。

屠奉三道：「幸好我們先把老弱婦孺和大批糧食牲口送到小谷，守不住小谷時由二百戰士護送人和糧食西撤到百里外的狂風蕩，我和慕容戰則殺返邊荒集助守，所以我們在西面仍有支援。」

拓跋儀狠狠道：「我們一直在靜待慕容垂撤軍，且全力準備攻打兩座木寨。只要攻下木寨，可切斷敵人北面水陸兩路的交通，敵人若反攻就正中下懷。」

燕飛順口問道：「你們如何曉得慕容垂帶走千千主婢的呢？」

慕容戰傲然道：「邊荒是我們的地盤，邊荒集一直在我們嚴密監察下，慕容垂故意讓千千主婢在集外登車，我們當然看得一清二楚。」

拓跋儀道：「我們也看到這三艘破浪船，卻沒有起疑心，因爲過去的十多天，水道上不時有破浪舟成群結隊的穿梭往來。」

屠奉三道：「若不是燕飛生具慧根，我們可要被慕容垂耍得很慘。」

燕飛想起一事，道：「差點忘記告訴你們，我遇上卓狂生那瘋子。」

三人大喜。

拓跋儀訝道：「他爲何沒陪你一起來救千千呢？」

燕飛道：「我要他潛回邊荒集去安定人心。」

屠奉三皺眉道：「太危險了！我們也想潛進集內去，但每次都被敵人發覺。」

燕飛道：「不用擔心，他是從秘道入集。」

轉向拓跋儀問道：「小珪沒告訴你有進入邊荒集的秘密通道嗎？當日苻秦大軍進駐邊荒集，我和劉裕便是從秘道入集。」

拓跋儀搖頭道：「小珪沒有提過。」

屠奉三道：「我想到收復邊荒集的方法了！」

燕飛苦笑道：「若你想利用這條秘道去光復邊荒集，或許會非常失望，因此道是裝滿水的暗渠，不可能讓大批兄弟通過，功夫差點都不行。」

屠奉三胸有成竹的笑道：「我這招叫聲東擊西，又或明修棧道暗渡陳倉。咦！船開哩！」

慕容戰往燕飛瞧來，緊張地問道：「千千是否在船上？」

燕飛默然片刻，猛地點頭。

拓跋儀道：「我們追！馬在另一邊。」

三人迅速後退，沒入林木深處。

劉裕呆看著謝玄，心亂如麻。

謝玄道：「在你未下決定前，我不想多費唇舌。不過我希望你明白，爲了我們漢族的榮衰，個人的犧牲是在所難免的。安公從東山復出，對他而言是最大的犧牲。我當上北府兵的最高領袖，你以爲是沒有犧牲的嗎？」

劉裕淒然道：「我對不起淡眞。」

謝玄道：「淡眞方面由我大姊去安撫她，淡眞最敬愛大姊，由她出面該是萬無一失。」

謝玄的姊姊是謝道韞。

劉裕痛心的道：「可是她爹要逼她嫁給殷仲堪的兒子殷士維。」

謝玄道：「我會在這方面爲你們盡點心力，只要能把婚事拖延一、兩年，情勢自然不同。當然一切要看你的努力。」

劉裕道：「可是玄帥說過要我永遠不見她。」

謝玄道：「一天你仍未能掌握局勢，便不要見她，否則如讓王恭曉得你和他女兒的事，對你會非常不利。你有永遠不見她的決心，方有永遠得到她的機會。」

劉裕猛然點頭，道：「請玄帥派下任務。」

謝玄長笑道：「如此方有資格做我謝玄的繼承者。」

負手而去。

劉裕追在他後方，心裡卻痛苦得要滴血。

謝玄淡然道：「我帶你去見一個人，然後你會明白我要你做的事。」

《邊荒傳說》卷四終

國家圖書館出版品預行編目資料

邊荒傳說／ 黃易著. --初版.--台北市 ：
蓋亞文化，2015.03－
冊; 公分. --

ISBN 978-986-319-142-1 (卷4 : 平裝)

857.9　　104000521

邊荒傳說

卷 04

新編完整版

作者／黃易
封面題字／錢開文
裝幀設計／克里斯
出版／蓋亞文化有限公司
地址◎台北市103赤峰街41巷7號1樓
電話◎（02）25585438　傳真◎（02）25585439
部落格◎gaeabooks.pixnet.net/blog
服務信箱◎gaea@gaeabooks.com.tw
投稿信箱◎editor@gaeabooks.com.tw
郵撥帳號◎19769541　戶名：蓋亞文化有限公司
法律顧問／義正國際法律事務所
總經銷／聯合發行股份有限公司
地址◎新北市新店區寶橋路二三五巷六弄六號二樓
電話◎（02）29178022　傳真◎（02）29156275
初版一刷／2015年03月
定價／新台幣 280元
Printed in Taiwan

GAEA
ISBN／978-986-319-142-1